KB115853

조선의 양심, 연암 박지원 소설집

**간호윤** 簡鎬允, Kan, Ho-Yun

현 인하대학교 초빙교수, 고전독작가(古典讀作家) 간호윤은 1961년 경기 화성, 물이 많아 이름한 '흥천(興泉)'생으로, 순천향대학교(국어국문학과), 한국외국어대학교 교육대학원(국어교육학과)을 거쳐 인하대학교 대학원(국어국문학과)에서 문학박사학위를 받았다. 두메산골 예닐곱 때 명심보감을 끼고 논둑을 걸어 큰할아버지께 한문을 배웠다. 12살에 서울로 올라왔을 때 꿈은 국어선생이었다. 대학을 졸업하고 고등학교 국어선생을 거쳐 지금은 대학 강단에서 고전을 가르치고 배우며 현대와 고전을 아우르는 글쓰기를 평생 갈 길로 삼는다.

저서들은 특히 고전의 현대화에 잇대고 있다. 『한국 고소설비평 연구』(2002문화관광부 우수학술도서) 이후, 『기인기사』(2008), 『아름다운 우리 고소설』(2010), 『다산처럼 읽고 연암처럼 써라』(2012문화관광부 우수교양도서), 『그림과 소설이 만났을 때』(2014세종학술도서), 『연암 박지원 소설집』(2016), 그리고 『아! 나는 조선인이다─18세기 실학자들의 삶과 사상』(2017), 『욕망의 발견』(2018), 『연암 평전』(2019), 『아! 조선을 독(讀)하다─19세기 실학자들의 삶과 사상』(2020)에서 『조선 읍호가 연구』(2021), 『별난 사람 별난 이야기』(2022), 『조선소설 탐색, 금단을 향한 매혹의 질주』(2022), 『기인기사록』(상)(2023), 『코끼리 코를 찾아서』(2023) 등 50여 권과 이 책까지 모두 직간접으로 고전을 이용하여 현대 글쓰기와 합주를 꾀한 글들이다.

'연구실이나 논문집에만 갇혀 있는 고전(古典)은 고리삭은 고전(苦典)일 뿐이다. 연구실에 박제된 고전문학은 마땅히 소통의 장으로 나와 현대 독자들과 마주해야 한다'는 생각으로 글을 쓴다. 연암 선생이 그렇게 싫어한 사이비 향원(鄕愿)은 아니 되겠다는 게 소망이다.

**조선의 양심, 연암 박지원 소설집**

초판인쇄 2024년 4월 5일 초판발행 2024년 4월 20일

지은이 박지원 옮기고 해설 간호윤

펴낸이 박성모 펴낸곳 소명출판 출판등록 제1998-000017호

주소 서울시 서초구 사임당로14길 15 서광빌딩 2층

전화 02-585-7840 팩스 02-585-7848

전자우편 somyungbooks@daum.net 홈페이지 www.somyong.co.kr

값 24,000원 ⓒ 간호윤, 2024

ISBN 979-11-5905-860-8 03810

# 조선의 양심, 연암 박지원 소설집

박지원 지음

간호윤 옮기고 해설

最所不能　　　　　　가장 참지 못한 것은

酬接鄉愿　　　　　　두루뭉술 인물을 상대하는 일.

曲鍼腐芥　　　　　　굽은 바늘 썩은 겨자씨 무리들이

胥致尤怨　　　　　　모두들 너무나 미워하였네.


처남인 지계공 이재성李在誠이 쓴 제문에서

**'-전傳'이란…**

'-전'은 한자 문화권에서 발달한 고유의 문학 장르다. 초기에 전은 경전의 뜻을 해석하고 후대에 전수하려는 목적이 강하였으나 후대로 내려오면서 한 인물의 생애를 기록하고 일정한 관점에서 평가하는 개념으로 변하였다.

고소설 중 다수가 '-전'의 형태를 취한다는 사실은 출생부터 죽음에 이르는 인물의 연대기적 구성방식과 '전'이라는 장르의 긴밀한 관계를 단적으로 보여준다. 전은 서술 방법과 태도에 따라 정체正體와 변체變體로 구분된다. 정체는 사실을 있는 그대로 기술하고 변체는 인물에 대한 논평의 성격이 강하다. 인물의 성격이나 서술방법으로 보아 박지원의 9전은 이와 같은 전의 두 가지 범주를 아울렀다.

**참고도서**

최익한 · 홍기문 역, 『연암 박지원 선집』, 로동신문출판인쇄소, 1956.
홍기문 역, 『박지원 작품 선집』 1, 국립문학예술서적출판사, 1960.
이가원 역, 『국역 열하일기』 1 · 2, 민족문화추진회, 1967.
이우성 · 임형택 역, 『이조한문단편집』, 일조각, 1978.
신호열 · 김명호 역, 『국역 연암집』 1 · 2, 민족문화추진회, 2004 · 2005.

## 개정판을 내며

「허생」을 만난 게 고등학교 2학년 때였다. 허생이 이완을 꾸짖는 모습에 가슴이 요동쳤던 게 지금도 생생하다. 그 뒤, 대학졸업논문으로 연암소설을 썼고 석사논문도 「연암소설에 나타난 참여 의식」이다. 박사논문 「조선시대 소설비평」에서 또 연암을 만나며 내 손으로 직접 연암소설을 번역해보고자 하였다.

연암을 만난 지 근 30여 년만에 『연암 박지원 소설집 ─ 종로를 메운 게 모조리 황충일세』2006가 볕뉘를 쬐었을 때 그 감동이 지금도 생생하다. 그로부터 10년이 지나 출판사를 바꾸어 2차 개정판이 2016년에 나왔다. 그동안 연암 관계 서적인 『개를 키우지 마라』2005, 『당신, 연암』2012, 『연암평전』2019을 내며 해석이나 문맥, 기타 오류를 다잡았다. 이를 반영하여 소명출판에서 3차 전면 개정판이 나온다.

"이 시대 왜 우리는 연암소설을 읽어야 하지요?" 연암을 연구하며 수없이 들은 말이다. 내 답은 이렇다. "연암소설에 우리의 미래가 있어서랍니다."

이 책을 읽는 분들은 연암소설에 써 놓은 그 미래를 보았으면 한다. 연암과 비슷하게 인본주의를 바탕으로 풍자 및 블랙코미디소설을 써 20세기 미국문학사에 한 획을 그은 반항적인 소설가 커트 보니것 주니어Kurt Vonnegut Jr, 1922~2007라는 작가가 있다. 그는 작가의 사회적 역할에 대해 "작가는 광부의 탄광 속에 가져가는 카나리아와 같은 존재"라

정의했다. 광부들이 유독가스에 예민한 카나리아의 이상 유무를 통해 안전한 작업환경을 판단하는 것처럼, 작가의 사명은 다른 사람들이 깨닫지 못하는 문제를 먼저 민감하게 짚어내어 이를 사회에 널리 알리는 데에 있다.

김현金炫, 1942~1990이라는 요절한 학자가 있다. 그이가 『분석과 해석』에서 이런 말을 했다. "이 세계는 과연 살 만한 세계인가? 우리는 그런 질문을 던지기 위해 소설을 읽는다." 참 지혜로운 질문이다. 연암소설이 그렇다. 연암소설은 우리 사회의 건강성을 판단케 하고 우리가 살 만한 세상인가를 묻고 우리의 미래를 열어젖힌다.

2024년 3월

말이 가뿟하고 이에 질세라 글도 깃털처럼 가분한 시대입니다.

책장이 가볍게 술술 넘어가야만 책이 잘 팔린다고 합니다. 나로서는 언감생심인 소위 '베스트셀러'는 대부분 처세술에 관한 책들입니다. 고작 삶의 꼼수와 기술을 터득한 자들이 여봐란듯이 세상을 휘젓는 이야기를 다룬 책들이 과분한 대접을 받고 있습니다. 이래서야 글을 읽되 꾀만 부리거나 말만 번드르르하게 맞추고, 겉으로 보기 좋게 이죽거리기만 할 뿐 마음 씻김은 간 곳 모릅니다. 혹 명예를 얻어 사람들 입에 오르내리고, 잇속을 얻어 부를 누리고, 권세를 얻어 머리꼭지에 금관자를 붙였다 한들 그저 약삭빠른 계산의 소치일 뿐입니다. 실상은 별 볼일 없는 자들이 천하의 기이한 재간을 써 저리 세상을 속이는 것을 보면 마음이 영 좋지 않습니다.

윤똑똑이 독서가들도 참 많습니다. 여기에 잇속 밝은 출판사와 영악한 언론, 야바위 독서꾼이 한통속이 되어 설치기까지 합니다. 번다한 명목이 있겠지마는 저들은 글을 한낱 돈벌이 수단이요, 글감이요, 파적거리로만 여깁니다. 돈이 안 된다 싶고, 내용이 어렵다 싶고, 한자 몇 개 보이면 거들떠보지도 않습니다.

연암의 글을 심심풀이로 여겨서는 안 됩니다. 그의 글은 세상인심에 부화뇌동하지 않고 권세에 아첨하지도 않고 매우 진솔합니다. 그는 거동도 글처럼 진득했습니다. 여러모로 그의 글은 이냥저냥 가벼운 마음으로 접할 글이 아닙니다.

그러니 연암의 글과 말에 공명共鳴은 하되 그의 행동을 따라 공분公憤과 공민共悶을 느끼지 못한다면 올바른 독서가 아닙니다. '서자서 아자아書自書 我自我'로는 연암 선생에게 죄스럽기만 합니다. 야바위 독서라니 정녕 아니 될 말입니다.

연암의 글과 말, 행동은 하나였습니다. 행동과 실천이 따르지 않는 배움은 가치가 없습니다. 공부를 하는 이들만이라도 제발 저이를 표석으로 삼아 행동했으면 좋겠습니다. 머리로 공부깨나 했다고 뽐내며 가슴으로 사는 사람들에게 이죽거리거나 야료를 부리지 않았으면 좋겠습니다.

하여 연암의 글을 읽고 우정, 정의, 인정이 말라붙은 이 시대에 다시 인정의 샘물, 정의의 샘물, 우정의 샘물이 졸졸 흘러들었으면 합니다.

2005년에 연암에 대한 책 『개를 키우지 마라』를 출간했고, 능력에 부치는 일임을 알면서 외람되게 곁다리로 이 책을 준비했습니다. 붓을 잡았지만 어정잡이인지라 연신 허방만 디딥니다. 공으로 펴낸 책이 아닌데도 등줄기라도 맞은 것처럼 얼얼함이 느껴지는 것은 이 때문일 겁니다.

허나 연암의 소설을 번역하며 시나브로 얻는 즐거움에 비하면 이 정도 고생쯤이야 감수해야 할 것입니다.

연암의 글은 찌름이 빠르고 행간이 넓습니다. 필흥이 도도하여 야단스럽고, 호협하고 쌀쌀맞다가도 때론 슬프고도 고마운 글입니다.

뜨덤뜨덤 읽고 옮기느라 번역이 옹골차지 못하고 허술합니다. 저 같

은 허릅숭이는 감당하지 못할 글이지만 연암을 향한 진심만은 누구와
견주어도 뒤지지 않음을 부디 독자들이 헤아려주기를 바랍니다.

휴휴헌休休軒에서

간호윤

# 차례

# 마장전

馬駔傳

세 사람의 미치광이가 서로 벗이 되어서는

세상을 피하여 떠돌아다녔으나

인간들의 아첨하는 태도를 논란하니

마치 참사내를 보는 것 같다.

이에 『마장전』을 쓴다.

## 들어가기 전에

이 작품에 등장하는 송욱, 조탑타, 장덕홍은 광통교의 미치광이 3인방으로 불리지만
실은 우도를 논하는 수준의 지식을 지닌 걸인들이니 녹록히 볼 사내들은 아니다.

**배경**    서울의 광통교<sup>거지들이 사는 곳</sup>

## 등장인물

송욱(30세)    세 사람 중 가장 지식이 풍부하며 은어를
          사용할 정도로 언어에도 해박하다.

장덕홍(31세)    송욱의 은어를 재빨리 해득하고 시문을
          인용할 정도로 적잖은 지식을 갖추었다.
          특히 노래를 잘 부르는 것 같다.

**조탑타**　세 친구 중 가장 소박하고 순진한 숫보기
요, '가갸 뒷다리도 모르는' 무식쟁이로 송
욱의 말을 알아듣지 못한다. 그러나 그의
말을 통해 진정한 우도가 드러나는 것으
로 보아 짐짓 못난 체 어리눅게 구는 것임
을 알 수 있다. 물색없는 그의 말속에 우리
의 미래가 있다.

골계선생　해학이 넘치는 사람으로 우도론을 설파한
다. 연암 박지원 자신이다.

## 이해와 감상

　연암의 소설에는 조선 후기의 실상이 적나라하게 드러난다. 분명 고전소설이지만 허공에 기대어 그림자나 잡으려는 것이 아니라 지극히 일상적인 삶을 다루고 있다. 즉 소설의 중요한 특징인 인정물태<sup>人情物</sup>

<sup>態 : 세상의 인심과 물정</sup>가 잘 그려져 있다는 뜻이다.

　연암은 20대부터 50대에 이르기까지 총 12편의 소설을 단속적으로 썼다. 그 12편의 작품 중 「마장전」이 초꼬슴으로 『방경각외전』에 올라 있다. '첫'이라는 접두사는 신선하기는 하지만 어쩐지 능숙하고 미끈한 기교를 뽐내는 인상은 아니다. 「마장전」은 '우도'라는 다소 묵중한 소재를 가볍게 다루는 작품으로, 연암은 거친 숨을 몰아쉬며 미래가 봉인된 자들의 삶을 그리고 있다.

　그렇다면 연암은 왜 '잃어버린 도덕을 찾아서'라는 주제로 소설을 시작했을까? 거기다 시장바닥을 거니는 이들의 사귐을 내용으로 하다니 시쳇말로 '생뚱맞다'는 생각이 든다. 어디 그 당시에 그러한 이들이 '사람' 취급을 받기나 했는가. 하지만 "건너다보니 절터"라고 이 「마장전」 한 편만 보아도 연암이 어떤 사람인지 넉넉히 짐작할 만하다.

　연암은 「방경각외전 자서」에 아래와 같이 「마장전」을 지은 뜻을 적바림해 놓았다.


　친구와 사귐에서 지켜야 할 도리가 오륜<sup>五倫 : 부자 사이의 친애(親愛), 군신 사이의 의</sup>

<sup>리(義理), 부부 사이의 분별(分別), 장유 사이의 차서(次序), 붕우 사이의 신의(信義)</sup>의 끝에 놓였다고

해서 우선순위가 낮은 것이 아니다. 그것은 마치 오행五行: 만물을 생성하고 만상

(萬象)을 변화시키는 다섯 가지 원소인 '금(金)'·'목(木)'·'수(水)'·'화(火)'·'토(土)'를 이르는 말 가운데

'토土'가 사계절의 바탕이 되는 것과 같다. 부자유친·군신유의·부부유별·

장유유서에 신의가 없으면 어떻게 될 것인가. 우도는 떳떳해야 할 도리가

떳떳지 못할 때 그것을 다 바로잡아준다. 친구와 사귀는 도리가 끝에 놓인

까닭은 곧 인륜을 통괄하기 위함이다.

세 사람의 미치광이가 서로 벗이 되어서는 세상을 피하여 떠돌 아다녔

으나 인간들의 아첨하는 태도를 논란하니 마치 참사내를 보는 것 같았다.

이에 「마장전」을 쓴다.

友居倫季 匪厥疏卑 如土於行 寄王四時 親義別敍 非信奚爲 常若不

常 友迺 正之 所以居後 廼殿統斯 三 狂相友 遯世流離 論厥譏諂 若見鬚

眉 於是述馬駔


이 글은 연암 스스로 소설 창작 동기의 자명성自明性을 드러낸 것이

기도 하다. 연암은 '인륜을 통괄'하기 위해 들머리에 '우도'를 세웠다

고 한다. 연암에게 소설이 사회에 대한 비판적 조정이었던 것처럼 그

의 소설에서 '우도'는 사회의 모순을 바로잡는 벼릿줄이었다. 이것이

글을 늦게 배운 연암이 이제 갓 성인이 된 약관의 나이에 '우도友道', 즉

'잃어버린 예禮'를 진중하고도 열정적인 태도로 다룬 이유다.

독자들은 이 점을 유념하며 그의 글을 따라가야 한다.

# 마장전

馬駔傳

"마장<sup>말 거간꾼</sup>과 사쾌[1] 따위가 견주거나 손뼉을 치면서 관중[2]과 소진[3]을 흉내 내서는 닭·개·말·소의 피를 바르고 맹세하는 짓거리를 한다"고 하더니 과연 그러하다.*

귓결에 '이별한다'라는 말을 듣자마자 가락지를 빼 팽개치고 수건을 찢으며 등잔불을 등진 채 벽을 향하여 고개를 푹 숙이고 울음을 삼키는 것은 믿을 만한 첩이 되고, 간을 토하고 쓸개를 쏟아놓으며 손을 꾹 쥐고서는 마음을 드러내 보여야만 믿을 만한 친구로 여긴다.

그러나 콧등에 부채를 대고는 두 눈알을 이리저리 굴리고 끔적끔적이는 것은 말 거간꾼과 집주름[4]의 술수다. 위협적인 말로 마음을 흔들어놓고 꺼리는 곳을 건드려 속을 떠보며, 강한 것은 위협하고 약한 것

\* 마장(馬駔)은 조선 후기 천역에 종사하는 상민 중에서도 상민이다. '맹세 짓거리'란 중국에서 동맹을 맺을 때 천자는 입가에 말·소의 피를 바르고, 제후는 개·돼지, 대부 이하의 신분은 닭의 피를 바르는 행위를 말한다.

---

1   사쾌(舍儈) : 집주름으로 오늘날로 치면 부동산 중개업자에 해당한다. 당시에는 말 거간꾼과 같은 천한 일로 생업을 삼는 사람이다.

2   관중(管仲, ?~기원전 645) : 중국 춘추시대 때 제나라 정치가로, 소년시절부터 평생 지속된 포숙아와 우정에서 관포지교(管鮑之交)라는 고사성어가 유래되었다.

3   소진(蘇秦, ?~기원전 317) : 중국 전국시대의 정치가다. 연나라 문후에 의해 등용되어 조·제·위·한·초·연의 여섯 나라를 동맹국으로 만드는 위업을 달성했다.

4   오늘날로 치면 부동산중개업이다.

은 억압하며, 친근한 사이는 떼어 놓고 다른 놈은 모이게 하니 이는 곧 패자⁵나 설사⁶들이 즐기는 패합⁷의 권도⁸였다.

옛날에 어떤 사람이 있었다.

심장에 병이 있어 부인을 시켜서 약을 달이게 했는데 약의 양이 많 았다 적었다 하며 맞지 않자 화를 내며 그 일을 첩에게 시켰다. 첩은 많 지도 적지도 않은 것이 한결같았기에 그는 첩을 매우 마땅히 여겼다. 어느 날 창에 구멍을 뚫고 몰래 보았더니 많으면 땅에 쏟아버리고 적 으면 물을 더 붓는 것이 아닌가. 이것이 첩이 약의 양을 적당하게 하는 방법이었다.

그러므로 귀에 입을 대고 속삭이는 말은 지극한 말이 아니요, 비밀이 새나가지 않도록 하라고 말하는 것은 깊이 있는 사귐이 아니며, 정이 얕은지 깊은지 밝히려는 것은 참다운 벗이라고 할 수 없다.

송욱宋旭과 조탑타, 장덕홍張德弘이 광통교 위에서 벗을 사귀는 것에 대해 이야기를 나누고 있었다.*

탑타가 말하였다.

* 광통교는 당시 걸인들의 집단 거주 지로, 지금의 서울시 청계천에 있던 대표적인 돌다리 중 하나였다. 이러한 곳에서 걸인들이 높은 신분의 지식인 들이나 입에 담을 법한 '우도'를 논하 는 모습이 우스꽝스럽다.

---

5  패자(覇者) : 무력으로 천하를 다스리는 사람.
6  설사(說士) : 말솜씨가 아주 능란한 사람.
7  패합(捭闔) : 열고 닫는다는 뜻으로 전국시대 귀곡자(鬼谷子)가 맨 처음 주장하여 유행한 변론술(辯論術)이다.
8  권도(權道) : 목적을 달성하기 위해 동원하는 임기응변.

"내가 아침나절에 표주박을 두드리며 구걸을 나가서는 포목전에 들어갔다가 누각이 있기에 올랐더니 마침 베와 무명을 흥정하는 사람이 있잖겠나. 그런데 그 사람이 포목을 골라 혀로 핥고 허공에 비추어보고는 마음속으로 이미 값을 매겨놓았으면서도 주인에게 먼저 부르라고 양보하더군. 그러다가 나중에는 둘 다 포목에 관한 일을 잊어버리고 딴전을 부리네. 그러더니 포목전 주인이 갑자기 먼 산을 바라보며 '구름이 나왔네'라고 흥얼거리고, 포목을 사려던 사람은 손을 뒷짐 진 채 서성거리며 벽 위의 그림만 바라보더군."

송욱이 말을 받았다.

"자네가 벗을 사귀는 태도는 보았다만 그 도道: 벗을 사귀는 방법에 관해서라면 아직 멀었어."

덕홍이 말하였다.

"꼭두각시놀음할 때 장막을 가리는 것은 뒤에 숨어서 줄을 잡아당기려는 것이렷다."

송욱이 말하였다.

"자네도 면교面交9는 알고 있네만 도에 이르려면 아직 부족해. 무릇 '군자君子의 사귐'에는 세 가지가 있고 그 구체적 방법은 다섯 가지란 말씀이야. 그러나 나는 이 중 한 가지도 능하지 못하기 때문에 나이 서른이 되도록 친구가 한 사람도 없는 것일세. 비록 그렇지만 벗을 사귀는 방법은 몰래 주워들은 적이 있지. 팔이 바깥쪽으로 굽지 않는 것은

---

9　면교(面交): 얼굴로 벗을 사귀는 것을 말한다.

확실히 술잔을 잡기 위해서야."*

덕홍이 말하였다.

"그렇고 말고. 아, 『시경』에도 있잖나. '우는 학이 그늘에 있으니 그 새끼가 이에 화답하고 내게 좋은 벼슬이 있으니 내 너와 함께 얽어매리라'[10]라고 하였으니, 바로 이를 두고 하는 말이 아니겠나."

송욱이 말했다.

"자네야말로 벗에 대하여 말할 만하군. 내가 금방 한 가지를 말했더니 자네는 두 가지를 아네그려. 온 세상 사람들이 좇아가는 것은 '세<sup>勢</sup>'형세, 세력이고, 머리를 맞대고 짜내는 것은 '명<sup>名</sup>'명예, 명성 따위과 '이<sup>利</sup>'잇속지. 술잔이 입과 공모한 것은 아니야. 그런데도 팔이 저 스스로 굽는 것은 응당 '형세'가 그렇기 때문이지. 그렇다면 저 학이 서로 울어 화답하는 것은 '명예' 때문이 아니겠는가? 대체로 좋은 벼슬에는 '잇속'이 있잖나. 그러나 붙좇는 자가 많으면 형세가 분산되고, 모의하는 자가 여럿이면 명예와 잇속에도 제 차지가 없는 게야. 그렇기 때문에 군자는 이 세 가지세·명·이에 대해서 오랫동안 말하기를 꺼려한 것이지. 그래서 내가 자네에게 은밀히 변죽만 울려 말한 것인데, 자네는 곧바로 알아듣는군.

자네는 남과 사귈 때 첫째, 이미 지나간 일일랑 칭찬하지 말게나. 이

* '군자의 사귐'이란 양반 사대부들이 입버릇처럼 외치던 '유교의 본뜻'을 말한다. 거리를 떠도는 천민들이 '우도'를 논하는 전복적이며 아이러니한 상황이다. 술잔을 잡은 팔이 안쪽으로 굽는 이유는 술을 마실 생각이 있기에자 연히 '형세'가 그리된다는 말이다. 이는 뒤에 나올 덕홍의 말과 연결된다.

---

10  이 말은 『시경』이 아니라 『주역』의 「계사상」 '종부'에 등장하는데 원문은 다음과 같다. "우는 학이 그늘에 있으니 그 새끼가 이에 화답하고 내게 좋은 술잔이 있으니 내 너와 함께 취하리라."

미 지나간 일을 칭찬한대야 싫증을 느껴 효과도 없을 걸세.*

둘째, 남이 미처 생각지 못한 부분은 아예 깨우쳐주지 말게나. 앞으로 그이가 그 일을 행하여 안다면 크게 낙담하기 때문이지.

셋째, 또 사람들이 많이 모인 곳이면 어떤 사람을 '제일'이라고 하지 말게. '제일'이라고 하는 것은 위에 더 나은 것이 없다는 뜻이니, 그 자리의 다른 사람들은 침울해지고 기운이 없어지기 마련이잖나.

그러므로 벗을 사귀는 데는 다 방법이 있는 게야.

첫째, 장차 그를 칭찬하려고 한다면 먼저 잘못을 드러내어서 꾸짖는 것만 못하며, 둘째, 장차 기쁨을 보여주려면 먼저 성난 모양을 드러내야 해. 셋째, 장차 친하게 지내려고 한다면 먼저 꼼짝없이 서서 뚫어질 듯이 쳐다보다가 부끄러운 듯이 돌아서야 하고, 넷째, 남들로 하여금 나를 믿게 하려면, 짐짓 의심을 사도록 해놓고 기다려야 하는 게야. 다섯째, 대개 지조 있는 선비는 슬픔이 많고 미인은 눈물이 많은데 영웅이 잘 우는 까닭은 남의 마음을 움직이려고 하기 때문이지.

이 다섯 가지 방법은 군자의 조그만 꾀라 하겠으나 세상을 살아가는 방법達道에는 통달한 거야.”**

이러니 탑타가 덕홍에게 말했다.

“대체 송 선생의 말이란 그 뜻을 곧장 말하지 않고 에둘러서 감추어두니 내가 통 알아듣지 못하겠어.”

그러자 덕홍이 말하였다.

*양반들이 겉으로는 고결한 명분을 내세우지만 속으로는 권세나 명예, 이익이 분산되지 않도록 함으로써 그것을 독점하려는 속셈을 가지고 있다는 지적이다. 이것이 '군자지교'의 실상이다. 유교 자체의 문제라기보다는 유교적 명분을 내세워 자신의 잇속을 챙기려한 선비들의 부패가 낳은 병폐이다.

** 양반들 사이에 선심 쓰듯 상대방을 위하는 척하면서 자기 잇속만을 챙기는 사교술이 횡행했기에 이 말은 반어법이다. 「마장전」에는 이처럼 반어법이 자주 사용된다.

"자네가 어찌 충분히 알아듣겠나? 무릇 어떤 사람의 착한 일을 소리 내 책망하면 그보다 더한 칭찬은 없는 것일세. 대체로 노여움은 사랑하는 데에서 생기는 것이고, 정이라는 것도 나무라는 데서 나오는 것이란 말이지. 왜 한집안 식구들끼리는 아무리 잔소리를 해도 싫어하지 않잖나. 그래 이미 친하면서도 싫은 듯이 하면 그 친함이 이보다 더한 것이 어디 있으며, 믿으면서도 아직도 의심스러운 듯이 하면 그 믿음보다 더 확실한 것은 없다는 말이지.

술자리가 저물어 밤이 깊어지면 사람들이 모두 잠들고, 두 사람이 말 없이 서로 마주 보다가는 취한 기운을 빌려서 슬픈 심사를 자극하면 처연해져서 감동하지 않을 사람이 그 누가 있겠나. 그래, 벗을 사귀는 데는 서로를 알아주는 것보다 귀한 것이 없고, 서로를 감동시키는 것보다 더 즐거운 것은 없는 것이지. 그리고 속 좁은 사람의 꽁한 마음을 풀어주고 남을 해치려는 사람의 원망을 풀어주는 데는 그저 우는 것보다 나은 것이 없잖나.

나도 일찍이 남과 사귀면서 울고 싶은 마음이 없는 것은 아니었지. 그런데 울려고 해도 눈물이 나지 않아서 내가 이 나라를 떠돌아다닌 지 서른하고도 한 해나 되었지만 아직도 벗이 없는 걸세."

탑타가 말하였다.

"그렇다면 충忠으로 벗을 대하고 의義로 벗을 얻는다면 어떻겠나?"*

그러자 덕홍이 냅다 탑타의 얼굴에 침을 뱉으며 꾸짖었다.

"더럽구나. 더러워! 네가 한 말이. 그것을 말이라고 해? 자네 내 말 좀 들어봐. 대체로 가난한 사람은 바라는 것이 많기 때문에 한없이 의를 사모하는 거야. 왜 그런고 하니 하늘을 쳐다보면 막막하건만 오히려 곡식이라도 쏟아질 것처럼 생각하고 남의 기침소리만 들어도 '무엇을 주지 않나' 하고 목을 석 자나 뽑곤 하잖나. 반대로 대체로 재산을 지닌 자는 인색하다는 이름쯤은 부끄러워하지도 않아, 남들이 자기에게 바라는 것을 아예 끊어버리려 하기 때문이지. 대개 천한 사람이라야 아낄 것이 없기 때문에 어려움도 헤아리지 않고 충심을 다하는 게야. 왜 그런고 하면 물을 건널 때 바지춤도 걷지 않는 것은 다 떨어진 바지를 입었기 때문이 아닌가. 거꾸로 수레를 타는 사람이 가죽신 위에 덧버선을 신는 것은 오직 진흙이 묻을까 염려해서잖나. 아 신발 밑창도 이렇게 사랑하는데 하물며 그 자신이야 오죽 아끼겠나. 그런 이유로 충이니 의니 하는 것은 빈천한 사람들의 문제일 뿐 부귀한 사람들에겐 논할 바가 아닌 게야."

이러하니 탑타는 정색을 하고 안색이 변하여 말하였다.

"내 차라리 이 세상에서 벗을 사귀지 못할망정 군자의 벗 사귐은 도저히 못하겠네."

그리고 그들은 서로 갓을 망가뜨리고 옷을 찢은 후 때 묻은 얼굴에 머리를 풀어헤치고 새끼줄을 허리에 질끈 동여매고는 저잣거리를 돌아다니며 노래를 불렀다.

골계 선생[11]이 '우정론'을 지었다.

내가 알기로는 나무를 붙이는 데는 물고기 부레로 만든 풀이 제격이요, 쇠를 붙이는 데는 붕사를 녹여서 쓰는 것이 제격이며, 사슴과 말의 가죽을 붙이는 데에는 찹쌀풀[12]보다 좋은 것이 없다.

벗을 사귀는 데 있어서는 또바기 변하지 않는 '버름한 틈聞'이 있다. 연燕, 중국의 북쪽에 있던 나라과 월越, 중국의 남쪽에 있던 나라처럼 멀리 떨어져 있어야 틈이 보이는 것은 아니요, 산과 냇물이 막고 있어서 틈을 보이는 것도 아니다. 무릎을 맞대고 앉았다고 해도 친한 사이가 아니요, 어깨를 치며 소매를 끈다고 해도 마음이 합해진 것이 아니니, 그 사이에도 틈이 있는 것이다.

위앙[13]의 장황한 말에 효공은 자주 졸았으며 응후가[14] 노하지 않았더라면 채택은 아무 말도 못했을 것이다.*

그러므로 세상에 내어놓고 책망하는 데도 반드시 그럴 사람위앙의 재주를 알고 효공과의 자리를 만들고 책망을 하였던 경감이 있으며, 말을 놓아 성나게 하는 데도 반드시 그럴 사람채택의 말을 범응후에게 전한 사람이 있는 것이다.

* 진나라 총신 경감이 위앙의 뛰어난 재주를 알아보고 효공과의 자리를 주선했다. 그러나 효공은 위앙이 제왕의 바른 도리를 논하는 중에 졸며 말을 흐렸다. 이에 경감이 위앙을 꾸짖자 그는 재차 효공을 만나게 해달라고 했다. 하지만 위앙은 5일 후에 효공을 다시 만났지만 이번에도 효공의 졸음을 막지 못했다. 그럼에도 그는 경감의 소개로 다시 한번 효공을 만나 인재로 등용되었다.

채택이 진나라에 들어가 사람을 시켜서 응후 대신 재상 자리를 하겠다는 말을 전하자 응후는 성이 나서 채택을 불러들였다. 채택은 응후에게 "공을 이룬 사람은 물러나야 한다(成功者去)"고 말했다. 결국 응후는 채택의 말에 설복당하여 재상자리를 넘겨주고 만다. 여기서는 애초에 응후가 노하지 않았더라면 채택을 불러들일 일도, 채택이 입을 열 일도 없었을 것이라는 뜻이 아닌가 한다.

---

11  연암 자신이다.

12  원문에는 '메밥'으로 되어 있지만 메밥은 접착력이 없으므로 '찹쌀풀'로 바꾸었다.

13  위앙(衛鞅, ?~기원전 338) : 중국 진(秦)나라의 정치가인 상앙. 효공 밑에서 개혁정치를 펴서 진나라를 융성하게 만들었다.

14  응후(應侯) : 범수(저)(范雎), 전국시대 위(魏)나라 사람으로 제(齊)나라 양왕의 녹을 받다가 제의 재상 위제의 미움을 받아 진(秦)나라로 도망하였다. 후일 범수는 원교근공책(遠近攻策)을 내세워 진의 재상이 되었다.

공자公子, 제후의 자제 조승[15]이 소개하였다.[16]

성안후와 상산왕의 사귐에는 틈이 없었건만 한 번 사이가 벌어지면 누구라도 어쩔 수 없다.[17] 그러므로 중히 여기는 게 틈이 아니며, 두려워하는 것도 틈이 아니겠는가. 아첨은 틈을 타고 들어가 영합하는 것이며, 고자질은 틈을 타서 이간질하는 것이다. 그러므로 사람을 잘 사귀는 사람은 먼저 그 틈을 잘 이용하고, 사람을 잘 사귀지 못하는 사람은 그 틈을 이용할 줄 모른다.

대체로 정직한 사람은 곧바로 가지 휘뚤휘뚤 돌지 않고, 뜻을 이리저리 굽히지도 않는다. 해서 한마디 말을 꺼내 서로 의견이 합쳐지지 않으면, 남이 이간시키지 않아도 제 스스로 앞길을 막아버린 것이 된다. 그렇기 때문에 속담에 "나무를 찍고 또 찍어 열 번 찍어 안 넘어가는 나무가 없다"고 했고, "방구석 귀신에게 아첨하려면 먼저 부엌 귀신에게 아첨하라"[18]는 말이 있으니 바로 이를 두고 한 말이 아닌가.

---

15   조승(趙勝) : 조나라의 공자. 그러나 응후와 채택 누구와도 연결되지 않는다. 조승이 노중련(魯仲連)에게 신원연(新垣衍)을 소개한 고사를 가리키는 것이 아닌가 싶지만 앞뒤 문맥과 전혀 이어지지 않는다.

16   이 말은 "벗을 사귀는 데 있어 또바기 변하지 않는 '버름한 틈(間)'이 있다"는 말과 연결된다. 즉 '경감'과 '채택의 말을 전한 사람'이 위안과 효공, 채택과 응후 사이의 틈을 파고들었다는 의미다.

17   성안후(成安侯)는 진여(陳餘)이고 상산왕(常山王)은 장이(張耳)이다. 기원전 2세기경의 인물들로, 벼슬길에 오르기 전에는 절친했으나 중간에 사이가 틀어져 결국 장이가 진여를 죽이게 된다.

18   『논어』「팔일」 편의 인용. 최상급자(방구석 귀신)에게 아첨하는 것보다 실무자(부엌 귀신)에게 아첨하는 편이 이롭다는 뜻이다.

자기 몸을 가다듬고 얼굴을 꾸민 뒤에 말씨도 얌전히 할 뿐더러 예와 잇속에 담박해서 다른 사람들과 사귀기를 싫어하는 척하여 자기의 아름다움을 자랑하는 것을 상첨上諂이라고 한다.

그다음은 바른말을 간곡하게 해서 자기의 참된 심정을 나타내되 그 틈을 잘 타서 자기의 뜻을 이해시키는 것이 중첨中諂이다.

말발굽이 다 닳고 앉은 자리가 해지도록 자주 찾아가서는 남의 입술을 쳐다보며 얼굴빛이나 잘 살펴서 그가 말하면 덮어놓고 "좋습니다" 하거나 그의 행동은 무조건 "아름답습니다"라고 하면 처음에는 기뻐하나 시간이 흐르면 도리어 싫증내고 싫증나면 더럽게 여기게 되니 그제는 '날 갖고 놀리나' 하고 생각할 것이다. 이를 하첨下諂이라 한다.*

무릇 관중은 아홉 번 제후들을 모았고 소진은 여섯 나라를 연맹하게 했으니 가히 천하의 큰 사귐이라고 할 만하다.**

그러나 송욱과 탑타는 길에서 음식을 빌어먹고 덕홍은 시장에서 미친 듯이 노래를 부를지언정 '말 거간꾼의 야비한 술수'는 쓰지 않았다.

하물며 글을 읽는 군자에게 있어서야 말해 무엇하리오.

* 순수해야 할 사귐이 이해타산을 빠르게 헤아리는 사람들끼리의 만남으로 변질되어버렸다. 요즘의 대인관계도 이와 크게 다르지 않다. 여간해서는 진솔한 속내를 드러내는 사람을 만나기 힘든 것이 현실이다. 어느 시대에나 '참사내'를 찾기는 어려운 일인가 보다.

** 관중(管仲)은 제환공을 춘추시대 최초로 '아홉 제후를 합해 천하를 하나로 바로잡은' 패왕이 되게 한 인물이다. 그는 제환공에게 내시 수조를 기용하지 말라는 말을 남기고 세상을 떠났다. 그러나 제환공은 수조를 재상에 임명하고 3년 뒤 반란을 일으킨 그의 일당에게 살해당한다. 소진(蘇奏)은 연나라 왕에게 연·조·제·위·한·초의 6개국이 합심해 최강대국인 진나라에 대항하자는 합종(合從)정책을 진언했다. 이후 소진은 모두의 찬성을 얻어 6개국의 재상을 겸하게 되었다. 그러나 소진은 동문이자 후배인 장의(張儀)를 진나라에 첩자로 보냈다가 7개국의 지형을 가로로 길게 묶어 하나로 통합하려는 그의 연형책에 당하고 만다. 그 결과 끝내는 6개국이 진을 종주국으로 섬기게 되었다. 관중의 '아홉 제후'와 소진의 '합종책' 모두 결국에는 역사의 뒤안길로 사라졌으니 '천하의 큰 사귐'이라는 말은 공허할 따름이다.

19 '방경각'은 연상각, 공작관, 하풍죽로당, 백척오동각 등과 더불어 연암이 안의현감
재직 시절 지은 누각의 이름이다. '경'은 옥돌, 곧 좋은 것을 가리키니 방경각이란
옥돌을 놓친 집, 다르게 말하면 '좋지 못한 집'이란 뜻이다. 이는 자신의 거처를 겸
손히 표현한 것이다. 그는 이곳에서 조선의 풍광을 담은 글을 써서 우리에게 건넨
다. 연암의 글에 담긴 그의 정신과 당대의 현실은 "가난과 천함, 그리고 근심과 슬픔
은 당신을 옥으로 만든다(貧賤憂戚庸玉汝於成也)"로 요약된다.

# 제題「마장전」후後

『연암별집』,『방경각외전』에 첫대바기로 실려 있으며 작자가 20세였던 1756년 무렵의 작품으로 추측된다.

「마장전」은 조선 후기 양반의 당위적 명분론으로 이미 우상화偶像化된 '우도友道'의 해체를 다룬 한문 단편소설이다. 광인狂人 친구들인 송욱, 조탑타, 장덕홍이 걸인들의 터전인 광통교에 모여 벗 사귐에 대해 이야기하는 것으로 시작한다. 다른 고소설에서 감초 역으로나 등장할 만한 이들이 주인공으로 발탁되었다는 점과 더불어 세 걸인이 양반들이나 운운할 법한 고상한 담론인 우도를 설왕설래 논하는 가소로운 상황 자체가 반어적이다. 인물·사건·배경부터가 우도라는 주제와는 어근버근하지만 읽다 보면 저들이 갈피를 잡을 수 없는 말을 함부로 지껄이는 것이 아님을 알 수 있다. 작금의 우리 이야기인 듯도 하니 이 시대에 던지는 시사점이 적지 않다.

세 광인 중 가장 똑똑한 송욱이 조탑타가 말한 사귐은 그럴 듯이 사귀는 태도인 '교태交態'라 하고, 장덕홍이 말한 우도 역시 얼굴만 그럴 듯이 사귀는 '교면交面'이라 하고는 군자의 교우에 세 가지가 있고 그 방법에는 다섯 가지가 있다고 한다. 그러면서 자신은 그 가운데 한 가지도 못해서 나이 삼십이 되도록 친구가 없다면서 방법을 일러주는데 송욱이 말한 군자의 교우 세 가지는 세勢·명名·이利요, 다섯 가지는 권모술수다. 이른바 모두 아첨과 보비위나 일삼는 행위다.

그러나 어리보기 조탑타는 끝내 송욱의 말을 이해하지 못하고 장덕홍에게 묻는다. 장덕홍은 이에 자세히 설명해주면서 자기는 삼십여 년을 돌아다녔으나 친구를 단 한 명도 얻지 못했다고 한다. 장덕홍의 이야기를 듣고 있던 어리석은 조탑타가 그러면 "충忠으로 벗을 사귀고 의義로 벗을 얻으면 되지 않느냐"고 하자 장덕홍은 그의 낯에 침을 뱉으며 "충의는 빈천한 자들이 하는 것이며 부귀한 사람들은 그런 것을 논하지 않는다"고 말한다. 세 광인의 대화는 타락한 양반들의 우도에 대한 조소와 풍자다. 이것은 연암의 글에 자주 쓰이는 반어적 용법이다. 각설하고 '충'과 '의'야말로 바람직한 우도 아닌가. 이 말을 들은 조탑타는 친구 없이 지내는 한이 있더라도 군자의 교우는 하지 않겠다고 한다. 세 사람은 의관을 찢고 때 묻은 얼굴에 머리를 풀어헤치고는 허리에 새끼를 띠고 시장 속으로 노래를 부르며 사라진다. 처음엔 머슬머슬한 사이인 것 같던 세 광인이 서로 말 흥정꾼의 술수인 '마장지술'은 쓰지 않겠다며 다짐하는 데서 '참된 군자는 오히려 시정에 숨어 있다'는 뜻의 '시은市隱'이란 말이 떠오른다.

흔히 소인의 사귐을 깨지기 쉽다 하여 '단술과 같은 달콤한 사귐'이라 한다지만 이제 이 말을 양반네들의 '군자지교'와 바꿔 써야 마땅할 듯하다.

삶 자체가 난수인 광인들에게 발견한 진정한 '우도'는 인류가 경험을 통해 얻은 보편적인 삶의 가치로서 지금도 만인 공유의 화창한 윤리임이 틀림없다. 더구나 그것은 저들이 늘 입에 달고 살았던 '관습화된 완벽한 도덕규범'이 아니던가. 그렇다면 연암은 친구를 어떻게 생각하고 있었을까? 여기에 잠시 그의 논의를 옮겨 보자.

그의 「회성원집발」에는 이 우정이 다음과 같이 비교적 소상히 기록되어 있다.

옛날에는 친구를 '제이오第二吾'제2의 자아라 부르기도 하고 '주선인周旋人'자신의 일처럼 돌보아주는 사람이라고도 했다. 이런 까닭에 한자를 만든 사람이 '우羽' 자를 빌려와서 '붕朋' 자를 만들고 '수手' 자와 '우又' 자로 '우友' 자를 만들었다. 말하자면 새에게 두 날개가 있고 사람에게는 두 손이 있는 것이다. 그러나 말하는 자는 "상우천고尙友千古"아득한 옛날의 옛사람을 벗한다라 하니 답답하구나, 이 말이여! 천고의 고인은 이미 죽어 흩날리는 티끌이나 서늘한 바람이 되었을 것이다. 그런즉 장차 누가 나를 위해 제이오가 되며, 주선인이 될 것인가.

이 글에서 우리는 친구에 대한 연암의 두 가지 생각을 읽을 수 있다. 하나는 '제이오, 즉 제2의 자아'요, '주선인, 곧 자신의 일처럼 돌보아주는 사람'이라 할 만큼 매우 가깝게 여긴다는 의미다.

또 하나는 친구란 상우천고가 아니라는 점이다. '상우천고'란 중국의 양웅이 『태현경』을 지을 때 나온 고사성어다. 이 책이 너무 어려워 곁에 있던 이가 그 어려운 책을 누가 읽겠느냐고 면박을 주자 그는 "나는 천 년 뒤의 양자운을 기다릴 뿐일세"라고 대답했다.

그러나 천 년 뒤에 자기를 알아줄 벗이 나타난들 이미 지나간 일이다. 얼굴도 볼 수 없고 말 한마디 나누지 못하는데 어찌 친구가 될 수 있겠나? 그런데 우리나라에서는 이 말이 '천고의 옛 벗을 숭상한다'라거나 '책을 벗 삼음' 등 긍정적인 의미로 받아들여졌는데 연암은 이 점을 지적한 것이 아닌가 한다. 연암은 이러한 벗 사귐을 용납할 수 없었다. 그는 서너 호흡 뒤에 다음과 같이 썼다.

즉 누가 능히 답답하게 위로 천고의 앞으로 거슬러 올라가고 어리석게 천 년 뒤를 더디 기다리겠는가? 이로 말미암아 본다면 벗은 당대에서 구해야 함이 분명하다 하겠다.

친구는 먼 과거에서 불러올 수 있는 존재가 아니다. 연암의 말은 벗이란 늘 삶의 주변에 있고, '우정'이란 현재성이라는 성찰이다.

다시 「마장전」으로 돌아와 보자.

"개 머루 먹듯" 우도에 대해서 하나도 모르는 듯한 조탑타의 어수룩함 속에 도사린 발언의 진의를 곰곰 되새겨볼 일이다.

연암은 이어 골계 선생을 등장시켜 쐐기를 박는다. 양반들의 우정은 아첨이며, 그중에서도 상첨上諂·중첨中諂·하첨下諂이 있다고 설명한다. 도덕적 엄숙주의를 표방하며 절대 예의를 내세운 저들이었다. 이러한 문맥 속에서 「마장전」을 환치해보면 '연암의 대사회적 시각'이 여하함을 알 수 있다.

희망은 인간의 등에 붙어 잘 보이지 않는다고 하지만 세 광인의 등 뒤에 붙은 세상을 다스리는 올바른 도리는 오히려 뚜렷하게 보인다. 지금도 우리는 사실 이런 숙맥불변인 천골들에게서 삶의 희망을 발견하는 경우가 더 많다. 세 광인 중 가장 어리석은 조탑타의 말마따나 '충'으로 벗을 사귀고 '의'로 벗을 얻어야 하는 것 아닌가?

# 예덕선생전

穢德先生傳

선비가 입과 배 때문에 구차해지면

백 가지 행실이 이지러지고,

부유한 생활을 누릴 수 있는 것은

탐욕스러움을 경계하지 못했기 때문이다.

엄 행수가 비록 몸소 똥을 쳐서

밥을 먹을지라도 발은 더러우나 입은 깨끗하다.

이에 「예덕선생전」을 쓴다.

**들어가기 전에**

이 작품에 등장하는 3명의 인물 중 선귤자와 자목은 사제지간이다.

등장인물 ─────────────────────────────────

**선귤자**      픽 점잖은 당대의 학자로 오늘날에도 필

요한 참된 스승이다. 매일 똥을 푸는 직업

을 가진 엄 행수를 예덕 선생이라고 부른

다. 이를 못마땅하게 여기는 제자 자목에

게 참다운 교류란 무엇인지 가르치려 하

나 실패한다.

**예덕 선생**
(엄 행수)

똥을 지고 나르는 역부의 우두머리지만 예의를 아는 사람이기에 선귤자로부터 예덕 선생이라는 칭호를 얻는다.
정직하고 순후한 삶을 사는 덕분에 관습적으로 천하게 여겨지는 그의 노동까지도 더없이 정갈해 보인다. 잃어버린 예(禮)의 표상이다.

자목

선귤자의 제자로 스승의 말에 콧방귀만 뀌며 엄 행수와 같은 역부를 사귀는 것을 부끄러이 여긴다. 분을 삭이지 못해 시비조로 스승에게 대들 정도로 뱀뱀이 형편없는 녀석이다.
당시의 전형적인 양반 사대부를 대표하는 인물로 제 똥 구린 줄 모르는 소갈딱지 없는 위인이다.

## 이해와 감상

「예덕선생전」은 앞 장의 「마장전」과 함께 '선례후학先禮後學'예를 먼저 배우고 학문을 하라는 말로 '예의'가 배움에 앞선다는 뜻의 실천을 적실히 볼 수 있는 소설이다. 「마장전」이 조선 후기 사회의 우정을 표면적으로 진단했다면 「예덕선생전」은 벗 사귐의 실례를 제시한다. 연암은 양반과 백성이 계급적으로 대립하는 지점에서 발생하는 우정을 포착했다. 실은 '우정' 하나면 시와 비, 선과 악, 정의와 불의를 판별하는 데 충분하지 않을까 싶다.

청나라의 증국번曾國藩, 1811~1872, 정치가은 세상이 어지러워지는 3가지 조짐을 첫째, 무엇이건 흑백을 가릴 수 없고 둘째, 하찮은 녀석들이 설치는 바람에 선량한 사람이 위축되어 아무 말도 못 하며 셋째, 매사를 이것도 지당하고 저것도 무리가 아니라는 식의 우유부단함과 이해할 수 없는 행동으로 얼버무리는 풍조라고 했다.

연암의 시대에는 그러한 자들이 참 많았다. 그래서인지 연암은 「예덕선생전」을 두 번째로 세상에 내놓으면서 이렇게 말했다.

선비가 입과 배 때문에 구차해지면 백 가지 행실이 이지러지고 부유한 생활을 누릴 수 있는 것은 탐욕스러움을 경계하지 못했기 때문이다. 엄 행수가 비록 몸소 똥을 쳐서 밥을 먹을지라도 발은 더러우나 입은 깨끗하다. 이에 「예덕선생전」을 쓴다.

士累口腹 百行餒缺 鼎食鼎烹 不誡饕餮 嚴自食糞 迹穢口潔 於是述 穢德先生.

「예덕선생전」은 못난 양반들에 대한 비판을 똥으로 풀어본 글이다. 양반들의 부패와 탐욕, 속세의 티끌로 가득 찬 배에서 나온 배설물 때문에 온몸이 사물사물하다. 진동하는 그 악취를 타고 똥독이 오르지 않도록 깨끗하게 치우는 것이 엄 행수의 업이다. 엄 행수가 아니었더라면 양반네들은 똥 구더기에 살며 지독한 제 악취를 맡아야 했을 것이다.

# 예덕선생전

穢德先生傳

　　선귤자에게는 '예덕 선생'[1]이란 벗이 있는데 종본탑宗本塔 동쪽에 살면서 날마다 동네를 돌아다니면서 똥을 져 나르는 것으로 직업을 삼았다. 마을사람들은 모두 그를 '엄 행수嚴行首'라고 불렀는데, '행수'라는 것은 상일꾼 중에서 늙은이를 말하는 것이고 엄은 그의 성이었다.

　　제자 자목子牧이 스승인 선귤자에게 물었다.*

　　"예전에 제가 선생님께 듣기를 '벗이란 동거하지 않는 아내요, 한 핏줄이 아닌 아우다'라고 말씀하셨습니다. 벗이란 이와 같이 중한 것입니다. 온 나라의 내로라하는 사대부[2]들 중 선생님의 뒤를 따라 아랫바람에 놀기를 원하는 자가 많지만 선생님께서는 아무도 벗

---

*선귤자는 기존의 연구를 보면 간서치(看書痴, 책만 보는 바보) 이덕무(李德懋, 1741~1793)로 보는 연구자들이 많았다. 이덕무의 또 다른 호가 매미 '선(蟬)'과 귤 '귤(橘)'로 선귤당(蟬橘堂)이다. 옛날 파공이란 땅에 사는 사람이 귤을 쪼개 보니 두 늙은이가 그 안에서 바둑을 두고 있었다는 이수지귤(二叟之橘) 고사가 있다. 이덕무는 자기의 집이 작아서 귤 속에서 구부리고 장기를 둔다는 이 고사를 빌려 호로 삼았다. 그의 『청장관전서』, 「영처시고」, 「세제병서」에는 다음과 같은 글이 보인다.

"전에 남간(南磵)에 살고 있을 때 내 집을 '선귤'이라 하였으니 비유하건대 집이 작은 것이 매미 허물이나 귤 늙운이와 같다는 데서 취하였다."

---

1　예덕 선생(穢德先生) : 똥을 뜻하는 '예'에 학식이 높은 사람을 부르는 '선생'이라는 극존칭을 붙였다. 여기서는 '더러움에 덕이 가려진 선생'을 뜻한다. 예덕은 '좋지 아니한 행실'을 뜻하는 관용구로 쓰인다. 엄 행수의 성품에는 가당치 않은 말이지만 당대인들은 엄 행수의 직업 때문에 그를 그런 눈으로 바라보았을지도 모른다. 그래서 연암은 '선생'이라는 호칭을 써서 엄 행수를 함부로 대하는 세태를 꼬집은 것이리라.

2　옛말에 독서를 하면 '사'요, 벼슬을 하면 '대부'라 했다.

으로 받아들이지 않으셨습니다.

대체 저 '엄 행수'라는 자는 마을의 천한 상일꾼으로 하류 계층에 처해서는 치욕스러운 일을 합니다. 그런데도 선생님께서는 자꾸 그의 덕을 지극히 칭찬하면서 '선생'으로 부르시고는 장차 교분을 맺고 벗으로 청하려 하십니다. 제자는 너무나 부끄러워 이제 선생님 문하를 떠나려 합니다."

선귤자가 웃으면서 말하였다.

"게 앉거라. 내 너에게 벗을 사귀는 것에 대해서 이야기해주겠다.

왜 항간에 떠도는 속된 말에도 있지 않느냐. '의원이 제 병 못 고치고, 무당도 제 굿은 못 한다'고. 사람들은 모두 저 혼자 잘한 일을 가지고서 남들이 알아주지 않는다고 안타깝게 여기다 이제는 자기의 잘못을 들으려는 척 애쓴단 말이야.

이럴 때 부질없이 칭찬하기만 하면 아첨에 가까워 멋대가리 없고, 오로지 단점만 지적한다면 마치 잘못된 점만 이르집어내는 듯해서 인정머리가 없어 쌀쌀맞거든. 그래 잘못된 점을 떠워놓고서는 어름어름 가장자리만 돌고 깊이 파고들진 않는 법이지. 그렇게 하면 비록 크게 책망하더라도 노여워하지는 않는다. 왜냐하면 아직까지는 자기가 가장 꺼리는 곳을 꼬집어 말하지 않았기 때문이지.

그러다 우연히 저 혼자서 잘했다고 생각하는 일을 마치 여러 가지 사물을 견주다 알아나 맞히듯이 슬쩍 언급한단 말이야. 그러면 마음속

그러나 이덕무는 연암보다 4세 연하의 벗이었다. 또 연암이 이 소설을 지은 것이 20세경이었다는 점을 보면 이덕무의 나이는 겨우 15세를 넘어섰다. 이런 소년이 선귤자라는 별호를 사용하였고 여러 사람에게 존경을 받는다는 것은 아무래도 무리가 있는 추론이 아닌가 한다. 따라서 굳이 이덕무라 할 것이 아니라 선귤당이라는 호를 가탁한 인물로 보는 것이 좋겠다. 선귤자는 연암 자신이라는 확신이 있기 때문에 선귤자가 누구인지는 중요하지 않다. 따라서 선귤자는 연암, 자목은 당대의 비루먹은 양반으로 바꾸어도 큰 무리가 없다.

으로 감격하는 것이 마치 가려운 곳을 긁어주는 것같이 생각한단 말씀이지. 가려운 곳을 긁어주는 데에도 방법이 있단다. 잔등을 어루만지되 겨드랑이 가까이는 가지 말고 가슴팍을 만지더라도 목덜미까지 건드리지는 말아야 해. 그래야 잘못된 점을 띄워놓고서는 어름어름 가장자리만 돌던 말이 자기를 칭찬하는 것인 줄 알게 되면 뛸 듯이 기뻐하며 '정녕 나를 알아주는군' 하고 말하겠지.

이렇게 하는 것이 벗을 사귀는 게냐?"

이 말을 들은 자목이 귀를 막고 물러나 달아나면서 말하였다.

"이는 선생님이 저를 너무 업신여기시는 게 아니십니까? 제게 시정의 잡배나 하인놈들의 사람 사귀는 법으로써 가르치시는 것일 뿐입니다."*

선귤자는 자목을 다시 불러 앉히고 말하였다.

"그러면 네가 수치로 여기는 것은 이곳에 있는 게지 저곳에 있는 게 아니로구나. 무릇 시교[3]는 이해로 사귀는 것이고 면교面交는 아첨으로 사귀는 것이란다. 그렇기 때문에 비록 아주 가까운 사이라도 세 번 도움을 청하면 사이가 벌어지지 않을 수 없고 묵은 원한이 있는 사이라도 세 번 도와주면 가까워지지 않을 수 없는 일 아니냐. 따라서 이해로 사귀면 계속 관계가 이어지기 어렵고 아첨으로 사귀면 오래갈 수가 없는 법이다. 무

* 자목이 스승의 천인 역부를 벗 삼는 것이 마뜩잖다는 속내를 드러내자 선귤자는 우도론을 설파하며 제자를 곰살궂게 꾸짖는다. 그러나 자목은 건성으로 대답하다가 발끈해서는 귀를 틀어막고 "제게 시정집배나 하인 놈들이 사람 사귀는 법을 가르치시는 것일 뿐입니다"라는 독설을 퍼부으며 달아난다. 잘못을 빌어야 할 자목이 도리어 선생을 되술래잡는 모양새는 스승과 제자 사이의 신뢰가 이미 무너진 볼썽사나운 모습이다. 연암은 「증계우서」라는 글의 서두에 "사도가 없어진 지 오래되었다"고 적어놓았다. 글공부가 마음공부일진대 선생에 대한 태도가 저래서야 무슨 사람이 되겠는가. 연암은 자목이란 인물을 설정할 때 이러한 점 역시 염두에 두었을 것이다.

---

3    시교(市交) : 시정잡배의 사람 사귐.

롯 큰 사귐은 얼굴로 사귀는 것이 아니며 좋은 벗은 지나치게 가깝지 않고 다만 마음으로 사귀는 것이고 덕으로 벗을 해야 하는 거란다. 이것을 이른바 도의지교라 하지. 그러면 위로는 천 년 전의 사람을 벗하더라도 멀지 않을 것이며, 만 리 밖에 떨어져 있더라도 소외되지 않게 된단다.*

그런데 저 엄 행수라는 이는 일찍이 나에게 알고 지내기를 요구한 적이 없었지만 나는 언제나 저이를 칭찬하려 하였지 싫어하지 않았단다. 저이가 밥을 먹을 때면 '꿀떡꿀떡' 하고 걸음새는 '어청어청'하며, 잠을 잘 때는 '쿨쿨'하고 그 웃음소리는 '허허'대더구나. 평상시에는 바보 같지.

흙으로 벽을 쌓고 볏짚으로 지붕을 이어 구멍문을 내놓고는 새우등이 되어 들어가 개처럼 주둥이를 틀어박고 자다가는 아침 해가 뜨면 기쁜 듯이 일어나, 흙 삼태기를 메고 동네에 들어가 뒷간을 쳐 나른다. 9월이 들어서면 서리가 내리고, 10월에 살얼음이 얼어도 뒷간의 사람 똥과 마구간의 말똥, 외양간의 쇠똥, 또는 홰대 아래에 떨어진 닭똥, 개똥, 거위 똥이나 돼지 똥, 비둘기 똥, 토끼 똥, 참새 똥 따위를 마치 값지고 귀한 보물처럼 마구 긁어 걸태질해가도 얌통머리 없는 짓이라고 하지 않는다. 그리고 이러한 이득을 혼자서 차지해도 의리를 해친다 하지 않고 아무리 탐내어도 양보할 줄 모른다고 말하지는 않는단 말이지.

손바닥에 침을 '탁!' 뱉고는 가래를 쥐고 허리를 꾸부정하니 일하는 모습이 마치 날짐승이 무엇을 쪼는 듯한 모습이더군. 비록 볼 만한 광경이라도 보려 하지 않고, 종과 북의 풍악 소리도 거들떠보지 않는다.

대체로 부귀란 것은 사람마다 모두 원하는 것이다만 원한다고 해서 얻을 수 있는 게 아니기 때문에 부러워하지 않는 게지. 따라서 저이를 칭찬하지만 더 영광스러울 것도 없고, 헐뜯는다 해서 더 욕될 것도 없는 게야.

왕십리[4]의 순무, 살곶이다리[5]의 무, 석교[6]의 가지, 오이, 수박, 호박, 연희궁[7]의 고추, 마늘, 부추, 파, 염교하며 청파[8]의 물미나리, 이태인[9]의 토란 따위를 심는 밭은 그중 가장 좋은 상上의 상 밭에만 골라 심는다 해도 모두 엄 씨의 똥거름을 써야지만 살지고 기름지게 잘 가꾸어져 해마다 6천 냥이나 되는 돈은 그렇게 버는 게지.

그렇지만 엄 행수는 아침에 밥 한 사발만 먹으면 만족한 기분으로 다니다가 저녁이 되면 또 한 그릇 먹을 뿐이지. 남들이 고기를 먹으라고 권하면 '아, 목구멍에 내려가면 푸성귀나 고기나 배부르기는 매한가진데, 왜 맛있는 것만 가리겠소?' 하면서 사양하지. 또 남들이 옷을 입으라고 권하면 '넓은 소매 옷을 입으면 몸을 움직이기가 불편하고, 새 옷을 입으면 길가에 똥을 지고 다니지 못할 게 아니오?' 하면서 사양하더구나.

---

4  왕십리(往十里) : 이태원의 옛 이름.
5  현재의 한양대 부근에서 뚝섬 쪽으로 나 있던 다리.
6  현재의 서대문 밖 일대.
7  현재의 연희동과 신촌 일대.
8  현재의 청파동 일대.
9  현재의 이태원.

해마다 정월 초하룻날 아침이 되면 비로소 갓을 쓰고 허리띠를 두르고는, 옷에 신을 갖추어 신고는 이웃 동리에 두루 돌아다니며 세배를 올리지. 그리고 돌아와서는 곧 다시 전에 입던 옷을 찾아 입고는 흙 삼태기를 메고는 마을 안으로 들어가는 거다. 이러하니 엄 행수가 어찌 이른바 '더러움 속에 자기의 덕행을 파묻고 사는 이 세상에 숨은 참된 은사'가 아니겠느냐. 옛 전(傳, 여기서는 『중용』)에 이르기를 '본래 부귀를 타고 난 사람은 부귀를 행하고, 빈천을 타고난 사람은 빈천을 행해야 한다素富貴 行乎富貴 素貧賤 行乎貧賤'고 하셨다. 이 말에서 '본래素'란 하늘이 정해준 분수를 뜻하는 거지. 또 『시경』에 이르기를 '이른 아침부터 밤까지 공무를 같이 보지만 저마다의 분복은 같지 않도다夙夜在公 寔命不同'라고 하였는데, 여기서 '분복命'은 타고난 분수를 말하는 거란다.

하늘이 만백성을 낳으실 때에 제각기 정해진 분수가 있으니 분복은 본래 타고난 게야. 그러니 그 누구를 원망하겠어. 새우젓을 먹으며 달걀을 생각하고, 굵은 갈옷을 입고는 가는 모시를 부러워하는 격이지. 천하가 이래서 크게 어지러워지는 법이란다.*

아, 농투성이 백성들도 땅을 버리고 들고일어났으니 논밭이 묵어 자빠져 황폐해지게 마련 아니냐. 진승, 오광, 항적의 무리가 그래 그 뜻이 어찌 호미나 극쟁이 따위농사일에 있겠느냐.**

『주역』에 "짐을 지는 소인이 군자처럼 수레를 타니

* 새우젓을 보면 계란찜을 생각하고 굵은 갈옷을 입게 되면 이제 가는 모시로 만든 고급 옷을 입고 싶어지는 것이 사람의 마음이라는 뜻이다. 말 타면 경마 잡고 싶다'거나 '서면 앉고 싶고, 앉으면 눕고 싶다'는 것과 같은 말이다.

** 진승(陳勝), 오광(吳廣), 항우(項羽)는 모두 진나라 말기에 일어난 반란 지도자들이다. 진승과 오광은 비천한 신분의 소작농이었다. 진시황이 죽은 뒤 북방을 방비할 사람을 징발하여 파견하였을 때 폭우를 만나 동료인 둔장 오광(吳廣)과 뜻을 합해 지휘자를 살해하고 사람들을 선동하여 반란을 일으켰다. 6개월에 걸친 이 반란으로 진나라는 혼란에 빠졌다. 항우는 이 틈을 타 떨쳐 일어났고 후일 유방과 함께 진나라를 멸망시킨다. 따라서 이 말인즉슨 진나라를 무너뜨린 진승, 오광, 항적은 애초부터 촌로로 그칠 사람들은 아니라는 뜻이다.

도적이 닥치리라負且乘, 致寇至"라 하였으니 이를 두고 한 말이란다.* 그렇기 때문에 '만종의 녹萬種之祿광장한 벼슬자리은 더러울 뿐이지. 제 힘을 다하지 않고서 얻은 재산은 비록 부함이 소봉[10]과 어깨를 겨룬다 해도 그의 이름을 더럽게 여기는 게지. 그래 사람이 죽으면 저승 노자로 입안에 구슬을 넣어주는 반함을 하는 것은 깨끗함을 밝히려는 게야.

* 『주역』, 「해괘」, '육삼'에 보인다. '부승(負乘)의 경계이다. 짐을 짊어져야 하는 사람이 분수에 맞지 않게 수레를 타면 도둑을 불러들이는 우환이 닥침을 경계하는 말이다. 여기서는 진승, 오광, 항적이 신분에 맞지 않게 반란을 일으켜 높은 자리에 올랐으나 결국은 모두 망했다는 말이다. (연암은 인간으로서 존중은 말하였으나 신분 타파까지 나아가진 않았다. 오히려 연암은 '선비는 곧 하늘이 내린 벼슬'이라고까지 하였다. 「양반전」, '이해와 감상' 참조)

저 엄 행수가 똥을 지고 거름을 가져다가 그걸로 먹고사는 게 아주 깨끗하다고는 못 하겠지만 저 사람이 밥벌이를 하는 것은 지극히 향기롭고, 몸가짐은 더럽기 짝이 없지만 의로움을 지키는 점은 지극히 높은 것 아니냐. 저이의 마음가짐으로 미루어 생각해보면 비록 광장한 녹을 받는 벼슬자리라도 그를 움직이지는 못할걸. 이로 본다면 깨끗한 가운데도 깨끗지 못한 것이 있고 더러운 가운데도 더럽지 않은 것이 있단 말이지. 누구나 먹고 입는 데서 견디기 어려운 처지에 다다르면 아닌 게 아니라 나만도 못한 처지의 사람을 생각하게 되는데, 엄 행수를 생각한다면 견디지 못할 것이 없지. 짜장 도적질할 마음이 없기로 따지면 엄 행수 같은 사람을 생각하지 않을 수 없을걸. 이 마음을 크게 키우기만 한다면 성인도 될 수 있을 게야.

그러니까 대체 선비가 좀 궁하다고 해서 얼굴에 나타내면 부끄러운 노릇이고 출세했다 하여 온 몸에 표를 내는 것도 수치스러운 노릇이

10    소봉(素封) : 녹봉이나 작위는 없으나 제후 못지않은 큰 부자를 가리키는 말.

의 드물걸. 그래 나는 엄 행수에게 '선생'으로 모신다고 한 것이다.[11] 어찌 감히 벗이라 부르겠느냐? 이러한 이유에서 나는 엄 행수에게 감히 그 이름을 부르지 못하고 '예덕 선생'이라는 호를 지어 바친 거란다."*

『연암집별집』, 『방경각외전』

* 선귤자는 엄 행수를 이름 대신 '예덕 선생'이라는 호칭으로 부르고 있다. 그런데 연암은 하필이면 왜 똥 푸는 이를 이 글의 주인공으로 삼았을까? 「일산수필」이라는 글을 보면 똥에 대한 그의 생각을 알 수 있다. "똥이란 지극히 더러운 것이지만 밭에 거름을 준다면 마치 금처럼 아까워한다. 길에 버린 재가 없고 말똥을 줍는 자는 삼태기를 메고서 말꽁무니를 따라 다닌다. 이러한 것을 네모나게 쌓거나 혹은 팔각으로 혹은 여섯 모로, 혹은 누대의 모형처럼 만든다. 똥거름을 보니 천하의 제도가 이곳에서 있는 것이다. 그러므로 나는 이렇게 말한다. "기와조각과 똥거름 이것은 장관이다." 연암은 "똥이란 지극히 더러운 것"이라 하면서도 가로되. "장관(壯觀)"이라고 하였다. 이것은 그가 평생 동안 실천한 실학사상과 이용후생이 그대로 담긴 연암 사상의 고갱이다. 연암이 분뇨 수거인 엄 행수에게 '선생'이라는 칭호를 붙이는 이유는 여기에 있다.

11  연암은 「홍덕보에게 보낸 답장 제2」에서 "무슨 일에나 바른 길로 인도해준다면 돼지를 치는 종놈도 나의 어진 벗이요, 의리를 갖고 충고한다면 나무하는 머슴도 좋은 친구입니다"라고 했다.

# 제題「예덕선생전」후後

『연암별집』,『방경각외전』에 실려 있으며 작자가 20세 무렵에 쓴 작품으로 시종일관 선귤자와 자목 사제 간의 겨끔내기로 진행된다.

'예穢'더럽다, 똥란 경멸스러운 대상을 '덕德'과 짝지우는 것으로도 모자라 학예學藝가 뛰어난 사람을 높여 이르는 '선생先生'이란 칭호까지 부여하여 제목으로 버젓이 내놓은 소설이다. 선귤자에게 예덕 선생이라는 벗이 있었는데 그는 종본탑 동편에 살면서 분뇨를 지고 나르는 역부들의 우두머리인 엄 행수였다. 선귤자의 제자 자목은 스승이 사대부와 교우하지 않고 비천한 엄 행수를 벗 삼은 데 노골적으로 불만의 뜻을 표한다. 안타깝게도 자목은 어린 나이임에도 이미 사고가 진부하여 시속에 통하지 않는 동홍 선생冬烘先生이 되어 있었다.

선귤자는 이러한 제자를 달랜다.

벗을 사귐에는 '이해로 사귀는 시교市交'와 '아첨으로 사귀는 면교面交'가 있는데 후자는 오래갈 수 없으니 '마음으로 사귀고 덕을 벗하는 도의의 사귐'이 바람직함을 자상히 일러준다. 비록 엄 행수의 사는 꼴이 어리석어 보이고 하는 일은 비천하지만 남이 알아주기를 구하거나 남에게 욕먹는 일이 없으며, 볼 만한 글이 있어도 보지 않고 좋은 음악에도 귀 기울이지 않는 사람이라고도 한다.

선귤자의 이야기를 통해 엄 행수는 타고난 분수를 기꺼이 받아들이면서 '사람 사는 예를 지킨다'는 것을 알 수 있다. 그것은 속절없는 삶에 대한 무기력함에서 나온 행동도, 조선 후기라는 질곡의 시대를 살아가며 느낀 환멸도 아니다. 오히려 세상을 담담하게 인정하는 의연한 모습이다. 비록 엄 행수의 사회적 신분은 분뇨를 져 나르는 천민이지만 그는 결코 '가년스럽다'<sup>보기에 가난하고 어려운 데가 있다</sup>고 할 수 없는 인물이다. 연암은 인생의 8할을 아예 양반에게 줘버린 이에게서 찾아낸 희망을 그려내고 있다.

그러니 엄 행수야말로 더러움 속에 덕행을 묻고 세상 속에 숨은 사람이다. 엄 행수의 직업은 불결하지만 그의 삶은 지극히 향기로우며 그가 처한 곳은 더러우나 의를 지킴은 꿋꿋하다고 말하는 선귤자 역시 진정한 스승이다. 아랫사람이 웃어른을 상대로 논쟁을 벌여서는 안 된다는 '재하자 유구무언在下者 有口無言'이라는 말의 권위가 여전한데도 스승에게 대드는 자목의 태도에서 그가 영 뺌뺌이 떨어지는 인물임을 안다.

하지만 얄궂은 성격의 자목은 '귓구멍에 마늘 쪽 박았는지' 스승의 말을 도통 알아듣지 못한다. '상놈'은 양반 앞에서만 상놈임을 저는 알지 못하니, 저 백태 낀 눈으로야 엄 행수가 어디 '인간'으로 보였겠는가. 더욱이 자목은 불순한 구석이라고는 없는 엄 행수에게 모진 욕까지 퍼붓는다. 자목이 하는 짓을 보면 늘품이라곤 조금도 없다. 연암의 시대에는 자목과 같은 '모지락스런 생물'들이 적잖았을 것이다.

요즘은 많은 사람이 세상을 요령껏 사는 것이 큰 재주인 양 여기나 이 소설을 찬찬히 읽고는 빙충맞아 보이는 엄 행수라는 인물을 보고 부끄러움을 느꼈으면 한다. 『논어』「위령공」편에서 공자는 이런 말을 했다. "더불어 말할 만한데도 함께 말을 하지 않으면 아까운 사람을 잃어버리고 더불어 말할 만하지 못한데도 함께 말을 하면 말을 잃는다.

지혜로운 사람은 사람도 말도 잃지 않는다<sup>可與言而不與之言 失人 不可與言而與之</sup> <sup>言 失言 知者 不失人 亦不失言</sup>." 겉모습만 화려한 이들의 뒤꽁무니를 붙좇지 말고 주위를 찬찬히 살펴 보이지 않는 곳에 있는 저런 이들을 찾아 사귀어볼 일이다.

선례후학, 즉 먼저 예의를 배우고 나중에 학문을 배우는 것이렷다.

# 민옹전

閔翁傳

금년 가을에 나는 또

병이 더욱 깊어져 민옹을 볼 수 없었다.

그래서 마침내 민옹과 주고받았던

세상을 숨어 사는 이의 훈계하는 말,

실없이 놀리는 말, 에둘러 깨우치는 말들을

드러내어 「민옹전」을 짓는다.

때는 정축년 가을이다.

**들어가기 전에**

이 작품의 등장인물은 여러 명이지만 주로 나와 민옹이 이야기를 이끌어나간다.

등장인물 ————————————————————————————————

나     민옹의 이야기를 이끄는 인물이다.

민옹     남양의 무인 출신으로 첨사라는 벼슬을
지냈으나 영달하지 못하고 시골에 묻혀
울울하게 살아가는 이다.
은어와 기담을 자유롭게 구사하는 등 능
갈치는 솜씨와 사날이 여간 아니라 내 집
에 머무는 사람들 중 누구도 그와의 문답
에서 이기지 못한다.

**민옹의아내**　홀앗이로 살림을 꾸려나가며 남편의 출세
를 기다리다 지친 아낙이다.

**악공들**　음악을 연주하느라 힘줄 세운 얼굴을 두
고 민옹에게 성을 내고 있다고 애먼 볼때
기를 맞는다.

**좌객들**　민옹의 뛰어난 재주를 빛내는 조연 역할
을 충실하게 하는 이들이다.

「민옹전」은 박지원이 21세 되던 1757년<sup>영조 33년</sup> 무렵에 지은 한문소설이다. 그런데 이 글을 읽으면 연암의 글이 여간 재기발랄하지 않다는 생각이 든다.

「민옹전」은 실존 인물인 민유신<sup>閔有信</sup>이 죽은 뒤 그가 남긴 일화와 작자가 민유신을 만나 겪었던 일들을 엮고 뇌<sup>誄 : 조문, 죽은 사람의 생전 공덕을 기리는 글</sup>를 붙인 글이다.

그러나 안타깝게도 「민옹전」에 보이는 단서 외에는 '민옹'이라는 사람에 대해 알 수 있는 자료가 없다. 다만 「민옹전」 서두에 "민옹은 남양 사람이다. 무신년<sup>1728년, 영조 4년</sup> 민란이 일어나니 관군을 따라 그들을 정벌한 공으로 첨사가 되었고 후일 집에 돌아가서 다시는 벼슬살이를 하지 않았다"는 말이 나온다.

그에 관한 설명이라고는 "민옹은 키가 아주 작달막했고 하얀 눈썹이 눈을 덮었다. 자기 이름을 유신<sup>有信</sup>이라고 했는데 나이는 73세였다"라는 외양 묘사가 전부다.

결국 기록을 종합해보건대 민옹은 1757년, 우리나이 74세에 세상을 뜬 것으로 추정된다. 1684년생이니 무신란 때 그의 나이는 45세였다. 나이 45세에 관군을 따라 이인좌와 정희량의 난에 출전하여 첨사가 되었다 하니 무반이었으며 그리 대단치 못한 직위에 머물렀음을 알 수 있다.

첨사는 첨절제사라고도 하는데 조선시대 종삼품의 무관직으로 그리

낮은 벼슬도 아니었지만 그렇다고 높은 벼슬이라고 할 수도 없다.

그러면 이제 연암이 이 작품을 짓게 된 경위를 살펴 보자.

금년 가을에 나는 또 병이 더욱 깊어져 민옹을 볼 수 없었다. 그래서 마침내 민옹과 주고받았던 세상을 숨어 사는 이의 훈계하는 말, 실없이 놀리는 말, 에둘러 깨우치는 말들을 드러내어 「민옹전」을 짓는다. 때는 정축년 가을이다.

今年秋 余又益病 而閔翁不可見 遂著其與余 爲閔翁傳言談譏諷 爲閔翁傳 歲丁丑秋也.

이 말을 곧이곧대로 믿는다면 「민옹전」은 민옹과 연암의 사실담, 즉 '실제로 있거나 실제로 있었던 일에 관한 이야기'를 적은 것이다. 하지만 여기서 '사실'이란 연암소설이 으레 그렇듯 이미 소설의 '허구성'과 변증적으로 교묘히 결합한 소재에 지나지 않는다. 따라서 이 글은 소설로서 이미 '낭만적 거짓과 소설적 진실'을 일정량 담고 있는 셈이다.

그러니 「민옹전」에 보이는 세상을 숨어 사는 이의 훈계하는 말, 실없이 놀리는 말, 에둘러 깨우치는 말들은 단순한 우스갯소리가 아닌 '소설 속 장치'들로 보아야 한다.

황충 떼가 지나가면 농작물이 크게 해를 입어 가을 추수 때가 되어도 수확물이 없어 봄같이 궁하다는 뜻으로 '황충이 간 데는 가을도 봄이다'란 속담도 있다. 오늘날도 여기저기 황충이 출몰하니 눈 크게 뜨고 살필 일이다.

# 민옹전

閔翁傳

민옹閔翁은 남양[1] 사람이다.

민옹은 무신년戊申年, 1728년, 영조 4년, 이인좌李麟佐, ?~1728의 난[2]에 관군으로 참여해 세운 공으로 첨사[3]의 벼슬을 하사받았다. 그 뒤에 집에 돌아와서는 다시는 벼슬을 하지 않았다.

민옹은 어릴 적부터 깨달음이 빠르고 총명하였다. 특히 그는 옛사람의 기이한 절개나 위대한 자취를 흠모하였으며 의롭지 못한 것을 보면 정의심이 복받치어 슬퍼하고 한탄하고는 마음을 굳게 다지곤 하였다. 그리하여 일찍이 종종 그들의 전기傳記를 읽을 때마다 탄식하고 눈물짓지 않은 적이 없었다.

그는 일곱 살의 나이에 큰 글씨로 벽에 이렇게 써놓았다.

"항탁은 스승이 되었다."[4]

---

1 　남양(南陽) : 지금의 경기도 화성시 남양으로 추정된다.
2 　영조 4년(1728년) 이인좌, 정희량이 공모하여 밀풍군 탄을 추대해 군사를 일으키니 그 세력이 한때 청주, 안성까지 이르렀으나 토벌군에 패해 난의 수괴들은 모두 주살되었다.
3 　첨사(僉使) : 동첨절제사 · 첨절제사의 총칭. 모두 조선시대 절도사의 관할에 속한 진(陣)의 군직 이름이다.
4 　"무릇 항탁(項橐)은 나이 일곱에 공자의 스승이 되었다."(『전국책』, 「진책」)

열두 살에는, "감라는 장수가 되었다네"[5]라고 썼다.

열세 살에는, "외황의 꼬마둥이가 항우를 설득했다"[6]라고 썼다.

열여덟 살에는 이렇게 덧붙여 놓았다.

"곽거병이 기련산에 출정했다."[7]

스물네 살에는, "항적이 강을 건넜다"[8]라고 썼다.

나이 마흔에 이룬 것이 없으면서도 또 크게 써놓았다.

> "맹자 부동심을 얻다."*

* 부동심은 마음이 움직이지 않는다는 말이다. 『맹자』, 「공손추」 상편에 보면 "맹자가 말하기를 (…중략…) 나는 사십이 된 이후부터 마음이 흔들리지 않았다"라는 구절이 있다. 맹자는 마흔 살 때부터 어떤 것에도 마음이 흔들리지 않았다고 한다. 나이 마흔이 되자 의혹을 품지 않았다는 공자의 '불혹'과 같은 말이다. 맹자는 공자의 말을 인용해 양심의 명령에 따라 행동하는 곳에 참다운 용기가 생기고, 이러한 용기가 부동심의 밑거름이 된다고 말한다.

이렇게 해마다 쓰기를 게을리하지 않으니 그의 벽은 온통 먹으로 뒤덮였다.

나이 칠십이 되자 부인이 조롱하며 말했다.

"영감, 금년에는 왜 까마귀를 그리지 않수."

민옹이 웃으며 말하였다.

---

5  감라(甘羅)는 진(秦)나라의 명신인 감무의 자손으로, 나이 열둘에 장수가 되어 조나라로 출정해 5성을 바치고 진나라를 섬기게 했다(『사기』, 「저리자감무열전」).

6  항우는 외황(外黃)이라는 고을을 공격해서 항복을 받아낸 후 15세 이상의 사내를 모두 죽이려 했다(『사기』, 「항우본기」). 이때 그 고을 아전의 아들이 항우를 설득해 살육을 막은 일이 있는데 그 아이는 당시 열세 살이었다고 한다.

7  곽거병(霍去病)은 전한(前漢) 사람으로 외삼촌 위청과 함께 흉노를 정벌해 표기 장군에 올랐다. 그는 나이 열여덟에 거연을 넘어 기련산에 이르러 많은 포로들을 잡았다(『사기』, 「위장군 표기열전」). 원문에는 '기련산(祈連山)'으로 되어 있으나 '기련산(祁連山)'이 맞다. 기련산은 중국 간쑤성(甘肅省)과 칭하이성(靑海省)의 경계에 있다.

8  『사기』, 「항우본기」 중 "항적(項籍)이 (…중략…) 처음 거사를 시작한 것은 스물네 살 때이다"라는 구절이 있다. 항적은 그 해에 장강을 건너 진나라를 쳤다.

"암. 당신은 빨리 먹이나 갈아주구려."

그리고는 크게 내리썼다.

"범증은 기이한 계책이 뛰어났다."[9]

그의 아내가 아예 골을 내며 아등아등 잔소리를 해댔다.

"계책이 비록 기이하다 한들 어느 때 사용하시려우?"

민옹이 웃으며 말했다.

"옛날 여상은 여든 살에도 매처럼 들날렸지.[10] 지금 내 나이는 여상에 비하면 어린 동생에 불과할 뿐이오."

계유년癸酉年, 1753년, 영조 29년과 갑술년甲戌年, 1754년, 영조 30년 사이에 내 나이 열일고여덟 살이었다. 오랜 병으로 몸은 쇠약하여 노래·글·그림이나 오래된 검劍·거문고·이기[11] 골동품 등 여러 잡스러운 물건들을 좋아하였고 더욱 손님들을 모아놓고 우스갯소리나 옛날이야기로 마음을 달래려 만방으로 애썼다. 하지만 울적한 마음을 탁 트이게 할 수는 없었다.

어떤 사람이 말하였다.

---

9  범증(范增)은 초패왕 항우로부터 아버지에 버금가게 존경하는 사람이라는 '아부' 청호를 받은 군사 전략가였다. "나이 칠십이 되도록 버슬을 하지 않았지만 기이한 계교가 뛰어난 사람이었다."

10  여상(呂尙)은 중국 주나라 초기의 정치가로 문왕이 위수가에서 처음 만나 스승으로 삼았으며, 뒤에 문왕의 아들인 무왕을 도와 은나라를 멸망시키고 천하를 평정하는 데 큰 공헌을 한 태공망(강태공이라고도 함)을 가리킨다. "태사이신 여상 선생 / 매처럼 떨치셨네."(『시경』, 「대아」, '대명장')

11  이기(彝器) : 종묘 제사 때 쓰는 그릇.

"민옹이라는 기이한 선비가 있다던데 거 노랫가락을 잘하고 이야기도 거침없는데 재미있고 능청스러운 구석도 있다지 아마. 듣는 사람도 몸과 마음이 다 깨끗하고 상쾌해지지 않는 사람이 없다는구먼."

나는 이 말을 듣고 너무나 기뻐 그에게 함께 와줄 것을 청하였다.

민옹이 왔을 때, 나는 사람들과 음악을 즐기고 있었다. 민옹은 읍인사도 한자리 꾸부리지 않고 피리 부는 사람을 한참 보더니 다짜고짜 그의 볼때기를 후려갈기며 그를 큰소리로 꾸짖었다.

"주인은 즐기려 하는데 네놈은 어째서 화를 내는 게야."

내가 몹시 놀라 그 이유를 물으니 민옹이 말했다.

"저놈이 눈을 부릅뜨고 잔뜩 기를 쓰고 있잖소. 아, 화를 내는 게 아니라면 뭐란 말이오."

내가 크게 웃자 민옹이 말했다.

"어찌 피리를 부는 놈만 화내는 것이겠소. 젓대를 부는 놈은 얼굴을 돌린 채 우는 것 같고, 장고를 치는 놈은 찡그리고 있는 것이 영락없이 근심하는 게요. 앉아 있는 사람들도 모두 묵묵하니 마치 큰 근심이라도 있는 것 같고 아이와 종놈들까지 꺼려서 웃거나 떠들지도 않는구려. 음악으로는 즐거워질 수가 없겠소 그려."

나는 곧 일어나 자리를 치우고 민옹을 맞아 마주 앉았다.

민옹은 키가 아주 작달막하고 흰 눈썹이 눈을 덮고 있었다. 스스로 "내 이름은 유신有信이요. 금년으로 나이가 일흔셋이오"라고 하였다.

그리고는 나에게 물었다.

"당신은 무슨 병이 들렸소. 머리가 아픈 게요?"

나는 "아니오"라고 했다.

민옹이 말했다.

"배가 아프오?"

나는 또 "아닙니다"라고 했다.

"그렇다면 당신은 아픈 데가 없는 것이구려."

그리고 문을 열고 들창을 걸었다. 바람이 솔솔 들어왔다. 나는 마음이 시원해지는 것이 전과는 아주 다르다고 생각했다.

나는 민옹에게 말하였다.

"나는 특히 먹는 게 싫고 밤에는 잠을 이루지 못하니, 이것이 병이 되었나 봅니다."

그러자 민옹이 일어나 나를 축하했다. 나는 놀라서 물었다.

"노인장께서는 무엇을 축하한단 말씀이시지요?"

"그대는 형편이 어려운데 다행히 먹는 것을 싫어한다니 재산이 좋이 늘 것이고, 잠을 자지 못한다니 밤낮을 겸하여 곱절을 사는 셈이잖소. 재산은 늘고 두 배를 사니 오래 살고 또 부자가 되겠구려."

잠시 후 밥상이 들어왔다.

나는 한숨을 쉬고 얼굴을 찡그리며 수저를 들지 않은 채 음식 냄새만 킁킁 맡았다. 그러자 민옹이 갑자기 크게 화를 내며 일어나 가려고 했다. 내가 놀라서 물었다.

"노인장께서는 어째서 화를 내며 가려 하십니까?"

민옹이 말했다.

"그대가 손님을 청해놓고는 손님상이 아직 들어오지도 않았는데 혼자 먼저 음식을 맛보니 예의가 아니잖소."

나는 사과하며 민옹을 잡아 앉히고 음식을 갖추어 내오도록 재촉했다. 민옹은 사양하지 않고 팔뚝을 걷어붙이고 수저질하는 소리가 요란하게 먹어댔다. 그러자 나도 모르게 입에 군침이 돌고 가슴이 열리고 콧구멍이 뚫리는 것 같아 전처럼 밥을 잘 먹을 수 있었다.

밤이 되자 민옹은 눈을 감고 단정히 앉았다.

내가 그와 이야기를 나누려 하니 그는 더욱 입을 꼭 다물었다.

나는 퍽 무료했다.

한참 시간이 지난 뒤였다. 민옹이 벌떡 일어나 등불 심지를 긁어 돋우며 말했다.

"내가 소싯적에는 눈으로 한 번 스치기만 하면 즉시 외우곤 했는데 지금은 늙었나보오. 그대와 약속을 하고 평생 보지 않은 책을 각자 두세 번 훑어보고 외기로 합시다. 만약 한 자라도 틀리면 벌을 받기로 약속하는 것이 어떻소?"

나는 민옹을 얕잡아 보고서 "좋지요"라고 말했다.

즉시 시렁 위에 꽂힌 『주례』[12]를 뽑았다.

민옹은 '고공'을 짚었고, 나는 '춘관'을 택했다.[13]

---

12　주례(周禮) : 주공 단이 지었다고 전해지나 후대의 사람이 증보했을 것으로 추정된다. 주나라의 관제인 천·지·춘·하·추·동 등을 분류해 설명한 것으로서 중국의 국가 제도를 기록한 가장 오래된 책이다.

13　고공(考工)은 『주례』의 편명인 고공기(考工記), 즉 궁실의 수레·악기·병기 등에 관한 기술이 실려 있는 기술서이고, 춘관(春官) 역시 『주례』의 편명으로 육관(六官)의 하나다.

조금 후 민옹이 크게 말하였다.

"나는 이미 외웠소이다."

나는 아직 한 번도 훑어보지 못했기에 깜짝 놀랐다. 나는 민옹에게 잠시 기다려달라고 하였는데, 자꾸 말을 걸어 나를 피곤하게 했다. 나는 더더욱 외울 수가 없었다. 그러다가 잠이 오더니 그만 잠이 들었고 날은 이미 밝아버렸다.

나는 민옹에게 물었다.

"노인장께서는 어제 외운 글을 기억하시오?"

민옹이 웃으며 말하였다.

"나는 애초부터 외우지 않았소이다."

어느 날 저녁 민옹과 함께 이야기를 했다. 그는 자리를 같이한 사람들에게 농담도 하고 그들을 꾸짖기도 했지만 사람들은 그를 어쩌지 못했다. 한 사람이 민옹을 궁색하게 만들려고 말을 붙였다.

"노인장께서는 귀신을 본 적이 있는지요?"

"보았지."

"귀신이 어디에 있습니까?"

민옹은 눈을 부릅뜨고는 한 손님이 등불 뒤에 앉아 있는 것을 한참 동안 바라보더니 마침내 큰 소리로 외쳤다.

"귀신이 저기 있다."

그 손님이 역증이 나서는 따지고 드니 민옹이 말하였다.

"대저 밝은 곳에 있으면 사람이 되고 어두운 곳에 있으면 귀신이 되는 걸세. 지금 자네는 어두운 곳에서 밝은 곳을 바라보고 있네. 모습을 숨긴 채 새긴 듯이 앉아 사람을 엿보니 어찌 귀신이 아니겠는가?"

자리에 앉은 사람들이 모두 웃고는 또 물었다.

"노인장께서는 신선도 보셨겠구려?"

민옹이 말했다.

"그럼."

"그러면 신선은 어디에 있지요?"

"집이 가난한 사람이 곧 신선일 뿐이지. 부자는 언제나 세상에 연연해 하고 못 사는 사람은 늘 세상을 미워하니 세상을 싫어하는 자가 곧 신선이 아니겠나?"*

"노인장께서는 나이가 아주 많은 사람도 보았습니까?"

"암, 보았지. 내가 오늘 아침에 숲속에 들어갔더니 두꺼비와 토끼가 서로 자기가 더 오래 살았다고 다투고 있더군.

토끼가 두꺼비에게 '나는 팽조¹⁴와 나이가 같으니 너는 만생晚生: 후배이야'라고 말했지. 아, 그러자 두꺼비가 머리를 숙이고 울지 않겠나. 토끼가 놀라서 '너는 왜 이리 슬퍼하는데?' 하고 물으니 두꺼비가 이렇게 말하더군.

* 어찌 세상을 싫어하는 자가 신선이겠는가. 조선 후기의 그림이나 글 속에서 '신선'을 쉽게 찾을 수 있다. 이 문제는 「김신선전」과도 연결되어 있다. 「김신선전」에서 연암은 세상에서 뜻을 얻지 못한 이를 신선이라고 부른다. 연암의 소설은 단편적으로 보면 용적이 좁고 경쾌한 것 같지만 속은 넓고도 무거우니 그의 글을 따라잡기 위해서는 정신을 단단히 차려야 한다.

---

14    팽조(彭祖): 신선의 이름. 요임금의 신하로 은나라 말년까지 팔백 년을 살았다고 한다. "팽조의 성은 전이요, 이름은 갱이다."(『신선전』)

'나는 동쪽 집에 살던 아이와 동갑이라네. 그 애는 다섯 살에 책을 읽을 줄 알았는데 목덕<sup>천황씨</sup> 시절에 태어나 섭제<sup>인년</sup> 시절로부터 역사가 시작된 이래 여러 제왕들이 갈마들어 바뀌었지. 춘추의 정통이 끊어지니 순수한 책력 한 권이 이루어졌고, 이어 진<sup>秦</sup>나라<sup>기원전 221~206</sup>가 윤달처럼 들러붙고, 한<sup>漢</sup>나라<sup>기원전 206~기원후 220</sup>를 지나 당<sup>唐</sup>나라<sup>기원후 618~907</sup>를 거쳐서는 아침에는 송<sup>宋</sup>나라<sup>960~1270</sup>이더니 저녁에는 명<sup>明</sup>나라<sup>1368~1644</sup>로 바뀌지 않겠나. 이와 같이 이런 일과 저런 변란을 겪으며 기쁘기도 하고 놀라기도 하면서 죽은 이를 슬퍼하고 가는 세월을 보내며 지루하게 지금까지 이른 거라네.\*

그런데도 귀와 눈이 밝아지고 이와 머리털이 나날이 자라더군. 나이가 많은 것으로 따지면 그 아이와 같은 사람은 없을 거야. 그러나 팽조는 겨우 팔백 살로 일찍 죽어 세상을 보지 못하였고 세상에서 겪은 일도 오래되지 않았으니 내이 때문에 슬퍼하는 것일세.'

그러자 토끼가 두 번 절하고 달아나면서 말하더군.

'당신은 저의 할아버지뻘입니다.'

이로 미루어본다면 글을 많이 읽은 자가 가장 오래 사는 사람인가 보이."

"그럼 노인장께서는 가장 맛있는 것도 보셨겠네요?"

"보다마다. 달이 그믐께를 지나 썰물이 밀려가 갯벌이 드러나면 그곳을 갈아 염전을 만들어 소금흙을 구워서 거친 것은 수정을 만들고 고운 것은 소금을 만드

\* "그 애는 다섯 살에 갈마들어 바뀌었지"는 '그 애'가 『사략』(史略)을 읽기 시작했다는 뜻이다. 목덕(木德)은 '천황씨(天皇氏)'라고도 하는 중국 최초의 왕이다. 섭제(攝提)는 '인년(寅年)'이다. 『사략』은 "태고에 천황씨는 목덕으로 왕이 되니 세성(歲星 : 목성)이 섭제 즉인방(寅方)에 나타났다"로 시작한다. 조선 꼬마둥이들의 글공부 책은 『사략』이었기에 '그 애가 이 책을 읽었다는 의미다.

"『춘추』의 정통이 끊어지니 순수한 책력(冊曆) 한 권이 이루어졌고"는 상고로부터 주나라 때까지의 정통 왕조의 역사를 '그 애'가 죽 읽었다는 소리다. 『춘추』는 공자가 주나라가 동쪽으로 도읍을 옮긴 시대에 역사책인 춘추를 지은 데서 붙여진 이름이다. 공자는 이 시기를 정통으로 보았기에 '순수한 책력 한 권'이라고 한 것이다.

"진나라가 윤달처럼 들러붙고"는 진나라가 정통이 아니라는 뜻이다. 『자치통감』을 보면 진시황이 '분서갱유'를 하였기에 정통이 아닌 왕위인 '윤위'라 했다.

니 백 가지 맛을 맞출 때 소금이 없다면 무엇으로 하겠나."

이야기를 듣던 사람들이 모두 옳다면서, "그렇지만 불사약不死藥은 노인장께서도 반드시 보지 못하셨을 겁니다"라고 하였다.

민옹이 웃으며 말했다.*

"이것이야말로 내가 아침저녁으로 항상 먹는 것인데 어찌 모르겠나? 큰 골짜기의 소나무 뿌리에 감로15가 떨어져 스며들어 천 년이 지나면 복령16이 되지. 삼은 경상도 땅에서 나는 '나삼'을 제일로 치는데 그 모양이 단아하고 색깔이 붉은색을 띠며 사지가 갖추어졌고 두 갈래로 땋은 머리가 마치 어린애 같단 말일세. 구기17는 천 년을 묵으면 사람을 보고 짖는다고도 하지.

내가 일찍이 이러한 것들을 먹고 나서, 다시는 음식을 입에 대지 못한 지가 아마도 백 일쯤 되었을 거야. 숨이 차 헐떡헐떡하는 게 거의 죽을 것 같은데, 이웃집 할미가 와 보더니 '당신의 병은 굶주려서 생긴 것이구려. 옛날 신농씨18는 온갖 풀을 다 맛보고서야 비

* 우리는 이 소설 속에서 민옹의 재치 있는 입담으로 재현되는 고담, 즉 옛이야기를 본다. 고담을 이용한 재치와 익살은 이 작품이 전(傳)을 가장한 소설임을 여실히 보여준다. 고소설비평어로는 이것을 기변(機變)'이라 하는데 '뛰어난 임기응변이 소설의 재미를 한층 돋워준다'는 뜻이다. 그러나 민옹은 무반에 지나지 않았다. 아무리 뛰어난 재주를 지녔다 해도 그의 재주를 펼 수 있는 공간이 원천적으로 봉쇄되었다는 점에서 뛰어난 재능을 맘껏 펴지 못하는 연암과 처지가 같다. 그래서 민옹이 두통을 앓고 있는 연암의 내면적 인물의 재현이라는 생각이 드는 것은 당연하다. 그렇다면 연암은 오직 기변을 자랑하려는 의도로 「민옹전」을 썼을까? 여기서 우리는 소설의 끝을 장식하는 '황충 이야기'에 유의해야 한다. 양반을 황충으로 비유해 풍자한 부분이 보이기 때문이다. '풍자'란 인간의 부정적인 면을 대상으로 하기에 보다 지적이고 도덕적인 내용을 아우르는 수사다. 「민옹전」의 주제는 기변 뒤를 따라붙는 '황충 이야기' 속에 들어 있는데 연암이

---

15  감로(甘露) : 하늘이 상서(祥瑞)로 내린다는 이슬 혹은 도리천(利天)에 있다는 감미롭고 신령한 물을 가리킨다.

16  복령(茯苓) : 소나무 뿌리에 생기는 버섯의 한 종류인데 약재로 사용된다.

17  구기(枸杞) : 구기자. 줄기는 가늘고 회백색이며 과실은 약용, 어린잎은 식용이다.

18  신농씨(神農氏) : 중국 상고시대의 삼황(三皇) 중 하나로 성은 강(姜) 씨다. 사람의 몸

로소 오곡을 뿌렸다오. 대저병에는 약이 효험이요, 허기를 치료하는 데야 밥을 먹으면 되는 것 아니오. 오곡이 아니라면 병 고치기는 어려울 게요'라고 탄식을 하더군.

그러고는 좋은 벼와 메조로 밥을 지어먹어 죽지를 않았지. '죽지 않는 약不死藥'이라면 밥만 한 게 없어. 나는 아침에 밥 한 그릇, 저녁에 한 사발씩 먹고 지금 칠십에 이르도록 살아왔네.”

민옹의 말은 늘 장황하면서도 이리저리 둘러대는 듯하지만 모두 이치에 맞고 그 속에 풍자가 들어 있지 않은 게 없었다. 민옹은 말솜씨가 썩 능란한 사람이었다.

손님은 말문이 막혀 다시 따질 것이 없게 되자 마침내 화를 내며 말했다.

“그럼 노인장도 무서운 걸 보셨소이까?”

민옹은 한참을 묵묵히 있다가 갑자기 성난 목소리로 말했다.

“두려운 거라면 나 자신보다 더한 것이 있나. 내 바른 짝눈은 용이요, 왼편짝 눈은 호랑이지. 혀 아래에는 도끼를 감추었고 굽은 팔은 활처럼 생겼어. 마음을 잘 가지면 어린애 같기도 하지만 삐뚤어지면 오랑캐처럼 될 수도 있지. 삼가지 않는다면 스스로 물고, 뜯고, 죽여버리고,

「민옹전」을 쓴 이유를 적은 글을 보면 단박에 안다.

민옹은 놀고먹는 사람을 황충(蝗蟲, 메뚜기)으로 보았고 도를 배워 옹과 같았는데, 골계로 풍자의 뜻을 붙여 세상을 희롱하고 불공하였다. 벽상에 글을 써놓고 스스로 분발한 것은 게으른 사람들에게 경계가 될 것이다. 이에 「민옹전」을 쓴다.

개미 같은 힘으로 먹을 갈되 붓 끝을 바투 쥐고 황소 같은 힘으로 쓴 글이다. 그래, 필흥이 도도하지만 중세에 붓을 좀 놀린 허풍선이 글이 된 것은 아니다. 정색을 하고 저 시절을 똑바로 응시해야만 결기 어린 연암의 글을 따라잡을 수 있다.

에 소의 머리를 지녔으며, 백성들에게 농업·의료·역술 따위를 가르쳤다. 일찍이 독초(毒草)와 양초(良草)를 구분하기 위해 스스로 백 가지 약초를 먹어보았다고 한다.

망쳐버릴 수도 있으니 이 때문에 성인도 '극기복례'[19]니 '한사존성'[20]이니 하였던 걸세. 그분들도 일찍이 자기 자신을 두려워하지 않을 수 없었던 게지."

십여 가지 어려운 질문이 이어졌으나 모든 답변이 산울림 같이 빨라 끝내 민옹을 궁색하게 만들지 못했다. 그는 스스로 추키기도, 칭찬하기도 하고 옆 사람을 조롱하고 놀리기도 했다. 사람들은 모두 허리가 끊어져라 웃었지만 민옹은 얼굴빛조차 변하지 않았다.


어떤 사람이 말하였다.

"황해도 지방에 황충이 생겨서 관에서 백성들을 다그쳐 그것들을 잡는 중이라고 합니다."*

그러자 민옹이 물었다.

"황충을 무엇 때문에 잡는다던가?"

누군가 말했다.

"이 벌레는 첫잠을 자는 잠누에보다도 작은데 색깔은 얼룩덜룩하고 털이 나 있지요. 하늘을 날면 명충[21]

* 황충(蝗蟲)은 메뚜기과의 곤충으로 풀무치라고도 하고 '누리'라고도 한다. 떼를 지어 날아다니며 벼에 큰 해를 끼치는 해충이다. '황충이 간 데는 가을도 봄'이니, 사전에도 '좋지 못한 사람은 가는 데마다 나쁜 영향을 끼친다는 말'이라고 적혀 있다. 연암이 「민옹전」의 서두에 써놓은 대로라면 황충은 '게으른 사람들'이다. 그렇다면 하는 일 없이 돌아다니는 발록구니들은 누구일까? 아마도 종로 거리나 어슬렁대는 18세기 경화의 사족부류들이 민옹이 말하는 '7척의 큰 황충'들일 게다.


19  극기복례(克己復禮) : 자기를 이기고 예로 돌아감. "공자께서 말씀하시기를 자기를 이기고 예로 돌아오는 것이 곧 인이다."(『논어』, 「안연」편)
20  한사존성(閑邪存誠) : "사악한 마음을 막고 참된 마음을 먹는다."(『주역』, 「건괘」)
21  명충(螟蟲) : 나방의 유충. 벼·조·피 따위 곡식의 줄기 속을 파먹어 말라 죽게 하는 해충으로 사람들에게 해를 끼치는 나쁜 인간을 비유한 말이다.

이 되고 벼에 붙으면 모적[22]이 되어 우리네 곡식을 해쳐 멸구滅穀라고 부르잖습니까. 그래, 잡아서 묻어버리려는 거랍니다."

그러자 민옹이 말하였다.

"이것들은 조그만 버러지니 조금도 걱정할 것 없어. 내가 보니 종로를 메운 게 모조리 황충이더군. 키는 모두가 칠 척 남짓이고 머리는 검고 눈은 반짝이는데 입은 커서 주먹이 들락거리지. 선웃음을 치며 떼로 몰려다녀 발꿈치가 서로 닿고 엉덩이를 이어서는 얼마 되지 않은 곡식이란 곡식은 모조리 축내니 이 무리들과 같은 건 없을 게야. 그래 내가 이것들을 잡아버리고 싶은데 커다란 바가지가 없는 것이 한스럽다네."

좌우의 사람들은 크게 두려워하며 정말 이러한 버러지가 있는 것으로 생각했다.*

하루는 민옹이 왔기에 내가 그를 보면서 은어로 에둘러 "춘첩자[23] 방제"라고 하였더니 그가 웃으며 말했다.

"춘첩자란 입춘 날 문門에 붙이는 문文인 만큼 내 성

---

22 모적(蟊賊): 농작물 또는 묘목의 뿌리를 잘라 먹는 해충의 총칭으로 사람들에게 해를 끼치는 나쁜 인간을 비유한 말이다.

23 춘첩자(春帖子): 입춘에 대궐 안 기둥에 써 붙이는 글.

조가 있게 되고 국가가 바야흐로 망하게 되려면 괴이한 기운이 모여들어 이상한 기후로 변하여 반드시 요사스런 징후가 싹트게 된다. 의복과 노래, 초목이 이상하니 이를 이상하다 하는 것이요, 가뭄, 황충, 괴이한 질병들을 재앙이라 한다."

姓인 민閔을 말함이요, 방尨:늙은개 방은 늙은 개를 이르는 것이니 곧 내 욕을 하는 거로군. 제嚌:울 제는 내 이 빠진 소리가 불안하여 듣기 싫다는 뜻이겠고. 허나 만약 당신이 방尨이 두려우면 견犬변을 버림만 못하고, 또 제嚌가 싫으면 그 구口변을 막으면 될 것이오. 그렇게 되면 무릇 제帝:제왕 제는 조화요, 방尨:클 방은 큰 사물을 일컬음이라. 결국 제에다 방을 덧붙이면 '조화를 일으켜 크게 된다'는 뜻이거니와 그 글자는 용帝尨24이 되지 않겠소. 결국 당신은 나를 욕보인 게 아니라 도리어 칭찬한 셈이군그려.

이듬해에 민옹은 세상을 떠났다.

사람들은 "민옹은 비록 마음이 너무 활달하고, 기이하고, 오만하고, 제멋대로였지만 그 성품은 굳고 또 곧았으며, 낙천적이고도 선했어"라거나 "『주역』에 밝고 노자25의 글을 좋아했으며 글이라면 대체로 보지 않은 것이 없었다'라고 하였다.

그의 두 아들은 모두 무과에 올랐으나 아직 벼슬에 나가지는 않았다.

올 가을엔 내 병이 더욱 심해졌다.

---

24   용(龓) : 용(龍)과 통하는 글로 본래 음은 '얼룩덜룩한 망.'
25   노자(老子) : 중국 춘추시대의 초나라 철학자. 도가의 시조로 공자가 그에게서 예를 배웠다고 하며, 함곡관에서 윤희가 도를 구하자 오천 자를 구술했는데 이것을 책으로 옮긴 것이 『도덕경』이라고 한다.

그러나 민옹을 다시 볼 수 없어 마침내 그와 함께 나눈 은어와 해학, 언담言談: 이야기, 기풍[26] 따위를 모아 이「민옹전」을 쓴다.

올해는 정축년丁丑年, 1757년, 영조 33년 가을이다.

내가 민옹을 위해 뇌를 짓는다.


아아! 민옹이시여,

괴이하고 기이하셨지요.

당황스럽게도 어처구니없게도 하고

기쁘게도 노하게도 하셨고

또 밉살맞게도 구셨지요.

담벼락의 새는,

아직 매가 되지 못하였답니다.

옹께서는 뜻있는 선비셨는데,

마침내 이를 펴지 못하고 늙어 돌아가셨군요.

제가 옹을 위하여 전을 짓사오니,

아아! 아직 돌아가신 게 아니랍니다.


『연암집별집』,『방경각외전』

---

26  기풍(譏諷): 넌지시 비꼰 말을 지칭하는 용어다.

# 제<sup>題</sup>「민옹전」후<sup>後</sup>

『연암별집』, 『방경각외전』에 실려 있으며, 연암이 21세 때 지은 작품으로 추측된다.

실존 인물인 민유신<sup>閔有信, 1682~1755</sup>이 죽은 뒤 그가 남긴 몇 가지 일화와 작자 스스로 민유신을 만나 겪었던 일들을 엮고 뇌<sup>죽은 사람의 생전의 공덕을 기리는 글</sup>를 덧붙인 소설이다.

남양에 사는 민유신은 이인좌의 난에 종군한 공으로 첨사를 제수받았으나 집으로 돌아온 후로 벼슬길에 나가지 않았다. 그는 어릴 때부터 매우 영특하였으며 옛사람들의 위업을 사모하여 7세 때부터 해마다 고인들이 그 나이에 이룬 업적을 벽에 쓰고 분발하였으나 끝내 아무런 성과도 이루지 못한다.

나는 17~18세에 우울병으로 누워 있다가 마침 민옹을 천거하는 이가 있어 그를 집으로 초대했다. 아 그런데 이 민옹은 손인사도 나누지 않고 댓바람에 때마침 피리 불던 이의 뺨을 올려치는 것이 아닌가. 그리고는 시치미를 뚝 떼고 주인은 기뻐하는데 너는 왜 성을 내느냐고 되레 그를 꾸짖었다. 애매히 뺨 맞은 악사의 기분을 고려하지 않는다면 '깔깔' 웃을 만한 장면임이 틀림없다. 이렇게 이 소설에는 다소 과장된 희화와 몸짓, 요란한 장식이 붙어 있지만 그것을 허방으로 볼 수는 없다. 민옹은 정의가 불한당이던 시절 도덕이 결여된 자들의 폭악으로 정신이 유폐된 자이기 때문이다.

이 작품은 수다한 언롱<sup>言弄</sup>으로 덮인 소설이다. 조선 후기 사회사와 더불어 민옹이 태생적 한계를 지닌 그저 그런 무관 출신이라는 상황을 감안한다면 '뜻을 펴지 못하는 자의 비애'를 해석의 출발점으로 삼아야 할 것이다.

비록 몸은 저잣거리를 헤매고 불뚝 심사를 부리는 민옹이지만 삿된 욕망으로 세상의 누린내를 풍기는 자들과는 다르다.

민옹이 기발한 방법으로 입맛을 돋우어주고 잠을 잘 수 있게 해주어 내 병은 점차 차도를 보였다. 어느 날 밤 그가 함께 자리한 사람들을 마구 골려대니 사람들이 민옹을 궁지에 몰아 넣으려고 어려운 질문을 퍼부었으나 그의 대답은 쉽고 막힘이 없었다. 자기 자랑도 하고 옆 사람을 놀리기도 해서 모두 웃는데 민옹이 하는 이야기는 '두꺼비 나이 자랑' 같은 우스갯소리지만 모두 이치에 꼭 맞았다.

누군가 해서海西에 황충이 생겨 관가에서 황충 잡이를 독려한다고 말하자 민옹은 곡식을 축내기로는 종로 네거리를 메운 '칠척 장신의 황충'보다 더한 것이 없는데 그것들을 잡고 싶어도 커다란 비기지가 없는 것이 한이라고 한다. 여기서 민옹이 말하는 황충은 하는 일 없이 놀고먹으며 곤댓짓만 하는 양반들이니 이는 곧 황충보다 더 무서운 '인충'에 대한 경고다.

그 이듬해에 민옹은 세상을 떠나고 나는 민옹의 공덕을 기리는 글을 지어 바친다.

민옹은 누구인가?

그는 하찮은 무관집 자손이니 태어난 순간부터 이미 '성장의 시계가 멈춘 이' 아닌가. 민옹에게는 양반의 일상적 삶을 영위하는 것이 애초부터 불가능했다. 다소 엉뚱하고 순박한 그의 말과 행동으로 보아 혹 '이이가 피터팬 증후군Peter Pan syndrome을 앓지나 않았을까' 하는 생각을 해본다.

# 양반전

兩班傳

---

선비士란 곧 하늘이 내린 작위이니

사士와 심心을 합하여 뜻志이 되었다.

그 뜻은 어떠한가.

권세와 이익을 염두에 두지 않고 벼슬과 명성이 높아

이름이 드러나더라도 선비의 처지를 떠나지 않으며

곤궁해도 선비의 지조를 잃지 말아야 할 것이다.

명분과 절의에 힘쓰지 않고 하릴없이 문벌을 상품으로 삼아

여러 대를 걸쳐 쌓아온 가문의 미덕을 남에게 팔았으니

장사치와 무엇이 다르겠는가.

이에 「양반전」을 쓴다.

**들어가기 전에**

이 작품에 등장하는 인물들의 관계는 매우 복잡하다.

## 등장인물

**양반**

찰가난꾼.
강원도 정선 지방의 양반으로 무기력하고
타성에 젖어 독서만 하며 살다가 천 석이
나 되는 관곡을 타 먹고는 값지 못해 어쩔
수 없이 양반 신분을 파는 인물이다.
저런 이를 농으로 '성균관 개구리'라고
한다.

**동네부자**

양반이 빌린 관곡을 대신 갚아주고 양반
을 사려는 인물.
그러나 양반들의 횡포를 적은 문서 내용
을 듣고는 '나는 도둑놈이 되기 싫다'라며
뜻을 접는다. 양반을 사는 데 쓴 천 석도
함께 포기했으니 돈만 많은 촌놈이라기보
다는 배포가 큰 사내가 아닐까 한다.

**양반의아내**　　양반의 아낙이면서도 '양반이란 한 푼어
치도 안 된다'고 매정하고 쌀쌀하게 냉갈
령을 부리는 인물이다.

**군수**　　'가재는 게 편'이고 '초록은 동색'이라는
속담을 연상시키는 인간형이다.
양반을 잡아들이라는 감사의 명령을 어기
고 결국 양반 매매도 없던 일로 만든다.

**강원감사**　　군읍을 순시하고 환곡 장부를 열람해 정
선 양반의 관곡사건을 알아낼 정도로 임
무를 뛰어나게 수행하는 인물이다. 양반
을 잡아 가두라고까지 할 만큼의 배짱도
있다.

  조선 후기에는 시대적 정황상 아이러니하게도 임진란 이후 더욱 강
해졌던 성리학적 중세 질서가 와해되기 시작했다. 그 대표적인 현상이
양반계급의 동요였다. 양반계급은 '더욱 강해진 양반'과 그렇지 못한
'명색만 양반'으로 분화되었다.

  연암도 양반임이 분명하나 실생활에서 양반의 특권을 누리지 못하
는 '명목상 양반'이었다. 연암뿐만 아니라 당시 몇몇 특권층을 제외한
대다수 양반들은 이처럼 사회적 계층과 경제적 계층이 불일치하는 모
순에 처해 있었다.

  부국안민을 위한 방안을 기술한 실학자 유수원柳壽垣, 1694~1755의 『우
서』나 이중환李重煥, 1690~1752의 『택리지』라는 문헌에도 벼슬을 하지 못
하면 살아갈 길이 막막한 형편에 처한 당시 양반들의 실정이 잘 나타
난다. 양반이 지배하는 사회에서 양반이 제 노릇을 하지 못해 심지어
양반을 사고파는 일까지 생기고 만 것이다.

  당시의 이러한 시대상이 잘 드러난 경기도 민요 한 자락을 들어 보자.


  양반 양반
  개 팔아 두 냥 반
  돼지 팔아 석 냥 반
  소 팔아 넉 냥 반

오죽했으면 양반을 비웃는 말로 "개 팔아 두 냥 반이다"라는 속담이 있었을까. 개를 팔아 '두 냥兩 반半'을 받았고 돼지는 석 냥 반, 소는 넉 냥 반으로 쳤다. 그런데 양반兩班은 두 냥의 '냥兩' 자와 '반半'밖에 값이 나가지 않는다는 소리다. 결국 '냥 반', 즉 '한 냥 반'이니 개 한 마리 값 만도 못하다는 뜻이렷다. 제아무리 못난 양반을 놀리는 언어유희라지 만 참말로 '개가 웃을 일이다'.

또 『봉산탈춤』 제6장에는 "개잘량이라는 양羊에 개다리소반이라는 반半 쓰는 양반"이라고도 했으니 양반이 비아냥거림의 대상임을 여실 히 보여주는 것이요, 욕으로 치면 꽤 센 것이다.

「양반전」은 연암소설 중 정공법을 가장 잘 사용한 작품으로 양반의 치부를 대놓고 정면에서 지적하는 소설이다. 당시는 문이재도文以載道 를 정답으로 여기며 중국의 고문만을 숭상하던 박제화된 글쓰기의 시 대였다. 중세의 저이들 중 몇 명이나 연암과 같이 중세의 허리를 베고 들어가는 글을 썼겠는가. 저러하니 양반이라면 '역 팔자 눈썹'을 세우 면서 팔 걷어붙이고, 복통깨나 난 낯빛으로 대들만하다. 세상의 그물 을 걱정하고 타자의 시선만을 경계하는 비겁한 글쓰기의 시대였다. 글 배운 이들 중 몇이나 '검다 쓰다' 제소리를 내었던가. 그렇기에 이 소설 의 가치가 더욱 높다.

「양반전」에는 비유나 상징처럼 에두른 표현이 없다. 연암이 바라본 꼴같잖은 세상에 대한 비우감분悲憂感憤 : 소설의 발생 원인을 사회에서 찾는 비평어로 비통한 근심과 분한 마음이란 뜻이 그대로 배어난다.

그런데 박종채의 『과정록』에는 "「예덕선생전」, 「광문자전」, 「양반전」은 세간에 가장 성행했다<sup>穢德 廣文 兩班 三傳盛行於世</sup>"고 기록되어 있으니 반어적 상황이 따로 없다.

「양반전」 역시 『방경각외전』에 수록되어 있는데 그 저술 동기는 다음과 같다.

선비士란 곧 하늘이 내린 작위이니, 사士와 심心을 합하여 뜻志이 된 것이다. 그 뜻은 어떠한가. 권세와 이익을 염두에 두지 않고 벼슬과 명성이 높아 이름이 드러나더라도 선비의 처지를 떠나지 않으며 곤궁해도 선비의 지조를 잃지 말아야 할 것이다. 명분과 절의에 힘쓰지 않고 하릴없이 문벌을 상품으로 삼아 여러 대를 걸쳐 쌓아온 가문의 미덕을 남에게 팔았으니 장사치와 무엇이 다르겠는가. 이에 「양반전」을 쓴다.

士迺天爵 士心爲志 其志如何 弗謀勢利 達不離士 窮不失士 不飭名節 徒貸門地 酤鬻世德 商賈何異 於是述兩班.

「양반전」은 이렇게 양반으로 하여금 제자리를 찾을 것을 촉구하는 소설로서 연암이 지녔던 의식의 고갱이다.

연암은 양반, 그중에서도 특히 선비를 "곧 하늘이 내린 작위士乃天爵"라고 할 정도로 높이 쳤다. 그래서 선비는 모름지기 '권세와 이익을 염두에 두지 않고 현달해도 선비의 처지를 떠나지 않으며 곤궁해도 선비의 지조를 잃지 말아야 할 것弗謀勢利 達不離士窮不失士'이라고 못 박는다. 하늘이 내린 지위이기에 행실을 그리 하는 것이 당연하다.

연암은 이렇듯 양반으로서의 책무를 강조하고 양반의 지위를 확고히 하려 했다. 이는 곧 '양반은 명예이고, 명예는 지켜야만 한다'는 뜻이다. 그의 글에 양반에 대한 애증이 적잖이 드러나는 것은 그만큼 스스로 양반임을 대단히 자부했다는 증표다. 연암이 다른 양반들과 달랐던 점은 저들에게 높은 '도덕성'을 요구하였다는 점이다.

# 양반전
## 兩班傳

양반이라는 것은 사족[1]을 높여 부르는 말이다.

정선군에 한 양반이 살았다.

이 양반은 성품이 어질고 책 읽기를 몹시 좋아했으며, 매번 군수가 새로 부임하면 꼭 몸소 그의 집을 찾아가서 예의를 차렸다. 그러나 집이 너무나 가난해서 해마다 고을의 환자[2]를 타 먹은 것이 쌓여 천 석에 이르렀다.*

관찰사[3]가 여러 고을을 순행하다가 정선에 이르러 환곡 꾸어준 것을 살펴보고는 크게 노하여 말했다.

"이 어떤 양반인데 이토록 군흥[4]을 축낸 게냐."

그리고 그 양반을 잡아 가두라고 명하였다. 군수는

*강원도 정선군(旌善郡)에 사는 한 양반이 밀린 환곡(還穀 : 삼정의 하나)을 갚기 위해 양반 신분을 판다는 설정이다. 시작부터 정치적·경제적으로 몰락한 양반들의 기막힌 처지를 꼬집고 있다. 더구나 '정선'은 강원도 남동부에 있는 군의 실제 지명이기에 예사롭지 않다. 이 소설이 나온 지 한참 뒤에 강원도 정선 지방에서는 민요 〈아라리〉가 불렸다. 사화나 당쟁으로 인해 낙향한 선비들과 불우한 사람들이 애창했다는 것으로 보아 정선에는 어려운 삶 살아가는 양반들이 꽤 있었던 듯하다. 〈아라리〉는 모심기, 김매기를 하면서도 부르지만 노동과 상관없는 현장에서도 폭넓게 불렸다. 노랫말의 내용은 남녀의 사랑·이별·신세한탄·시대상·세태풍자 등이 주류를 이루고 사설 중에 정선에 있는 지명이 빈번하게 등장해 지역적 특수성을 나타내고 있다. 특히 후렴구 "아리랑 아리랑 아라리요 / 아리랑 고개로 나를 넘겨주소"라고 하는 부분은 구슬프고도 아름다워 애처롭게 들린다.

---

1 　사족(士族) : 문벌이 좋은 집안, 또는 그 자손을 가리킨다.
2 　환자(還子) : 조선시대 각 고을에서 백성에게 꾸어주었던 곡식을 가을에 다시 받아들이던 일을 말한다.
3 　관찰사(觀察使) : 조선시대의 외관직으로 종이품의 문관 벼슬이다. 팔도의 수직·민정·군정·재정 등을 통할하며 관하의 수령을 지휘 감독했다.
4 　군흥(軍興) : 환곡. 원래는 국가 비상시를 대비한 군량이었다.

그 양반이 가난하여 갚을 수 없다는 것을 가엾게 여겨 차마 가두지 못 하였지만 그렇다고 어찌할 도리도 없었다. 양반은 밤낮으로 울기만 할 뿐 해결할 방도를 알지 못하니 그의 아내가 푸념을 늘어놓았다.

"당신은 평생 동안 글 읽기만 좋아하더니 관에서 꾸어온 환곡을 갚 는 데는 전혀 소용이 없구려. 쯧쯧! 양반, 양반은커녕 일 전錢:한 냥(一兩)의 십분의 일어치도 안 되는구려."

그 마을에 부자가 살고 있었는데 제 식구들과 이 일 로 의논이 벌어졌다.

"양반은 비록 가난하지만 늘 존귀하고 영화롭단다. 우리는 비록 부자지만 항상 비천하여 감히 말조차 탈 수 없다. 양반을 만나면 몸을 납신 구부린 채 쩔쩔매 야 하고, 땅에 납작 엎드려서는 마당에서 절하기를 코 가 땅에 닿도록 해야 하며 무릎걸음으로 다녀야만 한 다. 우리는 늘 이렇게 욕보임을 당하고 산단 말이야. 지금 저 양반이 가난하여 갖다 먹은 관가 곡식을 갚지 못해 크게 군색해졌으니 그 형세로 보아 더 이상 양반 의 지위를 보존할 수 없을 것 같구나. 우리가 이것을 사 갖기로 하자."*

마침내 그 집을 찾아가 빌린 곡식을 대신 갚아주겠 다고 청하니, 양반은 크게 기뻐하며 허락했다. 이에 부 자는 양반이 꾸어온 곡식만큼을 관가로 실어 보냈다.

군수가 크게 놀라 이상히 여겨 몸소 양반을 위로도

* 환곡은 춘궁기에 농민들에게 식량을 꾸어주고 가을에 이자를 붙여 거두던 것으로 환상(還上), 환자(還子)라고 한 다. 그러나 실제로는 그 폐단이 매우 컸다. 정약용(鄭若鏞, 1762~1836) 은 「곡부」(『목민심서』 호전육조)에서 환곡의 폐단을 다음과 같이 지적하고 있다. 「곡부」는 곡물 장부라는 뜻이다. "흉년에 가난한 백성을 구제하기 위 해 관에서 설치한 환상이란 민간에서 자치적으로 시행하던 사창(社倉)이 변한 것이다. 곡식을 내어주는 것도 아니요, 곡식을 받아들이는 것도 아니 면서 살아 있는 백성의 뼈를 깎는 병 폐가 되었으니 이러다간 백성이 죽고 나라가 망하게 될 것이다. 환상이 병 폐가 되는 까닭은 그 법의 근본이 어 지럽기 때문이다. 근본이 어지러운데 어찌 그 결과가 다스려질 것인가." 정약용은 또 아버지를 관가에, 아들 을 백성에 비유한 "환상론"이라는 글 도 지었다. 그런데 아버지가 자식에게 빌려주는 쌀이 변질되었거나 싸라기 요, 세 말을 빌려왔는데 실제 양은 15 되도 못 된다. 그러므로 정약용은 "하 늘 아래 환자법보다 더 나쁜 법이 없 다. 환자법은 비록 아버지와 아들 사 이일지라도 행할 수 없다"고 했다. 「양반전」의 양반도 환자법의 희생양 이었다. 양반이 꾸어다 먹은 곡식이 '천 석'이라는 것만 보아도 안다.

할 겸 찾아와서는 빌어다 먹은 곡식을 갚게 된 정황을 물어보았다.

양반은 벙거지[5]를 쓰고 짧은 옷을 입고는 길에 납작 엎드려 '소인'이라고 칭하면서 감히 군수를 쳐다보지도 못하였다. 군수가 크게 놀라 부축해 일으키며 물었다.

"족하[6]께서는 어찌하여 이처럼 스스로를 욕되게 구시는 게요?"

양반은 몹시 두려워하며 머리를 조아리고 엎드려 말했다.

"황송하옵니다. 소인은 감히 제 스스로를 욕되게 하는 것이 아니옵니다. 이미 제가 스스로 양반을 팔아서 이 값으로 꾸어다 먹은 환곡을 갚았으니 이제부터는 마을의 부자가 양반이옵니다. 소인이 어찌 감히 옛날의 칭호를 그대로 써서 스스로 품위를 지킬 수 있겠습니까."

군수가 탄성을 지르며 말했다.

"군자로다. 부자여! 양반이로다. 부자여! 부자면서도 인색하지 않으니 의로움이요, 남의 곤란을 급히 보아주는 것은 어짊이라. 천한 것을 싫어하고서 존귀한 것을 사모하니 지혜롭도다. 이 사람이야말로 정녕 양반이로고. 비록 그러하나 사사로이 양반을 사고팔아 문서로 만들어 놓지 않았으니 훗날 송사의 꼬투리가 되기 쉽지. 나와 자네는 고을 사람들을 모아놓아 증인을 세우고 문권을 만들어 신표로 삼세나. 군수인 내가 당연히 이 문권에 서명할 것이네."

군수는 관아로 돌아간 후 고을의 선비집 사람들과 농사꾼, 공장바치,

---

장사꾼 등을 모두 불러들여 뜰에 모았다. 부자는 향소[7]의 바른편에 앉히고 양반은 공형[8]이 있는 아래 뜰에 서게 하였다. 그리고 문권을 만들었으니 이랬다.

"건륭乾隆[9] 10년인 1744년 9월 어느 날.

위의 명문明文 : 증명서은 양반을 팔아서 관가에서 꾸어다 먹은 곡식을 갚기 위한 것으로서 그 값이 천 곡에 이른다.*

대체 그 양반이라 부르는 명칭이 여러 가지니, 글을 읽는 자는 '선비'라고 하고 정치에 종사하는 자는 '대부'라 부르고 덕이 있으면 '군자'가 된다. 무반武班은 뜰의 서쪽에 벌리어 서고 문반文班은 차례로 동쪽에 서서, 이에 양반兩班이라고 한다. 어느 쪽이나 자기 마음대로 골라서 하면 되는데 비루한 일은 일절 하지 말며 옛 사람을 본받아 지조를 숭상해야 한다.

오경[10]이면 유황硫黃을 부딪쳐서 기름불을 밝혀놓고 눈으로는 콧등을 바라보고 두 발꿈치를 모아 꽁무니를 괴고 앉아서는 『동래박의』를 줄줄 외

는 것이 마치 얼음판에 표주박 구르듯이 해야 하며 굶주림과 추위를 참고 견딜 것이며 가난하다는 말을 입 밖에 내서는 안 된다.**

---

7　향소(鄕所) : 고을 수령의 자문기관인 유향소로, 여기서는 향소의 장인 좌수 및 별감을 말한다.

8　공형(公兄) : 호장·이방·수형리 등의 아전을 말한다.

9　건륭(乾隆) : 청나라 6대 황제 고종의 연호로, 영조 21년이다.

10　오경(五更) : 새벽 3시부터 5시까지.

이를 마주쳐 소리를 내며 주먹으로 뒤통수를 가볍게 두드리고, 기침은 잦게 하며 침을 입안에 머금고 울걱울걱하여 가볍게 양치질하듯 한 뒤 삼켜야 한다.\* 털로 짠 갓을 옷소매로 쓸어서 먼지를 떨어내고 물결무늬를 일으켜야 한다. 세수할 때 손을 쥐고 너무 얼굴을 문지르지 말아야 하며 양치질을 하여 입 냄새를 없게 해야 한다. 긴 소리로 계집종을 부를 것이며, 신 뒷축을 끌듯 느릿느릿하게 걸어야 한다. 『고문진보』나 『당시품휘』를 베끼는데, 깨알같이 한 줄에 100자씩 쓴다.\*\*

손으로는 돈을 집지 말 것이며, 쌀금을 묻지 않는다. 아무리 덥더라도 버선을 벗지 않고, 식사를 할 때에도 맨상투 바람으로 먹지 않는다. 밥을 먹을 때는 먼저 국을 마셔서는 안 되고, 음식을 먹을 때는 소리를 내거나 젓가락으로 방아 찧듯이 하면 안 된다. 생파는 먹지 않으며, 막걸리를 마실 때 수염을 빨아서는 안 되고, 담배를 태울 때도 볼따구니를 우묵 패게 빨아서는 안 된다. 성깔이 나더라도 아내를 때려서는 안 되고, 골이 난다고 그릇을 발로 차면 안 된다. 주먹으로 어린아이와 여자를 때리지 말 것이며, 종들에게 '죽일 놈'이라고 욕해서도 안 된다. 소나 말에게 욕을 할 때도 기르는 주인을 욕해서는 안 된다. 병치레를 하여도 무당을 불러서는 안 되고, 제사 지낼 때도 중을 불러서 명복을 비는 재齋를 올려서는 안 된다. 화롯불에 손을 쬐지 않고 이 사이로 침이 튀지 않도록 말을 해야 한다. 소를 죽여서도 안 되고 도박을 해서도 안 된다.*

무릇 이러한 온갖 행실 중에 부자가 어기는 것이 있으면 양반은 이 문서를 가지고 관청에 나와 사리를 따져 바로잡을 수 있노라."**

그리고는 고을 수령인 정선 군수가 도장을 찍고 수령을 보좌하는 좌수[11]와 별감이 서명을 했다.

이에 아전인 통인[12]이 여기저기 도장을 박는데, 소리는 꼭 임금의 거동을 알리는 '엄고 소리'요, 모양새는 북두北斗·남두南斗·소두小斗 세 별자리가 가로세로 놓여 있는 것 같았다.

고을 아전 중 으뜸인 호장이 읽기를 마치자 부자는 낙태한 고양이상으로 몹시 슬프게 한참을 생각하다가 말했다.

"양반이 다만 이것뿐입니까? 제가 듣기로 양반은 신선과 같다던데, 정말로 이렇다면 관에서 백성의 재산을 몰수하는 것이 너무 심하옵니다. 원하오니 좀 더 잇속이 나도록 고쳐 주시기 바랍니다."

---

11   좌수(座首) : 향청(鄕廳)의 우두머리.
12   통인(通引) : 관아의 관장(官長)에 딸려 잔심부름을 하던 아전.

그래서 다시 문권을 고쳐 만들었는데 이러하였다.

"하늘이 백성을 낼 때 오직 사士·농農·공工·상商 네 부류였다. 이 네 부류의 백성 중 가장 귀한 것을 '선비'라 부른다. 이들을 곧 양반이라 칭하는데 잇속으로 따지면 막대하다.

밭을 갈지도 않고 장사를 하지 않아도 책권이나 조금 훑으면 크게는 문과에 오르고 적어도 진사[13]는 할 수 있다. 문과에 급제하여 받는 홍패[14]라는 것은 두 자에 불과하지만 여기에는 온갖 것이 갖추어져 있으니 그야말로 돈주머니와 같다. 나이 서른에 진사에 올라 첫 벼슬살이를 해도 오히려 이름난 음관이 되고 웅남행으로 잘 섬겨지기도 한다.*

일이 잘만 풀리면 높은 벼슬아치가 되어 햇볕을 가리는 일산을 받쳐 바람에 귀가 허옇고 하인을 부르기 위하여 방울을 매 놓은 설렁줄을 당기면 '예' 하는 아랫것들의 소리에 배가 불룩하니 나온다. 방에 떨어진 귀고리는 예쁜 기생들 것이요, 뜰가 흩어진 곡식은 울어대는 학의 것이다.

빈궁한 선비 되어 시골에 살망정 오히려 모든 것을 제 마음대로 할 수 있다. 이웃의 소를 끌어다가 자기 밭을 먼저 갈고, 마을의 어리석은 백성들을 불러다

* 잠시 음관(蔭官)에 대해 살피고 넘어가자. '음관'은 과거가 아니라 조상의 공이나 휘렝이 뛰어나다는 이유로 천거를 받아 내려진 벼슬로 음직(蔭職), 음서(蔭敍), 혹은 남행(南行)이라고도 한다. 문관은 동쪽, 무관은 서쪽에 서지만 남행은 문무 양과 중 어느 쪽도 거치지 않기에 남쪽에 선 데서 따온 명칭이다. 조선시대에는 이러한 남행 관들이 꽤 많았다. 연암도 음서로 벼슬살이를 했다. '웅남행(雄南行)'은 지위가 높은 음관을 말한다.

---

13   진사(進仕) : 정식 과거인 대과를 보기 전에 치르는 예비 시험인 소과에 합격한 자.

14   홍패(紅牌) : 옛날 문과의 회시(會試)에 급제한 사람에게 주던 증서. 붉은 바탕의 종이에 성적, 등급 및 성명을 먹으로 적었다.

가 김을 매게 한들, 그 누가 감히 나를 업신여기랴. 저들의 코에 잿물을 들이붓고 상투를 잡아매며 수염을 잡아 뽑은들 감히 원망할 자가 없다……."*

부자는 문권을 만드는 중에 혀를 차며 말했다.

"그만두시오, 그만둬. 참으로 맹랑합니다그려. 장차 나를 도적놈으로 만드시려는 게요!"[15]

부자는 머리를 이리저리 흔들면서 가버렸다.

그는 죽을 때까지 다시는 양반의 일에 대한 말을 입에 올리지 않았다고 한다.

『연암집별집』, 『방경각외전』

* 양반을 산 부자가 자기에게 이익이 안 된다고 툴툴대자 다시 써준 양반문권은 더욱 가관이다. 과거만 붙으면 모든 것을 얻게 되는 과거제도의 폐단과 양반들의 횡포가 이어진다. 부자가 '그만'이라고 외치지 않았던들 저 숭악한 날탕들의 행위가 어디까지 나아갈지 모른다

15 "장차 나를 도적놈으로 만드시려는 게요!" 양반이 '양상군자(梁上君子, 도둑)'라는 사뭇 가혹한 지적이다. 겨울 밭처럼 땡땡하며 차갑고도 과격한 표현이 아닌가. 연암의 소설을 읽는 독자들은 바로 이런 대목을 만났을 때 후련함을 느끼지 않을까 한다. 연암은 할 말이 있으면 결코 변죽을 울리는 법 없이 핵심을 꿰뚫으니 이 글을 읽는 지각(知覺) 없는 저들에게는 매우 불편한 말임이 틀림없다. 조선 후기는 화려한 언설(言說)을 펼치며 '곰은 웅담에 죽고 사람은 말에 죽는다'고 할 정도로 바른 말을 경계하던 시절이었다. 끼니를 거르기로 작정하지 않고서야 그 시절에 누가 저런 매몰찬 소리를 할 수 있었겠는가?
「양반전」은 이렇듯 겉으로는 신선처럼 보이는 양반의 허상을 폭로함으로써 사대부 계층의 각성과 양반의 반성을 촉구하는 '시비(是非, 옳고 그름을 가르는) 글'인 셈이다.

# 제題「양반전」후後

『연암별집』, 『방경각외전』에 실려 있으며 연암이 28세 무렵에 쓴 작품이다.

「양반전」은 '양반'이기에 '양반임'을 고민해야 했던 연암의 미묘한 감정선을 바짝 뒤쫓은 소설로 양반과 백성 사이의 유교적 역학관계가 잘 나타나 있다.

조선 후기에는 두 족속이 있었다. 한 부류는 양반인 '안하무인족眼下無人族'이고 또 한 부류는 백성인 '고립무원족孤立無援族'이다. 「양반전」은 안하무인인 양반들의 세계를 꼬집는 격문으로 조선 후기 '양반의 초상'이다. 양반들은 여기서 '이 녀석의 양반님네'라고 되알지게 쏘아붙여도 될 만한 행동들을 거리낌 없이 해댄다.

「양반전」은 이렇듯 '인간 불평등설'을 굳게 믿고 있는 저들에게 진지한 반성을 촉구하는 소설이요, 양반들의 등판에 식은땀깨나 흘리게 할 만한 소설이다.

정선군에 한 양반이 살고 있었는데 그는 성품이 어질고 독서를 좋아하였으며, 군수가 도임하면 반드시 그를 찾아가 예를 표하였다. 그러나 집이 가난해 매년 관곡을 꾸어 먹은 지 여러 해가 되어 그 양이 천 석에 이르렀다. 관찰사가 군읍을 순행하다가 관곡을 조사해보고는 크게 노하여 그를 잡아 가두라고 명했지만 같은 양반으로서 그의 형편을 아는 군수는 차마 그를 가두지 못하고, 그의 아내가 남편의 무능함을 푸념하는데도 양반은 '내시 이 앓는 소리'만 하고 있다.

조선 후기에 이미 사회적 존재가치를 잃은 양반은 당혹감을 감추지 못한 채 그저 지나간 옛 영광만 곱씹을 따름이었다.

비록 낮은 신분이지만 부자가 된 사람이 빚물이<sup>남의 빚을 대신 갚아주는 일</sup>를 해주는 대신 양반을 사겠다고 나섰다. 의지할 곳 없는 고립무원족이 신족神族을 꿈꾸는 양반들에게 '도전'한 셈이다. 양반이 기뻐서 허락하니, 드디어 조선의 '안하무인족'이 무릎을 꿇는 순간이다. 하지만 이대로 물러설 양반들이 아니다. 군수가 놀라 몸소 그 양반을 찾아가 그를 위로하고 경위를 물으니 양반은 전립에 짧은 옷을 입고 땅에 엎드려 스스로를 소인이라 칭하며 감히 고개를 들지도 못한다. 자초지종을 알게 된 군수는 부자의 행위를 짐짓 야단스럽게 기리고 나서 이런 사사로운 매매는 소송의 단서가 되므로 문권을 만들어야 한다며 모든 고을 사람들을 불러놓고 양반 문권을 만든다. 양반을 판다는 것도 그렇지만 '양반 문권'이 웬 말인가. '양반 문권'은 연암이 작심하고 양반들을 욕보이는 '백문선이 헛문서'<sup>남을 속이는 문서</sup>이니 그 의미를 깊이 새길 일이다.

그러나 백성 부자는 1차 문권이 마음에 들지 않았다. 문권에는 양반으로서 지켜야 하는 허례허식인 신분상의 얄궂은 강령만 적혀 있었다. 그야말로 양반으로서 지켜야 할 것들만 적어 놓았으니 눈 가리고 아웅하는 수작이다. 그는 늘 보아오던 양반의 모습과는 내용이 다르니 문권을 고쳐달라 한다. 부자의 청을 들어주지 않을 도리가 없었는지 군수가 다시 써준 2차 문권은 양반들의 한심스런 작태, 곧 '귀접스런 짓'을 그대로 담고 있다. '상놈은 발 덕, 양반은 글 덕'이라고 한다. 글로 살아가야 하는 양반들로서 양식 있게 처신해야 하거늘, 저들의 형편없는 도덕성은 '양반질' 문헌에 그대로 드러났다. 백성을 바른길로 이끌 책무가 있는 양반들이 도리어 이런 삿된 행동을 하며 설쳐댄 것이다.

무리 지어 생활하는 동물 중에서 개는 오줌, 사슴은 향선으로 냄새를 피워 세력권경계을 나타내는데 이 시대 양반의 행태가 꼭 그러했다. 저들은 늘 고린내를 피워가며 자신의 영역권을 나타내는데 양반질의 악취가 나는 '양반 문권'이 그 예다.

결국 이 말을 들은 상사람 부자는 저들의 마비된 양심에 쐐기를 박는다. "장차 나를 도둑놈으로 만들려나 봐." 이 간명한 말에 담긴 의미를 저들만 몰랐다. 부자는 머리를 흔들고 달아나며 평생 '양반'이란 소리를 다시는 입에 담지 않으리라고 맹세하고 또 했다.

지금도 문밖을 나서면 도처에서 '2차 문권의 소유자들'을 어렵지 않게 본다.

# 김신선전

金神仙傳

홍기는 벼슬 않고 숨어 사는 큰 사람이라

그저 유희 속에 몸을 숨겼구나.

맑은 데나 흐린 데 실책이 없었고

시기하거나 구하는 일도 없었다.

이에 「김신선전」을 쓰노라.

**들어가기 전에**

이 작품에는 서민층부터 관찰사까지 다양한 인물들이 등장한다.

서울의 체부동·삼청동 등 현재의 종로와 중구 일대, 강원도의 금강산 등

## 등장인물

나 　김신선을 만나려는 인물로 연암 자신이다.

김신선 　신신처럼 살아가는 사람으로 베일에 씌여 있어 작품 속에 한 번도 모습을 드러내지 않는다.

윤생, 신생 　'나'가 시킨 심부름꾼으로 김신선을 찾으러 다니는 이들이다.

**관찰사**     지방을 순시한답시고 금강산에 와서는 수
령들과 중들로부터 대접만 받는 것으로
미루어볼 때 오리汚吏류인 듯하다.

**친구들**     나와 선암에 오르자는 약속을 어기는데
아마도 관찰사 행사에 어울린 것이 아닌
가 한다.

**수령, 스님**     권세에 아부하는 모리배다. 수령이 제 지
방을 다스리지 않고 중들 역시 제자리를
잃고 권력을 붙따르는 모양새가 속되다.

## 이해와 감상

「김신선전」은 제목만으로도 신선 세계를 그리고 있는 작품임을 알 수 있다.

이 작품 역시 『방경각외전』에 실려 있는데 이덕무의 『청장관전서』 권50, 「이목구심서」 3의 김홍기金洪器 이야기와 조희룡趙熙龍, 1789~1866의 『호산외기』에도 똑같은 제목의 「신선전」이 있고 이름은 김가기金可基로 되어 있다. 세 이야기의 내용이 비슷한 것으로 보아 당대에 김신선이란 인물이 있었던 것이 확실하다.

다만 연암의 「김신선전」은 김신선의 이야기에 자기를 결부시키고 허구적으로 재구성하여 소설로 완성시킨 반면 이덕무는 항간에 떠도는 이야기를 정리한 수준이고 조희룡은 전통적인 '전'의 형식을 따른다.

이러한 「신선전」은 17세기를 시작으로 18~19세기까지 당대 문인들 사이에서 유행하던 장르였다. '신선'의 사전적 정의는 도를 닦아서 인간 세상을 떠나 자연과 벗하여 늙지 않고 오래 사는 상상 속 인물이지만 '전'의 형식으로 정착된 신선은 이와 다르다.

「신선전」의 주인공들은 대부분 조선이라는 유교 사회의 '체제 부적응자', 즉 엇먹은 인생들이다. 그들은 그 시절 하루하루를 고뇌하며 살다가 끝내 속세를 등졌다. 그러나 여기서 '부적응'이라는 말 앞에 '타의'라는 명사를 두어야 한다는 사실을 잊지 말자. 세속을 초탈한 그들의 삶은 기실 정치·사회·문화·경제적인 고통에서 비롯된 탈출이었을 뿐이다.

따라서 「신선전」에서 우리는 현실로부터 탈피하고자 하는 조선 후기의 자의식이 만들어낸 사회적 현상이라는 서글픈 함의를 읽어야 한다.

연암의 「김신선전」은 이러한 비애를 본밑으로 지어졌다.

그런데 『방경각외전』 소재의 다른 작품들과 달리 어째 자서가 영 신통치 않다.

홍기는 벼슬 않고 숨어 사는 큰 사람이라 그저 유희 속에 몸을 숨겼구나. 맑은 데나 흐린 데 실책이 없었고 시기하거나 구하는 일도 없었다. 이에 「김신선전金神仙傳」을 쓰노라.

弘基大隱 酒隱於遊 淸濁無失 不忮不求 於是述金神仙.

# 김신선전

金神仙傳

김신선의 이름은 홍기弘基다.

나이 열여섯에 아내를 얻어 꼭 한 번 잠자리를 하여 아들을 낳았다.
그리고 다시는 아내를 가까이 하지 않고 벽곡[1]을 하며 벽만 바라보고
앉아 있었다. 이러한 지 서너 해 만에 별안간 몸이 가벼워졌다. 국내의
이름난 산을 두루 찾아 노닐었는데 항상 수백 리를 가고 나서야 해를
쳐다보고는 시간이 이른지 늦은지를 따졌다. 5년에 한 번 미투리를 바
꿔 신었으며 험한 곳을 만나면 걸음이 더 빨라졌다.

한번은 이런 말을 하였다.

"옷자락을 추어올리고 물을 건너거나 뗏목을 타고 건너면 내 걸음이
오히려 늦어져."

그는 밥을 먹지 않기 때문에 사람들은 그가 손님으로 오는 것을 싫
어하지 않았다. 겨울에는 솜옷을 입지 않고, 여름에도 부채질을 하지
않았다. 그래서 사람들은 그를 '신선'이라고 불렀다.

나는 일찍이 마음이 우울한 병이 있었다.

---

1    벽곡(辟穀) : 곡식 대신 솔잎, 대추, 밤 따위를 날것으로 조금씩 먹는 것. 신선들의
특징 중 하나다.

*김신선과 교류하는 이들에 대한 자세한 소개이니 이들을 살핀다면 김신선이란 사람에 대해서도 정보를 얻을 수 있을 것 같다. 우선 지명을 보도록 하자. 서학동(西學洞)은 지금의 태평로 1가 부근이며, 체부동(體府洞)과 누각동(樓閣洞)은 지금의 종로 체부동과 누상동이다. 누각동은 누각이 있어서 유래한 지명이다. 「동국여지비고」에 따르면 나이가 들어 물러난 서리들이 꽃과 과일나무를 심는 일을 하며 살았다고 한다. 삼청동(三淸洞) 역시 지금의 종로 삼청동으로 도교의 삼청전, 즉 태청·삼청·옥청에서 유래한 지명이다. 예로부터 삼청동은 절경이었기에 청백리 재상 맹사성, 6조 판서를 두루 지낸 민정중 같은 이름난 이들이 살던 동네다. 미원동(美垣洞)은 미동(美洞)이 아닌가 싶다. 만일 그렇다면 지금의 중구 을지로 1가에 해당한다. 모교(毛橋)는 모전교(帽廛橋)라고도 하는데 지금의 종로구 서린동 148번지 남쪽과 중구 무교동 3번지 북쪽 전일의 서린호텔 동쪽 입구에 있던 다리다. 사복천변(司僕川邊)은 지금의 종로 수송동을 말하는데 궁중의 말들을 맡은 관아인 사복시에서 유래했다. 이문(里門)은 지금의 종로1가 종각 건너편에 있던 마을이고, 계동(桂洞)은 현재의 종로구 계동이다. 모두 지금의 종로 근처라는 점에서 김신선이 거니는 곳은 조선의 국심(國心)이지 신선들만 노니는 별세계가 아니라는 것을 알 수 있다. 연암의 소설이 모두 그렇거니와 이 소설 역시 현실 속에서 신음하는 백성의 삶을 정면으로 응시한다.

듣자하니 '김 선생의 방기[2]가 그러한 병에 가끔씩 기이한 효과가 있다' 하여 더욱 그를 만나고 싶었다. 그래 윤생과 신생을 시켜서 은밀하게 그를 찾아보라 했다.

서울 안을 열흘이나 뒤졌지만 만나지를 못했다.

윤생이 말하였다.

"전번에 '홍기의 집이 서학동에 있다'는 말을 들어 지금 가보니 아니었습니다. 사촌 형제의 집에다 처자식만 맡겨놓았더군요. 그래 그의 아들에게 물어보았더니, '저의 어르신께서는 한 해에 서너 번 다녀가시곤 하지요. 아버지 친구 한 분이 체부동에 사시는데 그는 술 좋아하고 노래도 잘 부르는 김 봉사라고 합니다. 누각동에 사는 김 첨지는 바둑 두기를 좋아하고 그 뒷집 이 만호는 거문고 뜯기를 좋아하지요. 삼청동 이 만호는 손님 치르기를 좋아하고 미원동 서 초관이나 모교 장 첨사 그리고 사복천변에 사는 지 승도 모두들 손님 치르기와 술 마시기를 좋아하신답니다. 이문里門 안 조 봉사도 아버지 친구이신데 그 집엔 이름난 꽃들을 옮겨 심었고 계동 유 판관 댁에는 기이한 책들과 오래된 칼이 있지요. 아버지께서 늘 그 집들을

---

2    방기(方技) : 의원, 점쟁이 따위를 칭하는 말이지만 여기서는 '의약의 기술' 정도를 뜻한다.

찾아다녔으니 꼭 만나려거든 그 몇 집들을 찾아보시죠' 하더군요. 그래 그 집들을 두루 다녀보았지만 그는 어느 집에도 없었습니다.*

날이 저물녘에 한 집을 찾았더니 주인은 거문고를 뜯고 손님 둘이 가만히 앉아 있었습니다. 머리가 허연데 갓도 쓰지 않고 있더군요. 그래 저는 속으로 '아마도 이 가운데 김홍기가 있겠지' 생각하고 한참을 서 있었답니다.

곡조가 그치기에 나아가서 '감히 여쭙습니다. 어느 분이 김 장인이신지요?' 하고 물었지요. 그랬더니 주인이 거문고를 내려놓고는 대답하였습니다.

'이 자리에 김이라는 성씨를 가진 사람이 없는데 자네는 누구를 찾는 겐가?' 하더군요. 제가 '소자는 몸을 깨끗이 한 뒤에 감히 찾아온 것입니다. 원컨대 노인장께서는 꺼리지 마십시오' 했지요.

그랬더니 주인이 웃으면서 말하기를, '자네 김홍기를 찾아온 겐가? 오지 않았네'라고 하였습니다.

다시 제가 '그럼 언제쯤 오시는지요' 했더니, 주인이 말했습니다. '거처하는 곳이 일정치 않으며 놀러 다녀도 장소를 정하지 않고, 올 때를 미리 정하지 않고 가는 때를 미리 약속하지도 않는다네. 하루에도 어느 때는 두세 번을 들르다가도 오지 않으려 들면 여러 해나 돼. 내가 들었는데 김 선생이 창동과 회현방에서 노닐고 있을 때가 많고, 또 일찍

이제 벼슬에 대해 살펴 보자. 김 봉사는 김씨 성의 봉사 벼슬을 하는 이다. '봉사(奉事)'란 나라 제사와 시호의 일을 맡던 관아인 봉상시(奉常寺)의 종팔품 벼슬이다. 김 첨지는 '첨지중추부사'의 준말로 중추부의 정삼품 당상관의 관직이다. 이 만호라는 이는 이씨 성의 만호(萬戶) 벼슬이다. '만호'란 종사품의 무관직이다. 미원동의 서 초관은 서씨 성을 가진 초관을 말한다. 초관(哨官)이란 지금의 군대 계급으로 중대장 정도의 초급 장교다. 모교에 사는 장 첨사는 장씨 성을 가진 첨사다. 첨사(僉使)란 무관직으로 절도사 아래이며 종삼품이다. 지 승(池丞)은 지씨 성의 승 벼슬을 하는 이로 승은 종5품에서 종구품의 벼슬이다. 판관은 종오품의 벼슬이니 유 판관 역시 말직에 지나지 않는다. 이로 미루어보면 김신선과 벗으로 지내는 이들은 모두 종로를 중심으로 살되 하찮은 벼슬을 하는 평범한 사람들에 지나지 않는다. 다만 술과 바둑을 좋아하고 노래를 잘하고 거문고를 즐기는 것 등에서 그들이 지닌 풍류를 느낄 수 있을 뿐이다.

이 동관, 이현, 동현, 자수교, 사동, 장동, 대릉, 소릉 등지를 오가며 자고 간다고 한다더군. 그러나 그 주인집 이름은 다 모르겠고 창동은 내가 아니 자네가 가서 물어보게나' 하더군요.

그래서 제가 그 집을 찾아가서 물었더니, '이곳에 오지 않은 지가 벌써 몇 달째네. 내가 들으니 장창교에 있는 임동지[3]가 술을 잘 마시는데 날마다 홍기와 술내기를 한다는군. 지금도 임동지네 집에 있는지는 모르겠어' 했습니다. 그래서 그 집을 찾아갔지요.

임동지라는 분은 나이가 80여 세로, 가는귀 잡수셔서 잘 듣지 못했는데 '쯧쯧, 어젯밤 몹시 술을 마셔 오늘 아침까지 깨지도 않았는데 강릉으로 갔다네'라고 했습니다.

하도 서운하여 한참을 서 있다가 '김 선생은 좀 이상한 점이 있나요?' 하고 물었지요. 그랬더니 '그냥 보통사람이지 뭐. 다만 밥 먹는 걸 보지 못했어'라고 하더군요. 그래 이번엔 '외모는 어떻게 생겼지요?' 하고 물었습니다. '키가 훤칠하니 칠 척[4]이 넘고 좀 여위었는데 수염이 많고 눈동자는 푸르스름하며 귀는 기름하니 황톳빛이지.' 그래 다시 '약주는 얼마나 하시지요?' 하고 물었지요. 말씀하시기를, '한 잔을 마셔도 취하지만 그렇다고 한 말을 마셔도 더 취하지는 않는다네. 언젠가 술에 취하여서는 길바닥에 드러누워 있다가 순라군에게 잡혀갔는데, 아- 이레 동안이나 깨어나질 않아 그냥 놓아버렸다고 하더군' 하였습니다.

---

3  임동지(林同知) : 임씨 성을 가진 동지. 동지는 벼슬 없는 노인의 존칭.
4  칠 척(七尺) : 일 척은 30.3cm이다. 키가 큰 사람을 가리켜 '6척 장신'이라고 한다.

제가 또 '말하는 것은 어떻던가요?' 하고 물었지요. 그랬더니 '사람들이 말을 할 때면 조는 것 같은데, 이야기를 그치면 갑자기 웃고서는 그치지를 않지'. '몸가짐은 어떻던가요?' 했더니, '조용하기가 참선하는 사람과 같고 주변머리 없기는 수절하는 과부 같더군' 하였습니다."

나는 처음에 '윤생이 힘써 찾아보지 않았나 보다' 하고 의심했다. 그러나 신생도 수십 집을 돌아다녔으나 찾지 못했고 그의 말도 마찬가지였다.

어떤 사람은 "홍기의 나이가 백여 세며 함께 노는 벗들도 다 노인이야"라고 했다. 어떤 이는 그렇지 않다고 하며 "홍기의 나이 열아홉에 아내를 얻어 곧 사내아이를 두었고 지금 그 아이가 막 스물이 되었으니 그의 나이를 계산해보면 이제 한 쉰쯤 되었을 게야"라고 했다.[5] 또 혹자는 말하기를 "김신선이 지리산으로 약초를 캐러 들어갔다가 벼랑에서 떨어져 돌아오지 못한 지가 지금 이미 수십 년이라네"라고도 했다. 또 어떤 사람은 "어두컴컴한 바위굴에 반짝반짝 빛나는 게 있다"라고 하고, 누구는 "아 그것이 바로 김 선생의 눈에서 흘러나오는 빛인데 산골짜기에서 이따금 길게 하품하는 소리를 들을 수 있는 걸"이라고 하였다. 지금은 홍기가 오직 술을 잘 마시기는 하지만 다른 술법이 있는 것은 아닌데, 공연히 김신선이라는 이름만 빌려서는 돌아다니는 것이라고들 한다.

그러나 내가 또 복이라는 아이를 시켜서 가서 찾아보게 하였으나 끝

---

5    홍기의 나이는 쉰 살이 아니라 마흔 정도라는 계산이 나온다.

내 찾지는 못하였다. 그 해가 계미년[6]이었다.

그 이듬해[1764년] 가을에 나는 동해를 유람하던 중 저
녁나절 단발령[7]에 올라 금강산을 바라보았다. 그 봉
우리는 일만 이천이라고 하는데, 산 빛이 하얗다. 산
에 들어가니 단풍나무가 가장 많은데 막 붉게 물들어
가고 있었다. 싸리나무와 가시나무, 녹나무, 예장나무
도 모두 서리를 맞아 노랗게 되었고 삼나무와 노송나
무는 더욱 푸르렀다. 또 사철나무가 많았는데 산 속에
여러 신기한 나무들이 모두 잎사귀가 누렇고 붉었다.*

나는 휘 둘러보며 기뻐하면서 마침 남여[8]를 메고 가
는 중이 있길래 물어보았다.

"이 산 중에 도술을 깨친 이승異僧이 있소? 있으면 내
가 더불어 벗을 삼고 싶은데……."

중이 말했다.

소설의 줄거리와 전혀 무관한 단발령에서 내려다 본 금강산의 모습을 돌발적으로 끼워 넣었다. 연암은 이야기를 진행하는 중에 왜 이처럼 배경을 생생히 묘사했을까? 단발령은 금강산이 한눈에 가장 넓게 들어오는 고개다. 가을 저녁 무렵이니 운무가 서서히 산에 내릴 텐데 그림 같은 그 풍경을 한 마디로 '하얗다(色白)'고 요약했다. 그러고는 산으로 들어가며 나무와 나뭇잎을 세세히 그린다.

고소설비평어로 치면 '사물을 핍진하게 그렸다'고 할 수 있다. 평소 글을 치밀하게 쓰는 연암이 그저 제 흥에 겨워 이렇게 썼을 리 만무하니 그 의미를 곰곰이 생각해볼 문제다. 이 부분에서 서울 한복판에서 시작한 이야기의 배경이 금강산으로 처음 바뀌는데, 연암은 이곳에서 비로소 김신선과 맞닥뜨리게 되니 지금까지와 이야기를 달리해야 했다. 또 이야기가 절정으로 치달을 것이기에 화제를 돌려 일부러 독자들의 긴장을 늦추는 장치이니 퍽 신선한 작법이다. 그날 연암은 장안사에 머물고 승려들로부터 '선암에 벽곡하는 이가 있다'는 말을 듣고 다음 날 산에 오르려 했다. 그런데 다음 장면에서 친구들과 관찰사의 등장이라는 엉뚱한 삽화가 나온다.

---

**6**   계미년(癸未年) : 1763년 영조 39년으로 당시 연암의 나이 27세였다.

**7**   단발령(斷髮令) : 강원도(북한) 창도군과 금강군 경계에 있는 고개로 동쪽 사면은 금강천의 상류 계곡으로, 서쪽 사면은 북한강 상류로 이어진다. 신라시대 말마의태자가 금강산에 입산할 때 중이 되리라 결심하고 삭발한 곳이라는 이유로 단발령이라고 부른다. 금강산의 비경을 감상하기 좋은 장소다.

**8**   남여(藍輿) : 뚜껑이 없는 가마로 의자의 양쪽에 긴 나무가 붙어 있어 앞뒤에서 4명이 어깨에 메고 가도록 되어 있다. 대개 산길처럼 좁은 길을 갈 때 이용되었다.

"듣지 못했습니다만 선암[9]에 벽곡하는 사람이 있다 하는데 어떤 이는 경상도 사는 선비라고 하오만 알지는 못하겠소. 더욱이 선암은 길이 험해 가는 사람이 없답니다."

그날 밤에 내가 장안사[10]에 앉아서 여러 중에게 물어보니, 중들의 이런저런 대답이 처음 중의 말과 같았다. 그리고 벽곡하는 사람이 백 날을 채우면 가는데, 그때 거의 90여 일이 되었다고 하였다. 나는 아주 기뻐하며 '그 사람이 신선이 아닌가?' 하고 생각하니 당장 오늘 밤이라도 가고 싶었다.

이튿날 아침 진주담[11]가에 앉아서 같이 놀러온 친구들을 기다렸다. 한참을 이리저리 보았지만 모두들 약속을 어기고 오지 않았다.

게다가 관찰사가 여러 고을을 순행하는 길에 마침내 금강산까지 들어왔다. 여러 절간을 돌아가며 가지 않고 묵으니 수령들이 모두 찾아와서는 음식을 바치고 잠잘 곳을 마련하였다. 나가 놀 때는 따르는 스님이 백여 명이나 되었다.*

* 뜬금없이 왜 여기에 친구와 관찰사가 등장해야 하는 것인지 생각해 보자. 고을의 수령들은 정무를 팽개치고 스님들은 하는 염불은 않고 오직 관찰사의 뒤꽁무니만 따라다니는 모양새다. 물론 연암과 같이 온 무리들도 뒤라고 그 자리를 마다하겠는가? 아마도 관찰사와 어울리느라 연암과 선암에 가던 약속을 저버린 것일 테니 이 부분을 굳이 이 소설에 넣어둔 연암의 속다짐을 미루어 짐작할 수 있다. 이쯤 되면 연암의 금강산에 대한 읊조림과 관찰사의 등장은 미리 설정된 장치임이 드러난다. 고소설에서는 이러한 기법을 횡운단산법(橫雲斷山法)이라 하는데 이 말은 '이야기가 너무 길어지면 자칫 지루해질 염려가 있기에 중간에 잠시 다른 이야기를 배치해 간격을 둔다'는 뜻의 비평어다.

---

9   선암(船巖) : 내금강 표훈사에 딸린 암자다.
10  장안사(長安寺) : 우리나라에서 가장 화려하고 아름다운 절이었으나 한국전쟁 때 완전히 소실되었다.
11  진주담(眞珠潭) : 금강산 내금강에 있는 물방울이 진주처럼 떨어진다는 못의 이름이다.

선암까지 이르는 길이 높고 험해서 나 혼자는 갈 수 없었다. 영원과 백탑[12] 사이만 오가자니 우울하고 마음이 편치 않았다.

그 뒤로 오래도록 비가 내리므로 산속에서 엿새나 머문 뒤에야 선암에 가게 되었다.

선암은 수미봉須彌峰 아래에 있었다. 내원통內圓通에서 이십여 리를 가면 천 길이나 되는 커다란 바위가 우뚝하니 서 있고 길이 뚝 끊어질 때마다 쇠줄을 잡고서는 공중에 대롱 매달려서 올라갔다. 선암에 도착해 보니 텅 빈 뜰에는 새 울음소리도 들리지 않았다. 상 위에는 조그만 구리 부처가 있고, 다만 신 두 켤레만이 놓여 있었다. 나는 너무나 섭섭해서 이리저리 거닐다 멈추어 서서 바라보다가 마침내 바위 아래에 이름을 써놓고 탄식하며 돌아섰다. 그곳에는 늘 구름 기운이 돌고, 바람도 쓸쓸했다.

어떤 사람은 "선仙이란 산山에 사는 사람人이지" 했고 또 어떤 사람은 "산山 속으로 들어가면人 바로 선仙이 되는 게야" 했다. 또 "선僊이란 춤추는 모양처럼 가벼이 하늘을 나는 뜻이다"라고도 했다.

벽곡하는 자가 반드시 신선은 아니다. 신선이란 마음이 답답하니 뜻을 얻지 못한 자이리라.*

『연암집별집』, 『방경각외전』

* 연암은 '신선'을 주의 깊게 풀이했다. '선(仙)'이란 산(山)에 사는 사람(人)이거나 '산속으로 들어간 입(入)이 바로 선(仙)'이라고 한다. '선(仙)' 자를 가지고 산(山)＋인(人), 산(山)＋인과 비슷한 입(入)으로 파자(跛者) 놀음을 한 것이다.

결국 연암이 말하는 신선이란 세상에서 자기의 경륜을 펴지 못한 자들, 그러니까 '울울하니 뜻을 얻지 못한 자(鬱鬱不得志)'라는 말이다. 앞서 연암에게는 울적한 마음의 병이 있다고 했다. 답답한 세상을 살아가는 게 힘에 겨워 김신선이라는 자를 만나면 좀 나아질까 싶어 그를 찾아다닌 것이다. 그런데 그 신선이란 자도 자기처럼 울울한 마음에 속세를 떠나 산에 들어간 둔세자로, 곧 '현실 사회를 피해 사는 사람일 뿐'이란 말이다.

---

12  영원(靈源)과 백탑(白塔) : 내금강 망경대 구역에 있는 골짜기의 이름이다.

# 제題「김신선전」후後 ──────

『연암별집』,『방경각외전』에 실려 있으며 연암이 29세 무렵에 지은 작품이다.

　김홍기라는 인물의 기이한 행적에 흥미를 느껴 그를 만나보기 위해 사람들을 시켜 찾게 한 사정과 내가 관동 여행을 하며 그를 찾던 체험을 한 편으로 엮은 작품이다.

　김신선의 속명은 홍기弘基다. 16세에 장가를 들은 후 단 한 번 아내를 가까이해서 아들을 낳았다는 것을 보면 속세의 범부는 아닌 듯하다. 홍기는 화식을 끊고 벽을 향해 정좌한 지 두어 해 만에 별안간 몸이 가벼워진 뒤로 각지의 명산을 두루 찾아다녔다. 하루에 수백 리를 걸었으나 5년에 한 번 신을 갈아 신었고 험한 곳에 다다르면 걸음이 더욱 빨라졌다. 밥을 먹지 않으니 사람들은 그가 찾아오는 것을 꺼리지 않았다. 그는 겨울에도 속옷을 입지 않고 여름에는 부채질을 하시 않았다.

　모두 그를 신선이라 불렀다. 키는 칠 척이 넘었으며 여윈 얼굴에 수염이 길었고 눈동자는 푸르며 귀는 길고 누런빛이 났다. 술 한 잔에 취하지만 한 말을 마신다고 더 취하지는 않았고 남이 이야기하면 앉아서 졸다가 이야기가 끝나면 빙긋이 웃으니 자면서도 귀를 열어둔 것이었다. 조용하기는 참선하는 것 같고 겸손하기는 수절 과부와 같았다. 나이 또한 알 수 없어 어떤 사람은 그의 나이가 백여 살이라고도 하고 쉰 살 남짓이라고 하는 사람도 있었다. 또 듣기로는 지리산에 약을 캐러 가서 돌아오지 않은 지가 수십 년이라고도 하고 어두운 바위 구멍 속에 살고 있다고도 했다.

그 무렵 나는 마침 마음에 우울병이 있었는데 김신선의 방기$^{方技}$가 기이한 효험이 있다는 소문을 듣고 그를 만나보고자 겨끔내기[1]로 윤생과 신생을 시켜 몰래 탐문해보았으나 열흘이 지나도록 찾지 못했다. 한번은 김홍기가 서학동에 있다는 소문을 듣고 윤생을 보냈으나 그의 아들에게 술, 노래, 바둑, 거문고, 꽃, 책, 고검$^{古劍}$ 따위를 좋아하는 사람들 집에서 놀고 있으리라는 말만 듣는다. 창동을 거쳐 임동지의 집까지 찾아갔으나 아침에 강릉을 떠나갔다고 한다.

이듬해 나는 관동으로 유람 가는 길에 단발령을 넘으면서 어떤 스님으로부터 선암$^{仙庵}$에서 벽곡하는 사람이 있다는 말을 듣고 아침에 친구들과 그를 찾기로 약속하고는 장안사에 머무른다. 하지만 다음 날 친구들이 약속을 어기는 바람에 선암을 오르지 못했다. 절에는 지방을 순시하러 온 관찰사가 머무르고 있었는데 수령들과 중들은 그의 시중을 드느라 분주하다. 친구들, 수령들, 중들을 관찰사와 연결시키면 연암이 왜 이 부분을 「김신선전」에 넣었는지를 짐작할 수 있다. 어쩌면 김신선은 속세의 저런 꼴이 보기 싫어 떠났는지도 모를 일이다.

며칠을 지체하다 드디어 선암에 올라보니 탑 위에 동불$^{銅佛}$과 신발 두 짝만 덩그러니 놓여 있었다.

독자로서 우리는 세상을 버리고 은둔하는 '신선의 우의성'을 어떻게 이해해야 할까?

---

1  겨끔내기 : 어떤 일을 서로 번갈아 하는 것.

세상과 합일하지 못하는 울울한 마음을 버리지 못한 채 어쩔 수 없이 입산해 문을 닫아걸고 신선이 되려는 것일 게다. 당대에는 김홍기처럼 '난수인 인생사'를 풀지 못해 자의로 산속에 유폐된 이들이 많았으리라.

# 광문자전

廣文者傳

광문은 궁벽한 거지였다.

들리는 소문이 사실보다 지나쳤지만

명성을 좋아하는 사람이 아니었는데

오히려 형벌을 면하지 못하였으니

하물며 도둑질로 명성을 훔쳐

거짓을 가지고 다투겠는가?

이에 「광문자전」을 쓴다.

「방경각외전」목록과 「방경각외전자서」에는 〈김신선전〉 뒤에 〈광문자전〉을 위치하였다. 그런데 원전은 〈민옹전〉 뒤에 수록하였다. 여기서는 '목록'과 '자서' 순서를 따랐다.

이 작품에는 거지, 건달, 기생부터 암행어사 출신 사대부에 이르기까지 그야말로 당대
의 모든 사람이 등장한다.

## 등장인물

광문

걸인들의 꼭지딴에서 약국 점원이 된 인물로 금융 중 개인, 빚지시빗을 주고 쓰고 할 때 중간에서 소개하는 일을 거쳐 기생들의 매니저가 되기도 한다.

자신의 말로는 절세 추남인 듯한데 의리가 대단하며 기생도 능수능란하게 다룰 줄 아는 성품의 소유자. 일언이폐지하여 '보짱 큰 인간성'을 지닌 조선 후기 뒷골목의 스타다.

**걸인들**

광문을 꼭지딴으로 추대해놓고도 그를 믿지 못해 내쫓은 어리석은 떼거지다.

**자칭 광손**廣孫

광문의 이름을 빌려 역모를 꾸미다가 죽임당한 인물이다.

스스로 광문의 아들이라 말하고 다니는 거지 아이를 꾀어서는 자신의 이름도 광손으로 바꾸어 역모를 꾸미는 것으로 보아 어리석은 인물임을 알 수 있다.

**자청 광문의 아들이라는 거지 아이**

광문의 이름을 빌려 밥은 후하게 얻어먹

었으나 역모에 가담한 죄로 귀양을 간다.

**집주인**   광문의 순수함을 읽어내고 그를 약방 주

인에게 추천할 만큼 지혜로운 사람이다.

**약방주인**  자신의 잘못을 인정할 줄 아는 사람으로
여러 사람에게 광문을 자랑한다.

**운심**  장안의 이름난 명기로 밀양 출신의 기생
이라 한다. 도도함을 지닌 해어화<sup>解語花</sup>지
만 우정 광문을 기다렸다가 춤을 출 정도
로 그에 대한 마음이 각별하다.

**표철주**  실존 인물로 재산도 있고 싸움도 잘했다.
늘그막엔 세상의 쓴맛을 보고 집주름으로
살아가는 인물이다.

IMF사태, 미국발 경제위기 이후로 서울역은 노숙자들이 모이는 곳이 되었다. 살기 좋아졌다는 지금도 이러하니 조선 후기 연암의 시대는 어떠했을까?

당시에도 이것은 적지 않은 사회적 문제였던지 실학자인 우하영禹夏永, 1741~1812은 『천일록』에서 "유개流丐"라는 제목으로 대책을 제시하기도 하였다.

『광문자전』[1]은 이러한 걸인을 주인공으로 하는 소설이다. 연암은 자서에 아래와 같이 이 소설을 짓는 까닭을 적바림했다.[2]

광문은 궁벽한 거지였다. 들리는 소문이 사실보다 지나쳤지만 명성을 좋아하는 사람이 아니었는데 오히려 형벌을 면하지 못하였으니 하물며 도둑질로 명성을 훔쳐 거짓을 가시고 다투겠는가?

이에 「광문자전」을 쓴다.

聲聞過情 非好名者 猶不免刑 要假以爭 於是述廣文.

조선 후기의 기록을 뒤지면 '광문'과 같은 비렁뱅이가 등장하는 풍

---

1    「방경각외전」 목록과 「방경각외전자서」에는 〈김신선전〉 뒤에 〈광문자전〉을 위치하였다. 그런데 원전은 〈민옹전〉 뒤에 수록하였다. 여기서는 '목록'과 '자서' 순서를 따랐다.
2    메모. 나중에 참고하기 위하여 글로 간단히 적어 둠. 또는 그런 기록.

경을 제법 자주 볼 수 있다.

허균의 「장생전」이나 판소리계소설인 「무숙이타령」, 이유원의 『춘명일사』에 나오는 「도령전」, 이용휴의 「해서개자」, 성대중의 「개수전」 등이 바로 「광문전」과 유사한 걸인 이야기들이다.

「개수전」에는 "도성 안에는 거지들이 항상 수백 명이 있었다都下丐者歲常數百人"라고 적혀 있으니 참 걸인이 많았다 싶다.

「광문자전」의 주인공인 광문은 거지였는데 보통 거지와는 달랐으니 이규상의 『병세재언록』, 「방기록」에 등장하는 '달문達文'이 바로 광문이다.

「광문자전」은 "우리나라 아이들이 서로 놀려대는 말로 '네 형이 달문이라 부르지' 했으니, 달문이란 광문의 또 다른 이름이다三韓兒 相詈傲 稱爾兄達文 達文又其名也"라고 적고 있다.

「광문자전」은 연암이 18세 무렵 지은 작품으로 '연암소설의 숫눈길'[3]을 열어젖힌 소설이다. 『방경각외전』에는 29세에 지은 「김신선전」과 31세 무렵의 「우상전」 사이에 「광문자전」을 위치시켜 놓았는데 「서광문전후」와 연결되어야만 완성된 한 편의 「광문자전」이 이루어지기 때문인 것으로 추정된다.

따라서 이 책에서는 전편격인 「광문자전」과 속편격인 「서광문전후」를 모두 실었다.

---

3    숫눈길 : 눈이 내린 뒤에 아직 아무도 가지 않은 길. 누구도 걸어보지 못한 생소한 길.

# 광문자전

### 廣文者傳

광문<sup>廣文</sup>이는 거지였다.*

일찍이, 종루<sup>鐘樓 : 종로의 옛 이름</sup>의 시장통에서 밥을 빌어 먹었는데 여러 거지 아이들이 광문을 패두<sup>牌頭 : 우두머리</sup>로 추대하고서는 그들의 움막을 지키게 했다.

하루는 날씨가 춥고 진눈깨비가 내렸다. 여러 거지 아이들이 함께 동냥을 나가고 한 아이만 병이 나서 따라 나가지 못했는데, 얼마 뒤에 거지 아이는 한전<sup>1</sup>이 들어 앓는 소리를 하는 것이 어지간히 애처로웠다. 광문은 너무 가련해서 직접 구걸을 나가 밥을 얻어와서 아이에게 먹이려 하였으나 아이는 벌써 죽어 있었다.

거지 아이들이 돌아와서는 곧 광문이 죽인 것이라 의심해 여럿이서 광문을 뭇매질하고 내쫓아버렸다.

광문은 밤에 엉금엉금 기어서 마을 안의 어떤 집안으로 들어갔다가 개가 짖는 바람에 집주인에게 붙잡혀 묶였다.

* 여러 책에 묘사된 광문의 모습은 아래와 같다.
① 광문은 이마가 넓고 주먹이 한번에 드나들 만큼 입이 컸다. 나이가 들어서도 상투를 틀지 않고 총각처럼 머리를 했으며 옷은 온통 꿰매서 성한 곳이 없었다.
② 광문의 사람됨은 얼굴이 아주 추했고 그의 말씨도 남을 움직이지 못했으며 입이 커서 두 주먹이 한꺼번에 드나들었다. 광문은 비록 해진 저고리와 바지를 걸쳤지만 행동거지가 앞에 아무도 없는 듯 한껏 뽐낸다. 눈꼽 낀 눈을 들어서는 흘끔거리고 취한 척 게트림을 했으며 고수머리를 묶어서 뒤통수에다 붙였다.
①은 「방기록」 소재의 「날문」이고 ②는 「광문자전」이다. 이를 종합해보면 광문의 외모는 형편없지만 그 기개만큼은 사나이답다는 것을 알 수 있다.

---

1 한전(寒戰·寒顫) : 원본에는 한전(寒專)으로 되어 있으나 내용으로 미루어보아 오한이 심해 몸이 떨리는 증상인 한전(寒戰·寒顫)을 가리키는 듯하다.

광문이 소리쳐 말했다.

"저는 원수를 피하려는 것이지, 감히 도둑질을 하기 위해 온 것이 아닙니다. 만약 노인장께서 저를 믿지 못하신다면 내일 날이 밝거든 거리에 나가 사실을 밝혀드립지오."

광문의 말이 너무나 순박해서 집주인은 마음속으로 광문이 도둑질을 하러 들어온 것이 아님을 깨닫고 그를 새벽녘에 풀어 주었다.

광문은 "고맙습니다" 하고 사례한 다음 거적때기를 얻어서 집을 나갔다.

집주인은 적이 이상하여 그 뒤를 발맘발맘 밟아 가보니 여러 거지 아이들이 수표교[2]까지 시체 하나를 끌고 와서 다리 아래에 버리고 있었다. 광문은 다리 아래 숨어 있다가 시체를 거적으로 싸서 몰래 짊어지고 서문 밖의 무덤에 가서 묻으며 또 울면서 무어라고 중얼거리는 것이었다. 이를 본 집주인이 광문을 잡고는 이유를 캐물었다. 광문은 전의 일부터 어젯밤에 노인의 집으로 들어간 까닭을 자세히 이야기했다. 집주인은 마음속으로 광문이를 의롭다고 여겨 그를 데리고 집으로 돌아와서 옷을 내주며 후하게 대했다. 그리고 마침내 광문을 약방하는 부자에게 소개해 차인꾼[3]을 하게끔 해주었다.

---

2   수표교(水標橋) : 조선 세종 때 청계천에 놓은 다리. 원래 서울 종로 수표동에 있었다가 장충단 공원으로 옮겨졌고, 이후 세종대왕기념관으로 옮겨져 보관 중이다.
3   차인꾼(差人) : 남이 장사하는데 심부름을 해주는 사람.

한참이 지난 어느 날이었다.

약방 부자가 문밖으로 나가려다가 자꾸만 뒤를 돌아보더니 돌쳐 방으로 들어와서 자물쇠를 살피고 문을 나서는데 아주 미심쩍어하는 눈치였다. 급기야 돌아와서는 크게 놀란 표정으로 한참 동안 광문을 쳐다보더니 무언가 말하려다가 안색이 변해서 그만두는 것이었다.

광문은 실로 아는 바가 없어서 날마다 묵묵히 지냈다. 또 감히 나가겠다는 말도 하지 못했다.

그렇게 여러 날이 지났다.

약방 부자의 처조카가 돈을 가지고 와서 부자에게 돌려주며 말했다.

"지난번에 제가 돈이 필요해서 아저씨께 빌리러 왔는데 마침 안 계시기에 방에 들어가서 가지고 갔습니다. 아마 아저씨께서는 모르셨을 겁니다."

이 말을 들은 부자는 광문에게 몹시 미안해 하면서 사과했다.

"내가 소인일세. 장자⁴의 마음을 상하게 했으니, 내 상차 사네를 볼 낯이 없네 그려."

이후부터 약방 부자는 그가 알고 있는 여러 사람과 다른 부자와 큰 상인들에게 "광문은 의로운 사람일세"라고 칭찬했다. 그리고 또 여러 종실⁵의 손님들과 공경⁶의 문하에 있는 사람들에게도 광문을 크게 칭

---

4  장자(長者) : 점잖은 사람이란 뜻으로 대인(大人)과 동의어.
5  종실(宗室) : 종친(宗親), 즉 임금의 친척.
6  공경(公卿) : 삼공(三公)과 구경(九卿). 고관(高官)의 총칭.

찬했다. 그러자 공경 문하의 손님들과 종실의 손님들이 모두 이것을 이야깃거리로 삼아 늘 자기 주인들에게 들려주어 잠을 청할 수 있도록 하는 것이었다. 몇 달 사이에 모든 사대부가 광문의 이야기를 마치 옛 성현들의 이야기인 양 들었다.

당시에 한양성에 사는 사람들은 모두 광문을 전에 후히 대접했던 집 주인이야말로 능히 사람을 알아본 현인이라며 칭송하고, 더욱이 약방 부자야말로 점잖은 사람이라 여겼다.

이때 빚놀이를 하는 사람이 많았는데 머리꽂이, 옥 비취, 옷가지, 그릇붙이, 가옥, 전답과 남녀 종의 문서 등을 전당잡고 돈을 빌려주었다. 물건은 본 값의 십 분의 삼이나 십 분의 오를 따져주기 마련이었다. 그러나 광문이가 보증을 서는 사람은 전당도 묻지 않고 단 한 마디에 천 금[7]이라도 선뜻 내주었다.

광문의 사람됨은 얼굴이 아주 추했고 말주변머리도 남을 움직일 만하지 못했으며 입이 커서 두 주먹이 한꺼번에 드나들 정도였다. 그는 또 만석중놀이[8]를 잘하였고 철괴무도 잘 추었다.*

* 철괴무(鐵拐舞)는 중국에서 여덟 신선으로 치는 철괴리(鐵拐李)에서 온 듯하다. 절름발이 철괴리는 조선 후기의 신선도와 가면무(탈춤)에서 발견된다. 아마도 당대에 이 춤을 추었던 듯한데 지금의 곱사등이춤과 유사할 것 같다. 철괴리는 '쇠지팡이를 짚은 이씨'라는 뜻인데 늘 헝클어진 머리칼과 때가 낀 얼굴을 한 절름발이거지 형상으로 사람들 앞에 나타났고 언제나 쇠목발 하나를 짚고 다녔기 때문에 사람들이 '철괴리'라고 불렀다 한다.

---

7   천 금(千金) : 구리돈 천 냥을 말한다.
8   만석중놀이(曼碩一) : 음력 4월 8일 개성 지방에서 공연되던 인형극놀이로 대사가 없고 불교음악을 반주로 사용한다. 황진이에게 빠져 파계한 지족선사를 조롱하기 위한 공연이라는 설과 지족선사가 불공 비용을 만석이나 받은 것을 흉보기 위해 공연했다는 설이 있다.

당시 나라 안의 아이들이 서로 거만히 눈을 흘길 때 '네 형은 달문達文이다'라고 해댔는데 달문은 광문의 또 다른 이름이다.*

광문은 다니다가 다투는 사람을 만나면 웃통을 벗어부치고 싸움판에 끼어들어서는 말을 떠듬적거리며 구부정히 엎드려 땅에 금을 긋는 것이 꼭 잘잘못을 따지는 듯했다. 그러면 이런 모습에 온 거리 사람들이 모두 웃어버리니, 싸우던 사람들도 웃고는 싸움을 풀고 흩어져 가버렸다.

광문은 나이가 사십이 넘도록 머리를 땋고 다녔다. 그래 사람들이 부인을 얻으라고 권하면 사양하며 말했다.

"대체로 모두 아름다운 얼굴을 좋아하는 법이지. 하지만 사내만 그런 게 아니라 여인네들도 그렇거든. 나는 얼굴이 추해서 내가 보아도 용납될 수가 없다네."

또 집칸이나 마련하라고 하면 사양하면서, "나는 부모형제나 처자식도 없는데 무엇 때문에 집을 마련한단 말이오? 또 나는 아침에 노래를 부르며 시장에 들어갔다가 저녁이 되면 어느 부귀한 집의 처마 밑에서 한뎃잠을 자잖소. 한양성에는 팔만 호의 집이 있으니 내가 만날 자는 곳을 바꾼다 해도 내 생전에는 다 돌아다니지 못할게요"라고 하였다.

한양의 이름 있는 기생들이 제아무리 얌전하고 아름답다 손쳐도 광문이 떠들어주지 않으면 가치가 한 푼어치도 못 되었다.

일전에 우림아와 각 궁궐의 별감들과 부마도위 등이 시종을 거느리

* 이규상(李圭象, 1727~1799)의 「방기록」(「병세재언록」)에는 '달문(達文)'이라 했는데 이 달문이 바로 광문이다. 또 조수삼(趙秀三)의 「소전」(「기이시」)에는 "달문의 성은 이(李)이며 마흔 살 먹은 총각이다"라는 구절이 있다. 이옥(李鈺, 1760~1812)의 「장복선전」에도 "근세에 달문은 의협심이 있다고 소문이 났다. 달문은 협객일 때 나이가 쉰이었다"라고 적혀 있다. 이러한 점으로 미루어볼 때 연암 당대에 광문이라는 인물은 꽤 이름이 알려졌던 것 같다.

기일지언정 모두 내로라하는 집안의
2인자들이었다. 우림아(羽林兒)는 궁
궐의 호위와 의장을 맡은 근위병이요,
별감(別監)은 지방의 수령을 보좌하
던 자문 기관에서 풍속을 바로잡고 향
리를 감찰하던 직책이었으니 고을의
좌수에 버금가는 자리였다. 더구나 각
전(各殿 : 왕과 왕비의 거처인 전각)의
별감은 왕명의 전달과 왕 알현, 대궐
관리 등을 맡아 양반 못지않은 위세를
떨쳤다. 여기에 임금의 사위인 부마도
위(駙馬都尉)까지 합세한 자리다. 지
금도 그렇지만 '정승집 개가 죽은 데
도 문상을 가던 시절이었다.
　그러나 운심은 시간을 늦추면서 춤을
추려 하지 않고 광문이 오기를 기다렸
다. 웃음 파는 해어화요, 몸을 파는 논
다나라고 왜 남자 보는 눈이 없었겠는
가? 화류계에서 여자 다루는 법을 청
루농주법(靑樓弄珠法)이라고 하는데,
광문을 보면 못생겨도 '진실한 마음
결'과 '누구에게도 굴하지 않는 당당
한 태도'면 다 통하는 모양이다.
　이 글에서 광문은 남아호걸로서 조금
도 손색이 없다. 넓은 글이라는 뜻의
'광문(廣文)'이라는 이름에 걸맞게 여
느 거지들과는 행동거지부터 다르다.
안타까운 것은 왜 양반들 중에는 광문
과 같은 호걸이 없느냐는 것과 사회구
조상 어쩔 수 없다 하더라도 광문 같
은 사람이 어째서 걸인으로 밖에 살
수 없을까 하는 것이다. 아울러 점경
(點景) 인물로서 조선 후기 기생집을
드나들며 농탕치는 무리들이 많았음
도 알 수 있다.

고 패거리를 지어 운심雲心이를 찾은 적이 있었다. 운심이는 이름난 기생이었다.*

대청 위에 술상이 차려지고 가야금을 뜯으면서 운심에게 춤추기를 더럭더럭 재촉하였지만 운심은 부러 시간을 끌며 춤을 추지 않았다.

광문이 밤에 가서는 대청 아래에서 서성거리다가 더뻑 들어가서 윗자리에 서슴없이 앉았다. 광문은 비록 옷이 다 떨어졌지만 행동거지가 거리낌이 없었으며 태연하였다. 눈구석이 짓물러서 눈곱이 끼었으며 술 취한 듯 트림하고 양털처럼 생긴 머리카락을 뒤통수에다 상투를 틀어서는 붙인 채였다. 자리에 앉았던 사람들이 모두 깜짝 놀라서는 서로 눈짓해서 광문을 몰아내려고 하였다. 그러자 광문은 더 앞으로 썩 나가 앉아 무릎을 치며 콧노래로 높고 낮은 장단을 맞추니, 운심이 곧바로 일어나서 옷매무새를 고치고는 광문을 위해서 칼춤을 추었다. 자리에 앉은 모든 사람이 기뻐하고 다시금 벗을 사귀고 흩어져갔다.

지금까지 이야기를 통해 보면 이 소설은 기만과 교만에 가득 찬 양반층에 대한 풍자요, 인정 있고 정직하며 소탈한 새로운 인간상을 부각시킨 작품이라고 할 수 있다. 여기서 풍자란 독서행위의 우수리요, 고갱이는 소탈한 인간상의 부각이다.

# 「서광문전후」
### 광문전 뒤에 붙여 쓴 글

나는 열여덟 살 때에 심한 병을 앓아 밤이면 늘 우리 집의 오래된 하인들을 불러 거리에 돌아다니는 기이한 일을 묻곤 하였는데 그들의 이야기는 대개 광문에 관한 것이었다.*

* 이 글의 기록대로라면 연암은 18세 무렵에 「광문자전」을 지었고 「광문자전」 뒤에 붙여 쓴 이 「서광문전후」는 꽤 시간을 두고 지은 것 같다. 하지만 이것은 소설가들이 흔히 쓰는 수법이니 속을 필요가 없다.
움베르트 에코(Umberto Eco)의 「나는 '장미의 이름'을 이렇게 썼다」라는 글이 대표적인 예다. 이 글은 「장미의 이름」에 대한 창작의 변이다. 에코는 이 글에서 「장미의 이름」이 자신의 창작물이 아니라 중세의 자료를 수집하는 가운데 얻은 번역본에 불과하다고 썼다. '이 이야기는 내가 지은 것이 아니라 들은 것'이라는 연암의 말과 별반 다르지 않다.
비록 소재가 진실일지라도 이미 소설화한 이야기이므로 이것은 소설의 허구성에 관한 변론일 뿐 일반적인 글쓰기 전략에서 크게 벗어나지 않는다. 한편으로는 사실로 위장해 소설의 진정성을 확보하려는 의도이기도 하다.

나도 어린 시절 광문의 모습을 보았는데 그는 아주 추하게 생겼다. 내가 막 문장 짓기에 힘쓰던 때, 광문을 위한 전傳을 지어서는 여러 어른께 보여드려 하루아침에 고문사[1]로 칭찬을 받았다. 광문은 그때 남으로 전라도와 경상도의 여러 고을을 다니며 놀았는데 가는 곳마다 소문이 났고 다시 서울로 돌아오지 않은 것이 수십 년째였다.

바닷가를 떠돌던 걸인 아이가 개령[2]의 수다사水多寺에 밥을 빌러 갔다가 한밤중에 절의 중들이 한가롭게 이야기하는 것을 들었다. 모두가 광문의 사적을 애모하고 감탄하며 못내 그를 그리워하는 것이었다. 그런

---

1    고문사(古文辭) : 한문 문장에서 진, 한, 성, 당 이전 시대의 글.
2    개령(開寧) : 지금의 경상북도 김천군에 있는 지명.

데 그 거지 아이가 비죽거리더니 그만 울음을 터뜨리니 여러 중이 괴이하게 여겨 왜 우느냐고 물었다.

그러자 거지 아이는 머뭇머뭇거리다가 마침내 자기가 광문의 아들이라고 하니 절의 중들이 모두 놀랐다. 그때까지 밥을 바가지 쪼가리에 조금 퍼주던 것을 광문의 아들이라는 말을 듣고부터는 바리때[3]를 씻어서 밥을 가득히 담고 숟가락과 젓가락을 갖추어 나물 반찬과 젓갈도 항상 소반에 받쳐서 주었다.

그때 경상도 지방에는 몰래 역적질을 꾀하려는 요망한 사내가 있었다.*

그는 중들이 거지 아이에게 잘 대해주는 것을 몰래 보고는 여러 사람을 한 번 속이는 데 이용하려고 몰래 거지 아이를 달랬다.

"네가 나더러 작은아버지라고 부르면 부귀를 얻을 것이다."

그리고 자신은 광문의 동생이라고 칭하고 스스로 이름을 광손廣孫이라고 하여서는 광문이에게 덧붙였다.

어떤 사람이 '광문이 스스로도 성씨를 알지 못하고

*이제부터는 이야기가 무겁게 흐른다. 광문은 영조 40년(1764년) 4월에 실제로 역모에 연루되지만 이것은 조선 뒷골목의 이야기인 「광문자전」이라는 소설과는 어울리지 않는 소재다. 시대의 풍운아들이나 꿈꿀 법한 역모가 한낱 뒷골목의 사내인 광문의 이름을 사칭해 일어났다는 것이 황당하면서도 색다른 재미를 준다. 자신이 광문의 아들이라 속인 거지 아이야 밥이나 더 얻어먹으려 그랬다손 치거니와 광문의 동생을 사칭해 거지 아이에게 자신을 작은아버지라고 부르게 하고 이름을 '광손'이라고 바꾼 자는 누구인가?

결말도 황당하기 짝이 없다. 요망한 자의 죽음에 따라붙은 '거지 아이의 귀양'은 어떻게 이해해야 하며, 옥에서 나온 광문을 보러 간 사람들로 서울 안이 텅 비었다는 것은 또 무엇인가? 거지 아이를 역모죄로 귀양 보내는 사회를 어떻게 이해해야 할까? 우습기 짝이 없는 일이다. 우선 두 가지 관점에서 이 문제에 접근해보자.

첫째, 연암의 소설이 모두 시정거리에서 그 소재를 취했다는 점을 상기하면 이러한 일이 실제로 일어났을 가능성이 있다.

둘째, 연암이 허위로 쓴 것이다. 만약 이것이 사실이라면 당시 조선 사회는 웃지 못할 희극적인 모습이다. 생계조차 잇지 못해 도적이 될 수밖에 없는 백성들의 현실은 「허생」에 잘 나타나 있다. 그러나 「광문자전」에서 역모란 조선 팔도 여기저기에서 주린 배를 움켜쥐고 칼과 도끼를 든 도적이 감당할 수 있는 일이 아니다.

---

3    밥그릇. 본래 절에서 쓰는 승려의 공양 그릇. 나무나 놋쇠 따위로 대접처럼 만들어 안팎에 칠을 한다.

연암이 만든 허구의 이야기라 해도 문제는 여전하지만 사실 이를 뒷받침할 개연성은 충분하다. 조수삼의 「추재기이」에 보이는 일지매(一枝梅), 명종대왕 시절 백정의 아들인 임꺽정(林巨正), 「어수신화」의 아래적(我來賊) 등은 모두 이름난 도둑들이다. 「허생」에서도 떠돌이 거지인 유개나 무리 지어 다니는 군도는 그 수조차 헤아릴 수 없을 만큼 많다. 사는 것이 이리 힘드니 역모라도 꾀하고자 하는 마음이 누구에겐들 없었겠는가? 그러니 개연성이 아예 없다고 손사래칠 일만도 아니다.

\*표철주에 대한 기록은 이규상(李圭象, 1727~1799)이 쓴 「장대장전」에 나온다. 장대장은 영조 때 포도대장인 장붕익으로 당시의 무뢰배들이 모여 만든 폭력조직인 검계(劍契)를 소탕하는 데 혁혁한 공을 세운 인물이다. 표철주(表鐵柱)의 '철주(鐵柱)'는 쇠삽을 짚고 다녀서 붙은 이름이며 젊은 시절 세자궁을 호위하던 별감이었다 한다. 그러나 어찌된 일인지 후일 검계의 구성원이 되었으며 이규상이 만났을 때는 집주름(부동산 중개업자)이나 하는 초라한 늙은이에 불과했다고 적고 있다. 그런데 걸인 광문이 표철주를 만나 주고받는 이야기에 영성군, 풍원군이 등장한다.

영성군은 암행어사로서 숱한 일화를 남겨 우리가 잘 아는 그요, 풍원군 조현명은 한성부판윤·공조판서 등을

평생 홀로 지낸 아우와 처첩이 없는데, 어떻게 장성한 아우와 다 큰 아들이 있다지?' 하고 의심하였다.

마침내 위에다 고발을 하여 관가에서 이들을 모두 잡아다가 대질 심문을 해보니 서로 얼굴도 모르는 사이였다. 이리하여 그 요망한 자는 죽임을 당하였고 거지 아이는 유배를 갔다.

광문이 옥에서 놓여 나오니 늙은이와 젊은이를 막론하고 사람들이 모두 그를 보러 가는 바람에 한양이 며칠 동안 텅 비다시피 했다.


하루는 광문이 표철주表鐵柱를 가리키면서 말했다.\*

"네가 그 사람을 잘 치던 표망동望同 놈이 아니냐. 이제는 늙어서 힘을 쓸 수 없겠지."

망동은 표철주의 별호였다. 둘은 서로 이야기하면서 고생을 위로하였다.

광문이 물었다.

"그래, 영성군靈城君, 조현명(趙顯命), 1690~1752, 풍원군豊原君, 박문수(朴文秀), 1691~1756께서는 모두 탈 없이 무고들 하신가?"[4]

---

4  실상 박문수가 어사로 파견된 적은 딱 한 번 있었다. 1727년(영조 3) 9월, 그것도 영남별견어사(嶺南別遣御史)로 영남에 파견되었다. 이때도 정확한 의미의 암행어사는 아니었다. 암행어사는 암행을 하는 어사였으나 박문수는 안동, 예천, 상주 등지를 순행하며 도내 명망 있는 인사들과 공개적인 만남을 가졌기 때문이다. 하지만

"벌써 다들 세상을 등지셨어."

"김경방金擎方이는 지금 무슨 벼슬을 하지?"

"용호장이 되었다네."

광문이가 말했다.

"그 녀석이 미남자일세. 몸집이 비록 살쪘지만 능히 기생을 끼고 담을 훌쩍 뛰어넘고 돈을 썩은 흙 같이 여겼지. 이제는 귀한 사람이 되었으니 만나 보기가 어렵겠는걸. 그런데 분단紛丹이는 어디로 갔나?"

"이미 저세상 사람일세."

광문이가 크게 한숨을 내쉬면서 말했다.

"전에 풍원군께서 밤에 기린각5에서 잔치를 열고는 분단이만을 붙들어둔 적이 있었지. 풍원군이 새벽에 일어나 대궐에 들어가려 할 때, 분단이가 촛불을 잡고 있다가 잘못하여 초피 모자를 태웠잖겠나. 황공해서 어쩔 줄을 모르는 분단이에게 풍원군이 웃으며 밀했다네. '네가 부끄러운 모양이구나?' 그러고는 화대인 압수전壓羞錢 : 해웃값 5천 냥을 주었지.

그때 내가 머리에 매는 수건과 여벌 치마를 가지고서 난간 아래에

역임한 뒤 우의정, 영의정에 오른 당대 정치계의 풍운아들이다. 광문과 망동(望同 : 망령된 행동을 부린다는 의미)이라 불린 표철주가 저들의 안부를 묻고 답한다는 것이 의아하다. 여기에 기생 분단 이야기까지 겹치며 요절복통의 사회상이 드러난다. 하기야 지금도 사리에 맞지 않는 일이 다반사로 벌어지고 있는 실정이니 그때와 지금의 모습이 크게 다르지 않다.

박문수는 환곡을 백성들에게 돌렸고, 탐관오리들을 다스렸으며, 바닷가 고을에 명망 있는 인물을 지방관으로 임명할 것 등을 조정에 요구하는 등 여러 조치를 취하였다. 박문수의 이름이 널리 퍼진 것은 아마도 이때인 듯하다. 오늘날 암행어사 대명사가 된 것은 1910년대 『(어사)박문수전』이라는 고소설이 널리 퍼지면서이다.

5  기린각(麒麟閣) : 원래는 한나라 선제가 지은 누각이다.

시꺼머니 귀신처럼 서 있었지 않겠나.

　풍원군이 외짝 문을 열고 침을 뱉으려다가 분단이에게 기대어 귓속 말로 '저 시꺼먼 것이 뭐지?' 하니 분단이가 말하더군. "천하에 누가 광문이를 모르겠어요." 풍원군이 웃으시며 말하더군. "이 사람이 그러니까 너의 후배[6]란 말이지" 하고는 나를 불러서는 커다란 잔에 술을 따라 주시고는 자신도 홍로주[7] 일곱 잔을 연거푸 마시고는 초헌[8]을 타고는 가시데 그려. 이제는 다 옛일이 되어버렸어. 그런데 지금 한양에서 고운 계집으로 누가 가장 이름났나?

　"작은 아기지."

　"그 조방[9]이 누군가?"

　"최박만崔樸滿이라더군."

　광문이 말했다.

　"아침나절 상고당[10]이 사람을 보내서 안부를 묻데. 듣자 하니 원교[11] 아래로 이사를 갔다지. 마당 앞에는 벽오동이 서 있고 그 나무 아래에

---

6　후배(後陪) : 벼슬아치가 다닐 때 뒤따르는 하인이다. 여기서는 광문이가 분단이의 후견인이라는 뜻으로 쓰였다. 더욱이 풍원군 박문수가 한 말이니 광문을 분단이의 매니저쯤으로 인정하는 발언이다.

7　홍로주(紅露酒) : 붉은 빛이 도는 소주로 조선시대의 대표적인 술.

8　초헌(軺軒) : 종이품 이상의 벼슬아치가 타던 수레.

9　조방(助房) : 기방에서 잡일을 해주며 생계를 유지하는 사람. 기생의 매니저.

10　상고당(尙古堂) : 서화골동 수집과 감식의 1인자였던 김광수(金光遂, 1699~1770). 연암의 「필세설」을 보면 겸재 정선의 그림을 지극히 애호했다며 "근세의 감상가로는 상고당 김 씨를 일컫곤 한다(近世鑑賞家, 稱尙古堂金氏)"고 하였다.

11　원교(圓嶠) : 지금의 서울시 중구 의주로 1가 인근. 둥그재.

서 차를 끓이면서 철돌[12]이를 시켜서 거문고를 탄다더군."

"철돌이 형제가 시방 이름을 날리고 있지."

광문이 말했다.

"그렇지, 이자가 김정칠金鼎七의 아들이야. 내가 제 애비와는 각별한 사이였지."

그리고는 다시 서운한 기색으로 한참을 있다가 말했다.

"이 모든 것이 다 내가 떠난 뒤 일이지."

이때 광문이는 머리가 다 모지라진 것을 아직도 땋아내려 꼭 쥐꼬리 같았으며, 이가 빠져서는 입이 합죽이가 되어서 주먹이 들락날락하지 못한다고들 하였다.

광문이 다시 표철주에게 말했다.

"자네도 이제 늙었는데, 무엇으로 먹고사나."

"집안 형편이 어려워 사쾌[13] 노릇이나 하며 지내네."

광문이가 말했다.

"자네도 이제는 가난을 벗었네 그려. 아아! 옛날에 자네 집은 제물이 거만금이라 그때 '황금투구'라고들 불렀는데, 지금 그 투구는 어디에 있나."

"이렇게 되고 나서야 나도 세상 물정을 좀 아는구면."

광문이 웃으면서 말했다.

---

12  철돌(鐵突) : '쇠돌'의 한자식 표기. 당시 실존했던 거문고의 명수 '김철석(金哲石)'.

13  사쾌(舍儈) : 지금의 부동산 중개업자인 집주름을 가리킨다.

"자네야말로 기술을 배우고 나니 눈이 어두워진 격이군 그려."

그 후 광문이가 어떻게 되었는지 아는 사람이 없다고 하더라.

『연암집별집』, 『방경각외전』

## 제題「광문자전」후後 ─────────────

『연암별집』, 『방경각외전』에 실려 있으며 「광문자전」은 연암이 18세 무렵, 「서광문전후」는 28세 무렵의 작품으로 추측된다.

연암이 20세를 전후하여 병으로 고생할 때쯤 적적함과 병으로 인한 괴로움을 견디기 위해 겸인이나 문객, 하인들에게 시정의 기이한 이야기를 듣는 과정에서 광문에 대한 일화가 나왔고 후에 이것을 입전한 것이 「광문자전」이다. 특히 이 소설에는 거지, 기생, 서울의 뒷골목 등 하층민의 삶을 천착한 인정물태론人情物態論이 전면에 흐른다.

광문은 종로 네거리를 다니며 구걸하는 수표교 다리 밑의 거지 우두머리다.

어느 추운 겨울밤에 한 거지 아이가 병이 들어 앓는다. 그런데 꼭지딴인 광문이 아이를 위해 밥을 얻으러 나간 사이 아이가 갑자기 죽게된다. 아이 살해범으로 오인되어 쫓겨난 그는 아이의 시체를 수습하려고 마을로 갔다가 한 집주인에게 도둑으로 몰리게 되는데, 다행히도 그의 순박한 행동을 본 주인의 선처로 풀려난다.

광문은 거적 한 장을 얻어 수표교 밑으로 가서 거지 아이의 시체를 잘 싸서 장사지내준다. 이 모습을 몰래 지켜본 집주인은 광문으로부터 자초지종을 듣고는 그를 가상히 여겨 약방에 추천해 일자리를 마련해준다.

광문은 거지에서 일약 약방 점원이 되지만 어느 날 약방에서 돈이 없어지자 또다시 범인으로 의심받게 된다. 그러나 그는 잘못이 없기에 태연히 행동한다. 얼마 후 돈을 가져간 것이 약방 주인의 처조카였음이 드러나고 광문의 무고함이 밝혀진다. 주인은 의심을 받으면서도 변명 한 마디 없이 참아낸 광문의 행동을 높이 평가해 그에게 사과한 뒤 광문의 사람됨을 자신의 친구들에게 널리 알린다. 이 선행 이야기가 널리 퍼지자 장안 사람 모두가 광문을 칭송하게 된다.

이제 광문은 조선 뒷골목의 비렁뱅이에서 장안의 유명인사가 된다. 그의 말 한 마디면 전당을 잡히지 않고도 천 냥을 선뜻 빌려줄 정도였다. 이쯤 되면 가정을 차릴 만도 한데 그러지 않기에 이유를 물으니 가로되 "추한 꼴을 한 남자를 반겨줄 여인은 없다"고 한다. 독자는 이 발언을 통해 여자뿐 아니라 남자의 외모도 평가대상임을 알 수 있다.

한번은 광문이 장안에서 가장 이름난 운심이란 기생을 찾아간 일이 있었다. 방에 있던 기녀들은 그의 남루한 행색과 추한 얼굴을 보고 불쾌해하며 상대해주지 않았으나 광문은 아무렇지 않게 상좌에 가 턱하니 앉는다. 걸인 광문의 순후한 마음, 겸손한 심결, 사내다운 기품은 당대 양반들에게서는 좀처럼 찾기 어려운 것들이다. 이 역시 백성들에게서 조선의 내일을 찾아보려는 연암의 뜻이 담긴 것이다. 그러자 조금 전까지 움직일 기색조차 보이지 않던 운심이라는 기생이 광문의 높은 인격에 감복하여 흔연히 일어서서 춤을 춘다.

더덩실, 더덩실.

# 우상전

虞裳傳

아름다운 저 우상虞裳이여!

옛 문장에 힘을 다해 잃어버린 예를

비천한 데서 구했으니

삶은 짧았어도 끼친 것은 길다.

이에 「우상전」을 쓴다.

실존 인물을 주인공으로 등장시켜 사실감을 더하는 작품이다.

**배경**　　서울, 일본

## 등장인물

**나**　　우상의 이야기를 이끄는 인물로 연암 자
신이다.

**우상**　　실존 인물이다. 문장에 뛰어났으나 역관
이란 신분적 제약으로 꿈을 펴지 못하고
스물일곱이라는 짧은 생애를 보낸다.

**우상의아우**　「우상전」의 말미에 등장하나 결락되어 있다.
우상이 일본으로 떠난 뒤 형이 보낸 편지를
받은 이언로李彦躊다. 그 역시 실존 인물이며
문장에 뛰어난 것으로 보인다.

**매남노사(梅南老師)**

역시 실존 인물로, 우상의 스승인 이용휴다.

**일본의\승려와 귀족**

우상의 재주를 보고 그를 운아 선생雲我先生
이라고 부르면서 마음속으로 그리워하고
늘 칭송한다.

먼저「우상전」을 쓴 이유부터 살펴 보자.

아름다운 저 우상虞裳이여! 옛 문장에 힘을 다해 잃어버린 예를 비천한
우상에게 구했으니 삶은 짧았어도 끼친 것은 길다. 이에「우상전」을 쓴다.

孿彼虞裳 力古文章 禮失求野 亨短流長 於是述虞裳.

이 글의 요체는 "잃어버린 예를 비천한 데서 구했다禮失求野"는 것인데
그렇다면 '예'란 무엇인가?

오늘날 예란 '사람 사는 도리'를 뜻하지만 연암이 살던 조선 후기 전
근대 사회에서는 '관습적 사회제도'가 전제되어 있었을 것이다. 따라
서 당시의 예란 신분 계급에 의한 차등적 질서가 유지되는 가운데 지
켜지는 사람들 간의 도덕성을 말한다.

즉, 신분 계급에 따른 차등적 질서가 존속된다 해도 사람으로서의 바
른 도리를 행해야 한다는 말이다. 그래서인지 공자는 예에 도덕적인
색채를 입혀 법치에 대한 예치, 덕에 의한 지배, 다른 말로 '극기복례'
를 주장했다.

극기복례란 자기의 욕심을 극복하고 예로 돌아갈 것을 이르는 말로
『논어』,「안연」편에서 공자가 제자 안연에게 제시한 인仁을 실현하는
구체적 방법이다. 즉 '극'이란 이기는 것이고 '기'란 몸에 있는 사사로
운 욕심을 말한다. '복'이란 돌이키는 것이고 '예'란 하늘의 바른 이치,

곧 도덕적 법칙이다. 자신의 욕망을 예와 의로 조정하여 극복하는 것이 사람됨의 길인 '인'이고 나아가 이를 사회적으로 확충하면 도덕 사회가 된다는 말씀이다.

이러한 바른 예를 위해 이이李珥는 『격몽요결』, 「지신장」 제3편에서 "예가 아니면 보지 말며, 예가 아니면 듣지 말며, 예가 아니면 말하지 말며, 예가 아니면 움직이지 말라. 이 네 가지 조목은 몸을 닦는 것의 요체다非禮勿視 非禮勿聽 非禮勿言 非禮勿動 四者 修身之要也"라고 했다.

이를 이른바 '사물四勿'하지 말아야 할 것 네 가지이라고 한다. 우리의 선현들은 생활 속에서 이를 일상의 행동 지침으로 삼아 실천하려고 서원의 기둥이나 벽에 적어놓았다. 그러나 이를 정말 새김질하여 행실로 보인 이가 얼마나 되는지는 모르겠다.

연암의 「우상전」은 사회의 예와 도덕이 무너지는 모습을 개탄한다. 그렇지만 연암은 무너져내리는 중세의 윤리만을 붙잡으려 한 것이 아니었다. 연암이 말하고자 한 '예'의 표상은 역관인 우상이다. 연암은 조선 후기 사회에서 이미 찾아볼 수 없게 된 예를 저 천한 우상에게서 본 것이다.

# 우상전

虞裳傳

일본에서 관백[1]이 새로 섰다. 그리하여 많은 물자를 저축해두고, 궁전과 관사를 수선하고, 선박을 수리하고 관할하는 여러 섬의 뛰어난 재주를 지닌 이, 칼 쓰는 이, 야릇한 기교를 부리는 이, 교묘하게 속이는 재주를 지닌 이, 서화나 문학에 뛰어난 선비들을 도읍에 모아서 그 재주를 단련시켜 완전한 준비를 갖추게 하였다.

그러한 수년 뒤에 감히 우리나라에 사신을 보내줄 것을 청해오니 그것은 마치 책명[2]을 기다리는 것과 같았다.

조정에서는 삼품[3] 이하의 문신 중에서 엄정하게 삼사[4]를 뽑아 일본으로 보냈다.

그들을 보좌하는 수행원들 역시 모두 글이 훌륭하고 학식이 풍부한 사람들이었다. 천문·지리·산수算數·복서[5]·의술·관상·무력武力 따위

---

1   관백(關白): 당시 일본을 통솔하던 지위로 막부라고도 하는데 지금의 총리에 해당하는 관직이다.
2   책명(策命): 임금이 신하에게 주는 임명장이다.
3   삼품(三品): 벼슬 품계의 정삼품과 종삼품.
4   삼사(三使): 正使(정사, 사신의 우두머리), 副使(부사, 정사를 수행하는 보좌관), 書狀使(서상사, 기록담당관).
5   복서(卜筮): 길흉화복을 미리 예측하는 것.

에 능한 사람부터 피리를 잘 부는 사람, 거문고를 잘 타는 사람, 해학을 잘하는 사람, 우스갯소리를 잘하는 사람, 노래를 잘하는 사람, 술을 잘 마시는 사람, 장기와 바둑을 잘 두는 사람, 말타기와 활쏘기를 잘하는 사람 등 한 가지 기예로 나라에서 이름을 날리는 자들은 모두 따라가 게 했다.

일본 사람들은 이들 중 문장이나 서화를 잘하는 사람을 가장 중요하게 쳤다. 조선 사람의 글을 한 자만 얻으면 양식을 가져가지 않고도 천리를 다닐 수 있어서였다.

조선의 사신이 묵는 관사는 모두 푸른빛이 감도는 구리 기와로 지붕을 이었고, 글씨나 무늬를 새겨넣은 돌로 층계를 쌓았다. 그리고 기둥과 난간은 붉은색으로 칠했으며, 휘장은 화제[6]·말갈[7]·슬슬[8] 등으로 장식했다. 식기도 모두 금은을 도금해 사치스럽고 화려했다.

조선 사신들이 천릿길을 가며 볼 수 있도록 이따금 기이하고 교묘한 구경거리도 마련해놓았다. 포정백정이나 역부[9]들까지도 평상에 걸터앉아 비자나무로 만든 통에 발을 담그게 하고는 꽃을 수놓은 옷을 입은 아이로 하여금 씻기게 했다. 일본인들이 우리 사신을 겉으로 떠받드는 모양이 보암보암 이러했다.

그런데 우리 상역象譯 : 통역관들이 범·표범·담비의 가죽, 인삼과 같이

---

6   화제(火齊) : 옥돌의 한 가지.
7   말갈(靺鞨) : 보석이나 장식의 일종.
8   슬슬(瑟瑟) : 푸른색의 고운 구슬.
9   역부(驛夫) : 역에서 부리는 사람.

교역을 금하고 있는 물건들을 아름다운 구슬이나 보배로운 칼과 몰래 바꾸는 통에 교활한 거간꾼들이 기회를 이용해 재물을 탐하는 것이 마치 말이 치닫아 달리는 것 같았다. 왜인들은 속에서 겉으로는 공경하는 척하지만 실은 문물이 화창하고 예의 바른 풍속을 지닌 문화국에서 온 사람에 대한 흠모가 없었다.*

우상虞上은 한어漢語 통역관으로 사신의 일행을 따라가 홀로 문장으로서 일본에 이름을 크게 떨쳤다. 일본의 이름있는 승려나 귀족들은 입을 모아 말했다.

"운아 선생雲我先生, 우상의 호이야말로 둘도 없는 국사[10]다."

대판[11] 동쪽으로 승려가 기생처럼 많고 사찰들은 여관처럼 즐비했다. 사람들이 우상에게 시문을 청하는 것이 마치 노름에 돈을 거는 것과 같았다. 수전[12]과 화축[13]을 평상과 책상에 수북이 쌓아 놓고 모두가 어려운 시제나 운韻을 내었으니, 이것은 우상을 궁지에 빠뜨리기 위해서였다.

* 우상은 실존 인물인 이언진(李彦瑱, 1704~1766)의 자다. 「삼사일행록」(『해행총재』)을 보면 주부 벼슬을 지냈고 한학압물통사로서 삼사를 수행했다고 되어 있다. 우상이 사신의 일행으로 일본에 간 것은 영조 39년(1763년)의 일이다. 『해행총재』에는 정사 조엄·부사 이인배·종사관 김상익을 포함해 우상의 이름도 적혀 있다. 명단에 있는 사람이 모두 477명이니 그 규모가 대단히 컸다. 이때 사신의 일행이었던 김인겸은 『일동장유가』를, 신유한은 『표해록』을 지었다.

---

10　국사(國士) : 한 나라에 제일가는 선비를 부르는 말.
11　대판(大阪) : 항구도시 오사카. 원본에는 대판(大坂)이라고 되어 있으나 대판(大阪)이 맞아 바꾸었다.
12　수전(繡牋) : 수놓은 고급 종이.
13　화축(花軸) : 꽃무늬가 있는 지질이 좋은 두루마리.

우상은 매번 창졸간[14]에 초고도 하지 않고 그 자리에서 시를 읊었는데도 마치 이미 지어놓은 글을 죽죽 외는 것 같았다. 운을 맞추는 것도 평순하고 타당했다. 조용히 읊기를 마치고 사람들이 자리를 뜨기까지 피로한 기색을 보이지 않았으며, 맥 빠지는 문장 따위는 찾아볼 수 없었다.

우상이 지은 '해람편海覽篇'바다 유람은 이러하였다.

땅덩이 위에는 수많은 나라들,

바둑알이 깔린 듯, 별이 늘어선 듯.

우월[15] 사람은 몽치 모양다리 상투요,

천축天竺 : 인도 사람은 중의 머리로 박박이라지.

제와 노[16] 사람 겨드랑이 꿰맨 옷 입고,

호와 맥[17] 사람 털로 짠 옷을 입네.

어느 건 문명이라 어아[18]하고,

어느 건 미개하여 야만스러워라.

무리로 나뉘고 끼리끼리 모인 건,

---

14  별안간. 눈 깜짝할 사이처럼 미처 어찌할 수 없이 매우 급작스러운 사이.

15  우월(于越) : 춘추시대의 한 나라 이름.

16  제(齊)와 노(魯) : 춘추시대의 한 나라 이름들이다.

17  호(胡)와 맥(貊) : 호(胡)는 중국 북쪽에 살던 만족(蠻族), 맥(貊)은 요동반도 부근에서 한반도 북부에 걸쳐 살던 부족을 가리킨다.

18  어아(魚雅) : '어어아아(魚魚雅雅)'의 약자로 위엄에 찬 모습이 정숙하다는 뜻이다.

온 세상 모두가 그러한 것이라네.


일본이라 하는 나라,

물결 넘실거리는 곳,

수풀은 부상[19]이라 하니,

그곳은 해맞이하는 곳이라지.

아낙네 일은 무늬 수놓기요,

토양에는 마땅히 등자나무[20]와 귤이겠지.

물고기가 괴이하니 장거[21]요,

나무가 괴이하니 소철[22]이라.

진산[23]의 이름은 방전[24]이니,

구진[25]의 짝인 듯 차례로 벌려 있네.

남북으로 봄가을이 다르고,

동서로 밤낮이 각따로일세.

---

**19** 부상(榑桑) : 부상(榑桑)은 부상(扶桑)이니 곧 해가 뜨는 곳에 있다는 신목을 지칭한다.

**20** 등자나무 : 귤과 비슷하게 생겼으며 약재로 사용된다.

**21** 장거(章擧) : 낙지 혹은 문어. 『해동역사권』 권27에는 '문어'라 하였다.

**22** 소철(蘇鐵) : 소철과(蘇鐵科)에 속하는 상록수로 관상용으로 많이 심는다.

**23** 진산(鎭山) : 땅의 덕으로서 한 지방을 진정시키는 이름난 큰 산을 말한다.

**24** 방전(芳甸) : 후지산(富士山)이 아닌가 한다.

**25** 구진(句陳) : 북극에 가장 가까운 별 중 하나인데 모두 6개의 작은 별로 이루어져 있다.

가운데는 엎어놓은 항아리 같은 산,[26]

태고적 흰눈이 영롱하게 비치네.

소를 가릴 만한 커다란 나무,[27]

까치를 던져 잡을 만한 아름다운 돌,[28]

단사[29]·황금·주석들,

왕왕이 산에서 나오네.


대판[30]은 큰 도시라,

바다 보물이 너무나 많으니,

기이한 향인 용연[31]을 사르고,

보석인 아골[32]은 더미로 쌓였어라.

상아는 코끼리의 입에서 뽑았고,

서각은 물소의 머리에서 잘랐겠지.

파사[33] 사람일지라도 어찌 놀라지 않으며,

---

26  후지산으로 추정된다.

27  나무가 어찌나 큰지 잎과 가지의 그림자가 소(牛) 수천 마리를 가릴 만하다고 한다 (『장자』, 「인간세편」).

28  "곤륜산의 곁에서는 박옥을 던져 까치를 잡는다(昆山之旁 以玉璞抵烏鵲)."(『염철론』)

29  단사(丹砂) : 주사(朱砂). 정제해서 물감의 원료나 한방의 약재로 사용한다.

30  원본에는 대판(大坂)이라고 되어 있으나 대판(大阪)이 맞아 바꾸었다.

31  용연(龍涎) : 채취하는 송진과 비슷한 향료로 고래에서 가장 귀한 향이다.

32  아골(雅骨) : 보석의 일종인 듯하다.

33  파사(波斯) : 페르시아. 각국의 보물들이 이곳으로 몰려들었다.

절강[34] 저잣거리라도 무색할 지경이네.

바다 안의 땅, 땅 안의 바다,

온갖 물건들이 살아서 꿈틀대네.

후게의 등짝 위엔 돛이 펼쳐 있고[35]

미꾸라지 꼬리는 깃발들로 꾸몄네.

성곽처럼 쌓인 것은 굴조개 껍데기요,

큰 거북은 굴속에 들어앉았네.

확 바뀌었다– 산호 바다가,

도깨비불 오르듯 환히 빛나는구나.

확 바뀌었다– 검푸른 바다가,

노을 구름 무리지어 찬란하구나.

확 바뀌었다– 은백색 바다가,

수많은 별 낱낱이 흩어놓았구나.

확 바뀌었다– 물들이는 염료가,

두껍고 얇은 비단 천 필을 만들었구나.

확 바뀌었다– 커다란 용광로가,

오색 금빛[36]을 세차게 뿜어내는구나.

---

**34** 절강(浙江) : 중국 강소성 남쪽 동중국해에 접한 아열대 지역을 가리킨다.

**35** 후(鱟)게는 바위지게과에 속하는 게의 일종인 참게다. 암놈이 수놈을 업고 다니는 특이한 생활방식을 돛을 단 것에 비유한 듯하다.

**36** 황색의 금, 백색의 은, 적색의 구리, 청색의 납, 흑색의 철을 가리킨다.

용이 하늘 가르고 날아오르니,

온갖 벼락, 번개가 볶아치네.

수염 난 드렁허리[37]와 마갑주[38]는,

신비하고 괴이하니 극히 황홀하네.

이 나라 백성들은 벌거숭이에 갓만 써,

외양 사납기로는 전갈[39]이라.

무슨 일 생기면 왁자지껄 소란 떨어,

남 해칠 땐 쥐 같이 교활하구나.

자잘한 잇속 찾아 물여우[40]처럼 사람 쏘고,

조금만 거슬려도 돼지처럼 달려들어.

부녀자들은 실없이 지껄이는 농지거리 일삼고,

아이놈들은 꾐수가 일쑤일세.

제 조상 저버리고 뜬귀신만 떠받드니,

살생을 즐기면서 부처에겐 아첨한다네.

글씨라 쓴 것은 흡사 제비를 그린 거요,[41]

시라고 읊은 것은 때까치 우는 것이라.

---

37  드렁허리 : 사선(蛇鱓)이라는 민물고기. "사선은 진흙 속에 산다."(『회남자』)

38  마갑주(馬甲柱) : 정확히는 알 수 없으나 조개의 일종인 듯하다.

39  전갈 : 가재와 생김새가 비슷한데 몸이 누런빛이고 꼬리 끝에 맹독을 지닌 독침이 있다.

40  물여우 : 날도래의 유충. 물속에 살며 주둥이에 달린 긴 뿔 한 개로 사람의 그림자를 쏘면 사람에게 종기가 생긴다고 한다.

41  일본 글자인 '히라가나'가 제비 모양 같다고 풍자한 것이다.

남녀 짝짓기는 암사슴 같이 문란하고,[42]

친구 사귐은 떼 짓는 어류로다.

말하는 것은 꼭 새처럼 지저귀니,

통역하는 사람도 다 모른다네.


풀 나무가 하도 기괴하니,

나함[43]이라도 책을 불사른다.

흐르는 물은 일백 갈래이니,

역생[44]일지라도 우물 안 개구리일세.

물고기 족속이 가지가지이니,

사급의 도설[45]에도 올리지 못했네.

도검刀劍에 새긴 꽃무늬와 글자는,

정백[46]이 다시 붓을 들어야겠지.

---

42  사슴은 부자가 같은 암놈과 교미한다.

43  나함(羅含) : 진나라 때의 문인. 초록이 너무나 기이해 그의 문장 솜씨로도 어쩔 수
    없다는 의미이다.

44  역생(酈生) : 후위의 지리학자 역도원(酈道元, ?~527). 중국 각지의 하천을 기록한
    지리서『수경』의 주석서『수경주』권40을 저술했다.

45  사급(思及)의 도설(圖說) : 사급은 이탈리아 출신의 예수회 선교사 줄리오 알레니
    (Julio Aleni, 1582~1649)를 말한다. 중국에 와서 자를 사급, 이름을 애유략(艾儒略)
    이라 했다. 한문을 배워 저술 활동에 종사했으며 1623년에 서양을 종합적으로 소
    개한『직방외기』를 출간했다. 이 책에는 세계 각국의 신기한 이야기가 실려 있는데
    도설이 바로 이『직방외기』가 아닌가 한다.

46  정백(貞白) :『고금도검록』의 저자 도홍경(陶弘景, 452~536). 구곡산에 들어가 스
    스로 화양도은이라 칭하고 수도 생활을 했다.

지구地球의 같고 다름과,

해도海圖의 순서는,

서양사람 이마두[47]가,

실로 짜고 칼로 베듯 분명히 해주겠지.

못난 내가 이 시를 읊으니,

말은 속되지만 그 뜻은 심히 진실이라.

이웃과 친선은 천하의 큰 정책이니,

굳게 맺은 화평 다시는 잃지 말게나.


우상 같은 이야말로 어찌 이른바 '나라의 명예를 빛낸 사람'이 아니
겠는가.

신종 만력[48] 임진년壬辰年, 1592년에 왜인 수길[49]이 은밀히 군사를 내어
우리나라를 습격하였다. 서울·개성·평양을 짓밟고 노인과 아이들의
코를 베어 욕보였으며, 왜철쭉과 동백나무를 우리 땅에 옮겨다 심어놓
았다.

---

47  이마두(利瑪竇) : 명나라 말기에 중국으로 건너가 서구 문명을 소개한 마테오 리치
(Matteo Ricci, 1552~1610)의 중국식 이름. 했다. 그가 「만국여도」를 그렸다는 이
유로 지어진 호칭 같다.

48  신종(神宗) 만력(萬曆) : 신종(1563~1620)은 중국 명나라 13대 황제로, 연호는 만
력이다.

49  수길(秀吉) : 도요토미 히데요시(豊臣秀吉). 일본 전국시대의 무장으로 국내를 통
일하자 야심을 품고 임진왜란을 일으켰으나 실패했다.

우리의 소경대왕[50]께서는 왜병을 피해 의주[51]까지 올라가 명나라 천자에게 사실을 알리셨다. 천자는 크게 놀라셔서 명나라의 병사들을 모아 우리나라를 구원케 했다.

구원군의 대장은 이여송[52]이요, 제독 진린,[53] 마귀麻貴·유정劉綎·양원楊元 등은 옛날 명장으로서의 풍모가 있었고, 어사 벼슬을 한 양호楊鎬·만세덕萬世德·형개邢玠 등은 그 재주가 문무를 겸비해 귀신도 놀랄 지략을 지녔다. 그 병사들은 모두 진봉·섬서 절강·운주·등주·귀주·내주 등지의 말 잘 타고 활 잘 쏘는 병사들이었다. 대장군의 집에서 부리던 종 천 명은 유주나 계지의 칼 잘 쓰는 검객들이었다.

그리하여 마침내 왜병을 평정했지만 겨우 국경 밖으로 쫓아낼 수 있을 뿐이었다.

그 후 수백 년간 사신으로 고관들의 행차가 여러 차례 강호[54]에 이르렀다. 그러나 일본인들이 몸을 삼가고 사신 맞이에 엄중했기 때문에, 저들의 풍속·가요·인물·험한 지세를 이용해 쌓아 만든 요새·강하고 약한 형편 등의 정세에 대해선 끝내 털끝만치도 알아내지 못한 채 다만 빈손으로 오갈 뿐이었다.

---

50  소경대왕(昭敬大王) : 선조의 시호다.

51  의주(義州) : 지금의 평안북도 의주군의 군청 소재지다.

52  이여송(李如松, ?~1598) : 명나라의 무장으로 임진왜란 때 조선을 돕기 위해 대장군으로 파견되었다.

53  진린(陳璘) : 명나라의 무장. 임진왜란과 정유재란 때 명나라 수군을 이끌고 조선으로 파병되어 많은 활약을 했다.

54  강호(江戶) : 일본의 수도 동경.

우상의 힘은 부드러운 터럭 하나도 이기지 못할 듯하지만 붓촉으로
저 나라의 정수를 빨아들여 바닷길 만 리에 있는 왜국의 서울에 가 나
무를 말라 죽게 하고, 나무와 냇물을 마르게 하였다. 비록 '붓으로써 산
과 강을 뽑아왔다'고 말하더라도 부족함이 없을 것이다.

우상의 이름은 상조湘藻다. 그는 일찍이 자신의 얼굴을 그린 화상에
이렇게 글을 써놓았다.

공봉 이백과[55] 업후 이필,[56] 이철괴[57]의 호는 모두 '창기滄起'였다. 옛 시인
인 이백, 옛 산사람인 이필, 옛 신선인 이철괴는 모두 성이 '이 씨李氏'로다.

＊호방장쾌한 우상의 배짱과 포부를 살
필 수 있는 글이다.
　그는 자신의 호인 '창기(滄起)'와 이
백, 이필, 이철괴 등의 호가 같다고 자
부하고는 자기의 글 역시 후세에 남으
리라고 당당하게 말한다. 더욱이 자기
한 사람을 세워 이백, 이필, 이철괴 셋
을 포함한다는 발언에서도 호걸로서
의 면모가 엿보인다. 그러나 그 시절
일개 역관의 기개 따위를 보아줄 사람
은 없었다. 양반들의 시선에서 우상은
'사회적 약자'에 불과했다. 그러니 차
라리 당대 사회에 맞게 정신과 언어를
고치는 편이 그의 신상에는 이로웠을
지도 모른다. 하지만 우상은 정반대의
길을 택해 "내 책 몇 권만이 나의 천년
뒤를 증명하리라"는 사자후를 토혈하
고는 죽음을 맞는다.

우상의 성이 '이 씨'요, '창기' 역시 그의 별호였던 것
이다.＊

무릇 선비라 함은 저를 알아주는 사람을 만나면 뜻
을 펴고 저를 알아주는 사람을 만나지 못하면 뜻을 굽
힐 수밖에 없다. 해오라기나 뜸부기는 날짐승 중에서
도 보잘것없는 미물이지만 오히려 제 깃털을 사랑해
맑은 물에 그림자를 비춰보고 섰다가 돌아 날아서야
모여든다. 사람에게 있어 문장文章이 어찌 깃털의 아름

---

**55**　공봉(供奉) 이백(白) : 중국 당(唐)나라 때 시인.
**56**　업후(鄴侯) 이필(泌) : 중국 당나라 현종 때의 문장가이자 고결한 선비.
**57**　이철괴(鐵拐) : 중국 민간에 전해지는 8인의 신선 중 한 사람.

다음에 그치겠는가?

옛날 경경慶卿 : 형가이 야밤에 검술을 논할 때 합섭이 노하여 눈을 부릅뜨자 그냥 나가버렸으나 고점리高漸離가 축[58]을 연주할 때는 형가가 화답하여 노래를 불렀다. 그러다가는 서로 마주하고 울고는 마치 주위에 아무런 사람이 없는 듯이 떠들어댔다.*

대체로 즐거움이 지극하였던 것인데, 다시 뒤이어 우는 것은 무슨 까닭일까? 마음이 격동하여 까닭 없이 슬퍼진 것이다. 비록 저들에게 직접 묻는다 하여도 스스로 어떤 마음으로 그리하였는지를 알지 못할 것이다. 사람들이 문장으로 서로의 높고 낮음을 가리는 것이 어찌 구구하게 칼 쓰는 자들의 한 가지 기예와 비교할 뿐이겠는가?

우상, 그는 불우한 자가 아니었던가? 어찌하여 그의 말은 이리도 슬픔이 많단 말인가?

> * 이 말은 사마천의 「자객열전」(「사기」)에서 인용하였다. 경경은 위나라의 형가(荊軻)다.
> 그는 진시황이 위나라를 복속시키자 연나라로 가서 몸을 의탁하던 중 연나라 태자 단의 밀명을 받고 진시황 암살을 시도했다가 실패하고 살해당한다. 형가는 담력이 크고, 자기를 알아주는 이를 위해 목숨도 버릴 만큼 의리를 소중히 여겼다. 형가가 방랑하던 시절 유차란 고을에서 합섭을 만나 검술에 관한 이야기를 나누던 도중 합섭이 노하여 눈을 부릅뜨자 형가는 아무 말없이 떠나버렸다. 형가는 자기를 알아주지 않는 합섭에게는 말을 하지 않고 떠났고, 비록 약하지만 자기를 알아주 고점리와는 생사고락을 함께하는 것이다.

불그레한 닭 벼슬 높이가 꼭 높다란 머리쓰개 같고,

소 목에 늘어진 먹미레는 커다란 게 큼지막한 자루일세.

늘 보는 세간붙이야 기이할 리 없겠지마는,

어지간히 놀랍고도 괴이할세, 불룩한 낙타의 저 등.[59]

---

**58** 축(筑) : 거문고와 비슷한 현악기.

**59** 닭 벼슬이나 소의 목에 달린 먹미레는 항상 보는 것이기에 조금도 기이하지 않고

우상은 일찍이 제 스스로 남다르다고 여겼다.

우상이 병이 들어 죽음에 이르자 자기의 모든 작품을 불사르며, "누가 다시 이것을 알아줄 이가 있을까"라고 말했다 하니, 그 뜻이 어찌 슬프지 않다고 하리오.

공자께서 이런 말씀을 하셨다.

"재주는 얻기 어렵다더니 그렇지 않겠는가?"

또 "관중의 그릇됨은 작기도 하구나".

공자께 자공이 물었다.

"저는 어떤 그릇입니까?"

공자께서 대답하셨다.

"너는 종묘 제사에 쓰는 옥으로 만든 제기이니라."

대개 자공의 재주를 아름답다고 칭찬하면서도 작게 여긴 것에 지나지 않는다. 그러므로 비유하자면 덕은 그릇이며 재주는 그릇 안에 담기는 물건이다.*

『시경』[60]에 이런 말이 있다.

깨끗하고 고운 구슬잔에,

* "관중의 그릇됨은 작기도 하구나" (「팔일」편, 『논어』). 관중은 재상으로 제 나라의 환공을 제후들의 패자 위치에 올려놓았다. 그러나 관중의 그릇이 작아 환공이 천자에 올라 왕도를 펴도록 보필하지 못했으며 제후나 치는 병풍을 치는 등 예의에 벗어난 행동을 했다는 지적이다. 공자와 자공의 문답은 「공야장」(「논어」)에 나온다. 공자는 자공을 '종묘 제사에 쓰이는 옥으로 만든 제기(祭器)'라고 했다. 즉 '종묘의 제향 때 없어서는 안 될 소중한 그릇'처럼 자공도 한 나라의 귀중한 인재로 쓰일 수 있으나 천하를 경륜하는 큰 그릇은 못 된다는 의미다.

드물게 보는 낙타의 등에 놀란다는 뜻이다. 이 말은 우상이 '닭 벼슬, 소의 먹미레'이기에 '낙타의 등'처럼 알아주는 이 없이 불우한 삶을 마치게 되었다는 의미다. '닭 벼슬과 소의 먹미레'는 흔한 것이니 상사람이요, '낙타의 등'은 사대부로 바꾸어도 무난하다.

60  『시경(詩經)』: 춘추시대의 민요를 중심으로 모은 중국에서 가장 오래된 시집.

누런 술이 가득 차 있네.

『역경』에서도 말했다.

솥의 다리가 부러졌으니,
여럿의 밥이 엎질러지네.*

덕만 있고 재주가 없다면 그 덕이란 빈 그릇과 같은 것이며, 재주만 있고 덕이 없다면 그 재주를 담을 곳이 없다. 있다 해도 그 그릇이 얕다면 넘치기 쉬운 것이다. 사람은 하늘·땅과 관계하여 이것이 삼재[61]가 되기 때문에, 귀신을 재주로 치면 천지는 그 커다란 그릇이 되는 게 아닌가. 저 지나치게 깨끗한 척하는 자는 복이 붙을 데가 없으며 남의 사정과 형편을 질 꿰뚫는 자에게는 사람이 붙으려 하지 않는다.

문장이란 천하의 지극한 보물이다.

정밀하게 쌓여 있는 것을 미묘한 이치와 사물의 근본에서 끄집어내고, 은밀히 숨어 있는 것을 형체가 없는 곳에서 찾아내서는 조화의 비밀인 음양을 누설하니 귀신이 성을 내고 노할 것이다. 나무가 재材:재목로서 가치가 있다면 사람들은 그것을 벨 것을 생각

* "깨끗하고 고운 구슬잔, 누런 술이 가득 차 있네."(『시경』, 「대아」, 「한록」) 이 뒤를 따라붙은 시구에 "솔개는 하늘 위를 날고 고기는 연못에서 뛰고 있네. 점잖은 군자님께서 어찌 인재를 잘 쓰지 않으리오"라는 구절이 있다. 새는 하늘에서 나는 것이 자연스럽고 물고기는 물에서 노는 것이 자연스럽다는 이치를 담은 글이다. 연암이 이 구절을 넣은 것 역시 우상의 재주를 써주지 않는 조선 사회를 비유하기 위해서다. "솥의 다리가 부러지니, 여럿의 밥이 엎질러지네."(『역경』, 「정괘」, 「구사효」) 「정괘」는 『역경』의 핵심으로, '창조'를 말한다. 연암의 용어를 빌자면 '법고창신', 즉 옛것에 바탕을 두되 그것을 변화시켜 새롭게 나아가야 한다는 뜻이다. 원문은 다음과 같다.

"솥이 발이 부러져서 여럿의 밥을 엎었으니 그 얼굴이 붉어지니 흉하도다."

솥의 용도는 '변혁'이다. 물과 불이 솥에서만큼은 서로 합해 물건의 성질을 변화시킨다. '구사효'는 대신을 의미한다. 대신은 천하의 어진 자와 지혜로운 이를 얻어 힘을 합해야 하는데 '솥의 다리가 부러진 자'를 등용한다. 솥발이 부러졌으니 '여럿의 밥이 엎어질 수밖에 없다.' 우상이 '역관'이라는 이유로 제대로 쓰임 받지 못하는 형세가 꼭 그랬다. 여기서 연암은 조선시대 인재 등용의 한계를 지적하고 있다.

61  삼재(三才): 하늘과 땅과 사람.

한다. 자개가 재<sup>才</sup> :재화로서 가치가 있다면 사람은 그것을 빼앗아갈 것을 생각한다. 그러므로 '재<sup>才</sup>'란 글자는 안을 향해 삐침이 있을 뿐 바깥을 향해 파임은 없는 것이다.<sup>62</sup>

우상은 일개 역관에 불과하다. 국내에서는 명예가 동구 밖을 나가지 못하고 행세깨나 하는 사람들이 그의 얼굴을 알지 못하였는데, 하루아침에 바닷길 만 리 타국에서 그 이름을 떨쳐 빛낸 것이다. 그의 몸은 곤<sup>鯤</sup> :큰 물고기·고래·용·자라의 소굴까지 미쳤으며, 그의 손은 해와 달을 씻어 빛나게 했고, 그 기상은 무지개와 신기루에 닿을 듯했다.

그러므로 옛말에 이르기를 '재물을 아무렇게나 간직하는 것은 도적을 가르치는 것이다'라고 했으며<sup>63</sup> '물고기는 연못을 떠나서는 안 되는 법'이고, '이기<sup>64</sup>는 사람에게 내보이면 안 되는 법이다'<sup>65</sup>라고 했으니 어찌 경계할 일이 아니겠는가.

---

**62** 삐침과 파임은 서법의 하나. 오른쪽 위에서 왼쪽 아래로 내려 긋는 것을 삐침, 왼쪽 위에서 오른쪽 아래로 내려 긋는 것은 파임이라고 부른다.

**63** "간수함을 게을리 함은 도둑을 가르치는 것이요, 얼굴 화장을 요염하게 함은 음란함을 가르치는 것이다."(『주역』, 「계사전 상」 제8장) 두말할 것 없이 우상의 뛰어난 재주 때문에 도적들에게 공격을 받을 수 있으니 이를 드러내지 말라는 소리다. 도적놈이 출몰하던 세상이기에 하는 말이다.

**64** 이기(利器) : 나라의 귀중한 보배.

**65** "'물고기는 연못을 떠나서는 안 되는 법이며, 나라의 이기는 사람에게 내보이면 안 되는 법이다'라 한다. 저 성인이라는 것은 천하의 이기다. 천하의 귀중한 보배는 천하 사람들에게 보여서는 안된다."(『장자』, 「거협편」) 이 말은 물고기는 물에서 나오면 금방 죽으니 물에서 나오지 말아야 하고, '이기'는 '귀중한 사람'이니 천하에 그 모습을 드러내면 안 된다는 뜻이다. 인의, 즉 어짊과 의로움을 내세운 성인이 감당할 수 없는 세상이기에 나오면 목숨이 위태로우니 아예 숨어 있으라는 말이다. 여기서 '물고기'와 '이기(利器)'는 역관 우상을 말한다.

우상이 '승본해'를 지나다가 지은 시는 이러했다.


남방 오랑캐 사내애 발 벗은 생김새는 꼭 도깨비 모양,

파란색 핫옷 등짝에는 별과 달 그림을 그려 넣었구나.

색동옷의 오랑캐 계집이 문밖으로 뛰어가는데,

머리를 빗다 말았는지 머릿다발을 동여 맸다네.

꼬마둥이 칭얼대다 목 잠겨 젖어미 젖먹이다,

손으로 등줄기를 쳐대니 아이는 울다가 캑캑.


잠시 후 북을 쳐대고 조선의 사신 행차가 들어오니,

일만 개 눈동자가 둘러싸 산부처라도 온 듯해라.

오랑캐 벼슬아치 모배하고 침신[66] 바치고,

소반에 받쳐 내니 산호와 큰 조개일러라.

손님이나 주인이나 참으로 벙어리인 양,

눈짓으로 대화하고 붓에도 혀가 있네.

오랑캐 관아에도 그럴듯한 정원 가꾸는 취미 있는지,

병려[67]와 파란 귤 뜰 안에 가득이 심겨 있네.


---

66  모배와 침신 : 모배(膜拜)는 오랑캐 절로 '무릎을 꿇고 손을 들어 절을 하는 것'이요,
침신(琛贐)은 '공물로 바치는 보배'다.

67  병려(栟櫚) : 종려나무. 야자과에 속하는 상록수로 큰 잎은 부채처럼 생겼고 꽃은
식용으로 쓰인다.

배 안에서 치질에 걸려 누워 있을 때 매남노사[68]의 말을 생각하고 지은 시는 다음과 같다.


공자의 도리와 마니교[69]는,

세상 다스림이 해와 달 뜨듯 다르다네.

일찍이 서양사람 오인도[70]에 이르러도,

과거나 현재나 부처란 것은 없는 것이라.

어찌하여 우리 선비 천한 장사치 무리 따라서,

붓과 혓바닥 놀려 신기한 이야기 지어내는가.[71]

산발을 하고 뿔이 솟아 지옥으로 떨어져,

마땅히 평생 남 속인 벌 받게 되리라.


독한 불길 중국의 동쪽인 왜국까지 밀려와,


---

**68**  매남노사(梅南老師) : 우상의 스승인 이용휴(李用休, 1708~1782)를 말한다.

**69**  마니교(摩尼敎) : '마니의 교'는 3세기쯤에 페르시아(이란) 사람 마니가 만든 종교다. 조로아스터교(Zoroastrianism)에 불교와 기독교 등의 교의를 섞어 만들었다. 조로아스터교를 한자로 배화교라 하는데 중국으로 전파된 후 미륵신앙과 접목되어 백련교라는 이름으로 교세를 확장했다. 중국의 혼란기마다 변란 세력으로 등장하였으며 조선에도 이를 표방한 세력들이 있었다.

**70**  오인도(五印度) : 고대 인도는 동·서·남·북·중앙의 다섯 개로 나뉘어져 있었는데 오천축(五天竺)이라고 한다.

**71**  원문에는 '신오설(神吾說)'이라고 되어 있고, 이덕무의『청장관전서』권51「이목구심서」4에는 '신괴설'로 되어 있다. 이 글에서는 이덕무를 따라 '신기한 이야기'로 번역했다.

수많은 절들이 시골에서 서울까지 늘어섰네.

경망한 섬 백성들 복이니 화니 두려워해,

향불 사른다 공양미 바친다 빠질 날 없네.

비유컨대 한 아들이 다른 아들 죽여놓고서는,

들어가 부모 돌보는 격이니 이 어찌 말이 되랴.


육경[72]이 해처럼 문명을 펼쳤건마는,

이 나라 사람들은 하나같이 까막눈일세.

해 뜨는 곳과 해 지는 곳 무슨 이치 다르리요,

이치를 따르면 성인이요 거스르면 도올[73]이라.

내 스승 날 깨우쳐 뭇사람 가르치라 하셨으니,

시 한 수 읊조리어 목탁[74]을 삼으려 하네.


이 시들은 모두가 세상에 전함 직한 것들이었다.

급기야는 돌아오는 길에 보니 '모두가 이미 판목을 새겨 박아냈다'
고 말했다.

나와 우상은 살아서는 서로 일면식도 없었다. 그런데도 우상이 여러

---

72  육경(六經) : 『시경』·『서경』·『역경』·『춘추』·『예기』·『악기』를 통틀어 육경이라
    일컫는다. 현재는 『악기』를 제외한 오경만이 남아 있다.

73  도올(檮杌) : 악을 기록하여 경계를 삼는 나무나 흉악한 짐승. 여기서는 후자의 뜻
    이다.

74  목탁(木鐸) : 문은 '금구목설(金口木舌)'로 목탁의 구조, 즉 세상 사람들을 가르쳐
    올바르게 인도하는 말을 가리킨다.

차례 사람을 보내 나에게 시를 보이면서 "오직 이분만이 혹 나를 알아 줄는지"라고 했다기에 나는 심부름꾼에게 농지거리로 말하였다.

"이거 오吳 땅 녀석[75]의 간드러진 말투군. 자질구레한 걸 가지고 귀하다고 하기엔 부족하지."

우상이 이 말을 듣고는 화를 내며 말했다.

"이런 촌뜨기놈 보게나. 남의 성질을 돋우네."

그리고는 한참 있다가 탄식하며 "내 얼마나 이 세상에서 오래 살 건가"라고 한 다음 눈물을 주루룩 흘렸다고 한다.

나 역시 이 말을 전해 듣고 슬픈 마음이 들었다. 얼마 뒤에 우상은 죽었다. 그의 나이 스물일곱이었다.

그 집사람의 꿈에 술에 취한 신선이 푸른 고래를 타고 가고 검은 구름이 아래로 드리웠는데 우상이 머리를 풀어헤치고 그 뒤를 따르더니, 이윽고 그가 죽었다고 한다. 어떤 사람은 "우상은 신선이 되어 간 거야"라고 했다.

아아! 나도 일찍이 속으로는 그의 재주를 사랑하고 있었지만 몇 마디 말로 그의 기운을 꺾은 것이다. '우상은 나이가 어리니 바른 길에 들어서길 힘쓴다면 훌륭한 글을 지어 세상에 전할 수 있을 것이야'라고 생각해서였다. 이제 와서 생각하니 우상은 필시 '나의 재주로는 저이를 만족시킬 수 없다'고 여겼던 것 같다.

---

75  오(吳)는 남쪽 지역이니 오 땅 녀석은 남인을 지칭한다. 이는 우상이 남인인 이용휴의 문하생이기 때문에 한 말이다. 간드러진 말투는 오나라 사람들의 특징이었다.

어떤 사람[76]이 우상을 위한 만사[77]를 지었는데, 그 내용은 다음과 같다.
첫 번째 노래는 이러했다.


오색이 찬란한 이상한 새가,

뜻밖에 용마루에 와 앉았네.

사람들 다투어 몰려들어 보려 하니,

깜짝 놀라 날아가 간 곳 모르겠네.


두 번째 노래는 이러했다.


까닭 없이 얻은 천 냥 돈,

그 집엔 꼭 재앙이 온다네.

더구나 저 희대의 보물일진대,

어찌 오래 빌려 놔둘까 보냐.


그 세 번째 노래는 이러했다.


자취가 묘연한 하찮은 한 사나이,


---

76  우상의 스승인 이용휴를 가리킨다. 이 글에는 이용휴의 작품집인 『혜환시고』에 실
    린 10수의 시 중 5수가 소개되어 있다.
77  만사(輓辭) : 만사(輓詞). 죽은 사람을 위해 지은 글이다.

죽으니 사람들 빈자리를 깨닫겠지.
어찌 세상 도리에 관계치 않으리,
빗방울처럼 사람들도 많다지만.

또 노래하였다.

그의 담력은 박덩이만 하고,
그의 눈빛 달덩이 같이 밝네.
그의 팔뚝엔 귀신 붙었고,
그의 붓끝엔 혀가 돋았네.

또 말하였다.

남들은 아들로서 전하건마는,
우상은 자식에게 전하지 않아.
목숨이야 다하는 때 있으련마는,
드높은 이름 그칠 날 없으리로다.

나는 우상을 만나보지 못한 것을 항상 한으로 여겼다. 그의 문장은
이미 그가 불살라 남은 것이 없으니 세상에선 더욱 그를 아는 사람이
없을 것이다.

이제 상자 안의 오래된 글들을 꺼내 그가 일전에 보여준 글 몇 편을

찾을 수 있었다. 이것들을 모두 옮김으로써 우상에 관한 전기傳記를 만든다.


　우상에게는 아우가 있었는데 또한 능히…….

　(이하 결문)

『연암집별집』, 『방경각외전』

## 제題「우상전」후後 ─────────────

『연암별집』,『방경각외전』에 실려 있으며 연암이 31세 무렵 지은 작품으로 추측된다.

끝부분이 떨어져 나가 전하지 않는다고 하지만 내용 파악에는 별 문제가 없다.

영조 때의 역관 이언진이 죽자 그의 행적과 남긴 시를 모아 엮은 소설이다. 일부 학자들은 이 작품을 전으로만 보려 하나 롤랑바르트<sup>Roland</sup> <sup>Gerard Barthes, 1915~1980</sup>의 말을 빌리자면 '소설적인 것'이다. 소설적인 것이란 줄거리에 의해 구조화되지 않은 담론의 양식으로서 일상적인 현실이나 사람들, 삶에서 일어나는 모든 것에 대한 기록·투자·관심의 양식이다.

새로 취임한 일본 관백은 문화를 자랑하는 조선의 콧대를 꺾으려고 각종 기예技藝와 문사文士를 모아 단련시킨 후 우리나라에 사신을 파견해줄 것을 요청했다. 이에 조선 조정에서는 사신 일행을 엄선하여 파견했는데 우상은 그 가운데 한 사람이었다.

일본 사람들은 우리 사신 일행에게 그들이 좋아하는 서화書畵와 사장詞章 : 시가와 문장을 얻기 위해 보배를 아끼지 않았고 우상은 문장으로 그들에게 격찬을 받았다. 일본인들은 어려운 글제와 운자로 우상을 궁지에 몰아넣고자 했으나 그는 그때마다 마치 미리 글을 지어놓은 것처럼 즉시 응대해 그들을 놀래켰다.

하지만 우상의 신분은 역관이었다. 일본에서 그의 재주는 경탄의 대상이었으나 조선에서는 아무도 한낱 '역관 따위'인 그를 인정해주지 않았다. 유능하지만 인재로 등용되지 않아 세상에 숨어 있는 이를 '유일遺逸'이라 한다. 혹간 유일로 천거되는 이가 없지 않았으나 우상은 그와 거리가 멀다.

우상은 늘 그 점을 슬피 여겼다.

어느 날 '이 사람만은 알아주지 않겠는가' 싶었던지 일면식 조차 없는 나연암에게 자신의 시를 보여준다. 그러나 나연암는 왜 그랬는지, 그가 딱한 사정을 하소연하며 간절히 청하는 것을 알면서도 '보잘것없다' 일축해버리고……. 우상은 겨우 스물일곱 해 만에 생을 접고 만다. 하기야 그는 아무리 열심히 살아도 인생에서 큰 성취를 거두기는 어려운 역관 출신이었다. 조선 후기 '역관' 신분의 계보는 늘 어둠 속에서 이어져 왔기 때문이다. 그 남루한 공간에서 살아가는 이들에게 대견한 삶을 요구하는 것은 애초부터 무리였는지 모른다. 그들의 인생은 지우知遇 : 남이 자신의 인격이나 재능을 알고 잘 대우함도, 희망도 부재해 아무리 둘러보아도 별다른 대안을 찾아볼 수 없는 삶이었다. 그러기에 늘 가슴이 메고 막막하니 한숨을 토하며 조선 후기의 어둑한 미로를 퀭한 눈으로 헤맸을 그, 아니 그들은 신의 희작戲作 이던가?

허균許筠, 1569~1618은 「유재론」에서 "하늘이 냈는데 사람이 버리는 것은 하늘을 거스르는 법天之生也 而人棄之 是逆天也"이라고 했다. 차라리 하늘이 재주라도 주지 말았으면 좋았을 것을.

「우상전」은 이렇듯 조선 후기 사회의 병리적 세태를 고발하는 불길하고도 우울한 진단서였다. 애초에 날지 못하는 새는 새장 문이 열려 있어도 밖으로 나오지 못하지만 창공을 훨훨 날고 싶어 하염없이 창살에 머리를 부딪치다 죽은 새의 심정은 '성광成狂술을 먹지 않고서도 미침'이라고밖에는 표현할 수 없다.

열전체列傳體의 변체變體 형식이 강하고 이언진의 시가 그대로 삽입되었다는 이유로 이 작품을 소설로 인정하지 않는 학자도 있으나 서술자인 나와 우상의 관계 등을 통해 거짓과 참을 한데 섞은 작법으로 미루어볼 때 소설임이 분명하다.

# 역학대도전
易學大盜傳

세상이 말세로 떨어지매,

선비가 허위를 꾸며

서로 남의 무덤을 파고 구슬을 빼내며,

덕을 해치는 향원과 주색, 종남의 첩경과 같은 태도는

자고로 추악하게 여겼다.

이에 「역학대도전」을 쓴다.

작품이 오늘날까지 전해지지 않아 자세히 알 수 없으나 이 소설에 등장하는 인물은 비판받아 마땅한 양반일 것 같다.

**배경**    미상

## 등장인물

**역학대도**    학문을 팔아서 먹고사는 천박한 양반인
듯하다.

# 역학대도전

易學大盜傳*

* 「역학대도전」은 유실되어 현재로서
는 여러 글을 통해 내용을 미루어 생
각할 뿐이다.

「역학대도전」이란 '학문을 팔아먹는 큰 도둑놈의
전'이라는 뜻이다.

안타깝게도 이 소설은 일실<sup>逸失</sup>되어서 박종채의 『과정록』과 『방경각
외전자서』를 단서 삼아 소설의 내용을 추론해보는 수밖에 없다.

연암의 아들 박종채의 『과정록』에는 「역학대도전」을 지은 동기와
이 작품이 어떻게 없어진 것인지를 이해할 수 있는 글이 들어 있다.

「역학대도전」은 당시에 선비의 이름에 의탁하여 세상의 이득을 파는
자가 있어 공<sup>연암</sup>께서 이 글을 지어서 꾸짖으신 것이란다. 뒷날 그 사람이
무너지자 존공께서 말씀하시기를, "노천<sup>1</sup>이 죽은 뒤에 반드시 '간사한 사
람을 분별하였다'는 명성을 얻을 필요는 없지"라고 하시고는 마침내 그것
을 불사르셨지. 한편 「봉산학자전」을 없애신 뜻도 이 때문일 게야.

大盜傳 皆當時有托儒名 而潛售歲利者 尊公 作是文以譏之 後其人敗
尊公曰 老泉身後 不必有辨姦名 遂焚棄之 下篇之失意 亦在此時也.

---

1    노천(老泉, 1009~1066) : 중국 북송 때 문장가인 소순. 소식(蘇軾), 소철(蘇轍)의
     아버지이며 송나라를 대표하는 문장가로 아들들과 함께 '당송팔대가'로 꼽힌다.

위의 글은 이재성이 말한 것이다.

이재성은 박종채의 외삼촌으로 매형인 연암을 평생 스승처럼 따랐는데 박종채가 아버지께서 왜 소설을 지으셨느냐고 묻자 위와 같이 대답했다. 이로써 연암이 '그 사람'을 꾸짖으려고 「봉산학자전」을 지었다는 것과 '그 사람'이 훗날 무너졌음도 알 수 있다. 여기서 '그 사람'이 누구인지는 정확히 알 수 없지만 아마도 당시에 새로운 개혁 정치를 외쳤으나 실상 뜻을 이루지 못한 사람이 아닌가 한다.

그것은 이어지는 "노천소순이 죽은 뒤에 반드시 '간사한 사람을 분별하였다'는 명성을 얻을 필요는 없지"라고 하는 이야기 때문이다.

"노천소순이……." 운운을 설명하자면 이렇다.

소순이 「변간론辨姦論」을 지었는데, 「변간론」이란 '간사함을 분별하는 글'로 여기서 간사한 사람이란 왕안석을 말한다.*

왕안석은 중국의 역사에서 개혁을 꾀한 사람이므로 이해 당사자가 누구냐에 따라 지탄을 받기도 하고, 칭탄을 받기도 하였을 것이다. 그렇다면 과연 그는 누구일까?

「자서」를 통해 다시 한번 살펴 보자.

세상이 말세로 떨어져, 선비가 허위를 꾸며 『시경』으로 남의 무덤을 파고 구슬을 빼내며, 덕을 해치는 향원2과 주색,3 종남4의 첩경과 같은 태도는 자고로 추악하게 여겼다. 이에 「역학대도전」을 쓴다.

* 왕안석(王安石)은 중국 북송의 개혁 정치가로 신법당의 영수였다. 이재(理財)의 능력을 인정받아 정치의 일대 쇄신과 개혁을 갈망한 신종에 의해 발탁되어 역사적으로 유명한 파격적 개혁을 실시했다. 이것이 이른바 왕안석의 신법인데 이 법은 열거하기 힘들 만큼 다양한 방면에서 시행되어 종래의 관례를 개정했다. 그러나 왕안석을 신임하여 혁신 정치를 단행했던 신종은 재위 19년 만에 38세의 젊은 나이로 세상을 떠났다.

이후 장남 철종이 즉위했지만 그는 불과 10세의 소년이었기 때문에 조모인 선인태후가 섭정을 했다. 그녀가 인심을 안정시킨다는 의미에서 신법에 반대하여 하야해 있던 원로들을 중앙으로 소환하여 사마광을 재상으로 임용했기에 왕안석은 정치 무대에서 사라졌다.

世降衰季 崇飾虛僞 詩發含珠 愿賊亂紫 逕捷終南 從古以醜 於是述 易學大盜.

연암은 '선비가 허위를 꾸며 시로 남의 무덤을 파고 구슬을 빼낸다崇飾虛僞 詩發含珠'는 말을 「호질」과 「홍덕보묘지명」에서도 언급할 정도로 사회적 폐단에 천착했다.

이 문장은 "무덤을 파던 유자發塚之儒"라는 데서 기인한 것으로 『장자』, 「잡편」 "외물" 편에 나오는 내용이다.

"외물" 편은 대유大儒와 소유小儒가 죽은 유자儒者의 무덤을 파헤쳐서 수의와 입안에 넣어둔 구슬을 훔치는 내용인데 이때 우습게도 『시경』의 시구를 끌어온다. 『시경』에는 "살아 베풀지 않았는데 죽어서 어찌 구슬을 입에 머금었는가生於陵陂 生不布施 死何含珠爲"라는 일실된 구절이 등장한다.

"외물" 편은 결국 『시경』과 『예기』를 평계 삼아 나쁜 일을 행하는 유자들을 풍자한 시다.

야음을 틈타 무덤을 도굴하는 도둑이 '대유'와 '소유'라는 설정도 한껏 유자들을 풍자한 것인데 이에 더하여 입안에 반함5으로 넣은 저승

---

2    향원(鄕愿) : 사이비(似而非) 학자이다.

3    주색(朱色) : 정색(正色)을 어지럽히는 자색(紫色)·간색(間色)을 말한다.

4    종남(終南) : 장안의 남산. 이곳에 은거함이 벼슬의 첩경이란 말이 있다. 당나라 노장용의 고사다.

5    반함(飯含) : 염(殮)할 때 죽은 사람의 입에 구슬과 쌀을 물리는 것.

노자인 구슬마저 꺼내며 주고받는 이야기는 낯 뜨겁다.

또 다음 구절에 보이는 "덕을 해치는 향원[鄕愿]"이란 '두루뭉술한 인물[鄕愿]'로 '옳고 그름을 가리지 않고 아첨하는 짓거리를 하는 자'이다. 『논어』, 「양화」 편의 "향원은 덕의 도둑이다鄕愿 德之賊也"라는 데서 보이는 말을 차용한 것이다. 즉 덕이 있는 체하지만 실상은 아첨하여 모든 것을 좋다고 넘어가기에 '덕德을 훔치는 짓'이라고 한 것이다. 주색朱色은 정색正色을 어지럽히는 색이고 종남은 장안에 있던 산으로 이곳에 은거함이 벼슬의 첩경이란 말이 있다. 지금도 '벼슬길에 오르는 가장 빠른 길'이라는 뜻으로 종남첩경終南捷徑 혹은 첩경捷徑이라는 말을 쓴다.

이로 미루어보면 역학을 하는 대도는 딱히 누구라 할 것 없이 연암 당대 '북벌책을 붙잡고 자신과 당파의 안위만을 챙기던 위학자僞學者들' 모두를 지칭한다 하여도 큰 무리는 아닐 듯싶다.

내친김에 잠시 풍운이 몰아치던 구한말의 김윤식이라는 분으로 이야기를 옮겨봤으면 한다.*

이분은 대문장가요, 동도서기론[6]을 외치는 정치가로 1884년의 갑신정변과 갑오경장, 을미사변을 두루 거치면서 정치적인 역량을 드러냈다. 그리고 구한말

*김윤식(金允植, 1835~1922) : 호는 운양(雲養). 서울 출생. 1874년 문과에 급제하고 80년 순천부사에 임명되었다. 이후 정치인으로서 재간을 발휘해 이홍장과 7차에 거친 회담 끝에 조미수호통상조약을 체결했으며, 임오군란이 일어나자 청나라에 파병을 요청하는 동시에 흥선대원군 제거 방략을 제의해 청나라의 개입을 주도했다. 1884년 갑신정변이 일어났을 때 김홍집과 원세개에게 청나라 군대를 요청해 정변을 종식시켰고, 정변 이후 독판교섭통상사무의 자리에 올라 대외관계를 담당했다. 김홍집 내각에 등용되어 군국기무처 회의원으로 갑오경장에 간여했고, 외무아문대신에 임명되었다. 아관파천이 일어나자 외무대신직에서 면직되었고, 을미사변과의 관련 때문에 탄핵되었다. 저서로는 『임갑령고』 등이 있다.

6    동도서기론(東道西器論) : 우리의 전통적 사상과 제도를 지키면서 서양 문물을 받아들이자는 주의.

에 기호학회 회장, 흥사단장 등 반일에 나섰으며 1910년 8월 순종에게 합방의 부당함을 주장하기도 했다. 3·1운동이 일어나자 그는 「대일본 장서」를 제출하여 징역 2년을 선고받는 등 우리 민족의 자긍심을 한껏 고취한 분으로 알고 있다. 그러나 이분이 1908년 중추원 의장, 1910년 일본으로부터 자작 작위와 함께 은사금 5만 원을 받았으며, 1915년 조선인 최초로 일본 학사원에 가입한 것을 아는 이는 그리 많지 않은 것 같다. 한마디로 '애국자이면서도 아닌' 묘한 인사임이 틀림없다. 그런데 이분의 이러한 성향을 추단推斷해볼 수 있는 말이 '불가불가不可不可'라는 교언巧言이다.

때는 1910년 8월 19일의 어전회의, 일한합방日韓合邦이 있기 열흘 전이었다. 합방의 문제로 여러 대신이 의견을 밝히는 자리에서 내놓은 김윤식의 의견이다. 이 말은 여간 재미있는 것이 아니다. 구두점에 따라서 정반대로 읽히니 말이다.

'옳지 않다, 옳지 않다不可 不可'란 반복을 통해 합방을 거세게 반대한다는 의미다. 그러나 '어쩔 수 없이 찬성한다不可不 可'는 어떻고 '불가불 찬성하지 않을 수 없다不可不可'라고 한들 어떠한가? 여기에 한 발 더 나아가 '불가하다고 함은 불가하오不可 不可'라고 읽은들 또 누가 뭐라 하겠나?

듣는 이의 짐작이겠지만 오독誤讀이니 곡해曲解니 시비할 것 없다.

후일 그의 행적이 '반복'을 거듭한 의미가 후자라는 것을 고스란히 대변해주니 그의 '노회老獪한 입담'으로 보면 된다.

일제가 그 말을 어떻게 이해했는지는 합방의 공로자로 작위와 은사금[7]을 받고 조선총독부 자문기관인 중추원 부의장에 임명되었으며 후에 성균관을 폐지하고 세운 경학원의 대제학에 임명된 사실을 보면 알 수 있다. 어쩌면 이 말은 그 시절 꾀를 부리려는 자들에게는 일본과 조선을 넘나들 수 있는 최상의 의사소통 방식이었는지도 모를 일이다.

'불가不可'라 하면 될 것인데 무슨 말이 그리도 많은가. 배운 자의 잔꾀요, 정치가의 교언巧言이라 아니할 수 없다. 이럴 때 쓰려고 상투를 매고 허벅지를 찌르며 공부하여 과거에 급제한 것인지 씁쓸하다. 그야말로 배워서 나라를 팔아먹는 데 쓰는 꼴이니 친일파 항렬에 그를 적바림한들 큰 잘못은 아닐 것 같다. 더욱 가슴 아픈 것은 이분이 연암의 손자인 박규수朴珪壽의 문인이었다는 점이다. 연암이 하늘에서 곡을 했을지도 모를 일이다. 딴은 배운 만큼 행동한다는 것이 얼마나 어려운가. 오죽했으면 조선 말기 순국지사이며 시인인 매천 황현 선생은 절명 시 마지막 구절을 이렇게 적어놓았나.*

* 황현(黃玹, 1855~1910) : 전라남도 광양 출신. 자는 운경(雲卿), 호는 매천(梅泉). 1888년 생원회시에 장원 급제했으나 조정의 부패를 개탄하고 귀향, 시문 짓기와 역사 연구·경세학 공부에 열중했다. 1905년 을사늑약이 체결되고 나서 망명을 시도했으나 실패했다. 1910년 국권이 피탈되자 「절명시(絶命時)」를 남기고 스스로 목숨을 끊었다. 저서로 『매천집』, 『매천야록』, 『동비기략』 등이 있다. 62년 건국훈장 국민장이 추서되었다.

참으로 어렵구나, 배운 사람으로서 인간답기가.
難作人間識字人.

황현은 절명해야 하는 순간 '배운 사람識字人'에게서 그 이유를 찾아냈다.

7    은사금(恩賜金) : 은혜롭게 베풀어준 돈이라는 뜻으로, 임금이나 상전이 내린 돈을 일컫던 말이다.

그렇다면 「역학대도전」에서 저들이 배운 것은 무엇인가? 권모술수이고 교언이고 부귀영화란 말이런가? 이 모두가 연암의 「역학대도전」 저술과 연결되어 있지 않나 싶다. 지금도 역학대도를 꿈꾸는 이들이 넘쳐난다. 따지고 보면 이것도 우리네 조상으로부터 대물림한 것이다. 시대를 뛰어넘어 오늘날까지 이어지고 있는 뫼비우스의 띠의 시작점을 따라가 보자.

때는 1699년 10월 단종 복위를 축하하기 위하여 증광과를 실시해 한세량 등 34명을 뽑았다. 그런데 이때 시험 부정이 적발되었기 때문에 시험 자체가 무효가 되어 파방이 되는 등 커다란 파문을 일으켰다. 물론 이들 사이에 오간 것은 평생의 부귀와 부정을 입막음하려는 돈이었다. 이 사건으로 예조판서 오도일 등이 유배되었으며 부동역서를 한 서리 이제·윤귀열은 3년간 병역 복무를 하였다. 고군을 대신 세우게 한 안구서·최석기는 가족과 함께 추방되고 고군을 선 자들은 응시자들 대신에 제주도로 보내 3년간 병역에 복무시켰다. 고군雇軍이란 시험 감독관이니, 시험 감독관을 바꾸었다는 소리다.

조선의 과거 시험이 얼마나 부패했는지는 부동역서符同易書 : 시험지 바꿔치기, 차술차작借述借作 : 대리시험, 수종협책隨從挾冊 : 시험장에 책 반입, 입문유린入門蹂躪 : 시험장에 드나들기, 정권분답呈券分遝 : 답안지 바꿔치기, 외장서입外場書入 : 시험장 밖에서 답안 작성 등 부정행위 방법과 거벽[8]이니, 사수[9]니 하는 대리시험을

---

8   거벽(巨擘) : 전문적으로 과거 대리 시험을 보는 자.
9   사수(寫手) : 전문적으로 과거 답안의 글씨를 써주는 자.

보는 사람들을 지칭하는 용어, 과거장에 먼저 들어가 좋은 자리를 차지하는 선접先接과 선접꾼, 그리고 과거 응시자격을 제한하는 정거停擧 따위만으로도 넉넉히 짐작이 가능하다.

무혈복[10]이라는 말도 없지 않았던 것은 아니지만, 이 또한 과거의 타락상을 반증하는 말일 뿐이다. 과거제도는 이렇게 점점 타락의 길로 빠져들었다.

오죽했으면 '어사화야 금은화야'[11]라는 노래까지 불러 제꼈겠는가. 돈만 들이면 대리인도 사고 또 불법으로 장원급제의 표지인 어사화를 저 속물의 머리에 꽂을 수 있다는 비아냥거림이다.

그런데 이렇게 큰일이 있은 지 불과 10여 년 뒤에 똑같은 사건이 재발하였으니 이것을 임진과옥壬辰科獄이라 한다. 숙종 38년1712년의 정시 때에 일어난 사건으로 시관이 친구의 아들에게 시제를 미리 가르쳐주어 합격시킨 것이 3건, 답안에 암표를 쓰게 함으로써 합격시킨 것이 1건, 시간이 지난 뒤에 낸 답안을 합격시킨 것이 1건, 도합 5건의 부정이 드러났다. 이러한 부정이 방 후합격자 발표 이후에 들어나 시관을 비롯한 많은 종사원들이 처벌당하였다.

이옥李鈺, 1760~1812의 「유광억전」에는 이러한 당대 과거의 폐단이 여실히 드러나 있다.

---

10  무혈복(無穴鰒) : '꼬챙이에 꿰지 않고 그대로 말린 큰 전복'이라는 말로 과거를 볼 때 감시를 엄하게 하여 협잡을 부리지 못하게 하던 일을 비유적으로 이르는 말.
11  어사화야 금은화야(御賜花耶 金銀花耶) : 과거 급제자의 머리에 꽂는 꽃을 돈 주고 산 것 아니냐고 비웃는 노래.

매문매필이라는 과거의 부정도 그렇지만 과시에 합격할 정도의 인재임에도 가난하고 지위가 낮기 때문에 글을 팔아 생활할 수밖에 없는 유광억의 심정은 어떠했겠는가. 오죽하였으면 이덕무는 『아정유고』에서 "과거는 장사꾼이요, 문장은 이단이다科擧 商賈也 文章 異端 也"라고까지 했다.*

조선 후기로 올수록 과거시험의 폐단은 점점 심해졌다. 지금 우리가 쓰는 '난장亂場판'이란 말은 전국에서 모인 수험생들이 나누는 이야기로 과거 시험장이 매우 어수선한 데서 나온 말이다.

삽화가 길었다. 이 모두가 연암이 말한 학문을 팔아먹는 '역학대도'들 아닌가.

* 혹시 궁금해할 독자를 위해 「유광억전」을 대략 소개해보겠다.

당시에는 과시(과거시험 답안)를 팔아 생활하는 사람이 많았다. 유광억은 과시를 잘하는 것으로 특히 영남에서 유명했다. 가난하고 신분도 낮았지만 나라 안에 그의 이름이 퍼지자 한번은 경상감사와 서울에서 파견된 시험 감독관이 이름이 가려진 시험지 중 유광억의 글을 찾아내는 내기를 했다. 그의 글인 듯한 것을 장원으로 하고 2등, 3등을 정했으나 이름을 확인해보니 뽑힌 글 중 유광억이 쓴 것은 하나도 없었다. 자초지종을 알아보니 세 편 모두 유광억이 등수에 따라 차등을 둔 금액을 받고 지어준 것이었다. 감사와 내기를 한 터이니 경위를 알아보고자 유광억을 잡아오라 했으나 지레 겁을 먹은 유광억은 친척들과 함께 술을 마신 뒤 몰래 강물에 빠져 생을 마감했다.

# 제題「역학대도전」후後

『연암별집』「방경각외전」에 실려 있으며 연암 31세 무렵의 작품으로 추측되는데 일실逸失되어 내용을 추고할 뿐이다.

「역학대도전」이란 '학문을 팔아먹는 큰 도둑놈의 전'이라는 뜻이다.

학문을 팔아먹는 큰 도둑놈이라. 돈을 벌기 위해서 실속 없는 글을 써서 팔아먹는다는 매문賣文이 어디 그때만의 문제이련마는 지금과는 그 의미가 사뭇 다르다는 데 있다.

연암은 당대, 학문을 내세워 파당을 짓고 자기만 옳다고 여기는 한편, '향원'을 미덕으로 여겨 두루뭉술하니 자기의 주견을 밝히지 않고 권력의 주변인 서울의 남산에서 지내는 자들을 경계하기 위하여 「역학대도전」을 지은 것이다. 그러니 '학문을 팔아먹는[易學] 큰 도둑놈[大盜]'이란 바로 썩어 문드러진 '조선의 부유腐儒'이다.

# 봉산학자전

鳳山學者傳

"집안에서 효도하고 밖에서 어른을 공경하면

배우지 않았어도 배웠다 할 만하다."

이말이 비록 지나친 바가 있지만

위선적인 풍조에 경종을 울릴 수 있다.

공명선公明宣, 증자의 제자이 증자의 문하에 다니며

글을 읽지 않은 것이 삼 년이나 잘 배웠다고 했다.

한 농부가 들에 나가 농사일을 하면

부부간에 예절을 깍듯이 지켰으니

눈으로 글을 알지 못했지만

참된 학문을 했다 하겠다.

이에 「봉산학자전」을 쓴다.

작품이 오늘날까지 전해지지 않아 자세히 알 수 없으나 이 소설에 등장하는 부부는 둘
다 꽤 괜찮은 사람인 것 같다.

## 등장인물

**봉산학자**　　봉산에 사는 농부로 비록 배우지는 못하
였지만 부부간의 예절을 깍듯이 지킨 이
일 듯하다.

**봉산학자의아내**

봉산에 사는 농부의 아내로 부부간의 예
절을 철저히 지킨 여인일 듯하다.

# 봉산학자전

鳳山學者傳*

「봉산학자전」은 '봉산에 사는 학자 농사꾼의 전'이
라는 뜻이다.

연암은 「방경각외전 자서」에서 「봉산학자전」을 지은 동기를 다음
과 같이 밝혔다.

"집안에서 효도하고 밖에서 어른을 공경하면 배우지 않았어도 배웠다
할 수 있다." 이 말이 비록 지나친 바가 있다 하더라도 위선적인 풍조에 경
종을 울릴 수 있다. 공명선公明宣, 증자의 제자이 증자의 문하에 다니며 글을 읽
지 않은 것이 삼 년이나 잘 배웠다고 했다. 한 농부가 들에 나가 농사일을
하면 부부간에 예절을 깍듯이 지켰으니 눈으로 글을 알지 못했지만 참된
학문을 했다 하겠다. 이에 「봉산학자전鳳山學者傳」을 쓴다.

入孝出悌 未學謂學 斯言雖過 可警僞德 明宣不讀 三年善學 農夫耕野
賓妻相揖 目不知書 可謂眞學 於是述鳳山學者.

연암은 양반과 서민 사이를 서성이는 글쓰기를 하지 않았으며 옳고
그름을 분명히 했다. 여기서 '옳고 그름을 분명히 했다'는 것은 매우 종
요로운 명제다.

모든 문화에는 크게 '중심'과 '주변'이라는 두 가지 현상이 있는데 문학도 예외는 아니다. 주변부의 문학은 끊임없이 중심부로 이동하려 하고 중심부의 문학은 이와 반대로 중심의 자리를 굳게 고수하려 한다. 따라서 주변부와 중심부 사이의 진동 폭이 좁혀지며 중심과 주변의 위치가 서서히 바뀌는 것이다. 연암의 소설은 아직 중심부로 이동하지 못한 상태였다. 따라서 중심부의 문학이나 가치와 그의 작품이 부딪쳐 일어나는 진동이 예사롭지 않을 것임을 능히 짐작할 수 있다. 당시는 '문필진한 시필성당文筆秦漢 詩必盛唐'이니 중세라는 관성의 법칙에 지배당한 '붕어빵 문장'이 판칠 때였다.

위에서 "공명선이 증자의 문하에 다니며 글을 읽지 않은 것이 삼 년이나 잘 배웠다고 했다"는 문장을 살펴 보자. 공명선은 공부를 하지 않았는데 그럼 무엇을 배웠다는 말인가?

이 말은 「내편」 제4 "계고" "명륜"『소학』에 등장하는데 원문은 다음과 같다.

공명선이 증자의 제자로 문하에 있은 지 3년이 되도록 글을 읽지 않으니 증자가 말하였다.

"선아, 네가 나의 문하에 있은 지 3년이 되었지만 배우지 않음은 무슨 까닭인고?"

공명선이 대답했다.

"어찌 감히 배우지 않았겠습니까, 제가 선생님께서 가정에 계실 때 보니 어버이가 계시면 일찍이 개나 말에게도 성내어 꾸짖지 않으셨습니다. 제가 기뻐하여 배우고 있으나 아직도 잘되지 않습니다. 제가 선생님께서 손님 접대하시는 것을 보니 공손하고 검소하며 게을리하지 않으셨습니다. 제가 기뻐하여 배우고 있으나 아직도 잘하지 못합니다. 제가 선생님께서 조정에 계실 때를 보니 아랫사람을 엄격하게 대하시지만 그들을 헐뜯거나 손상하지 않으셨습니다. 제가 기뻐하여 배우고 있으나 아직도 잘하지 못하고 있습니다. 제가 어찌 감히 배우지 않으면서 선생님의 문하에 있겠습니까"했다.

공명선이 스승 증자에게 배운 것은 세 가지다.

첫째, 어버이가 계시면 일찍이 개나 말에게도 성내어 꾸짖지 않은 것이다. 어버이가 계실 때 행동을 삼가 큰소리를 내지 않는 것은 자식의 당연한 도리이기 때문이다.

둘째, 손님 접대를 게을리하지 않고 공손하며 검소한 것이다. 내 집을 찾는 사람을 공손히 대하고 검소하게 대접하기를 게을리하지 않는 것은 손님을 맞는 사람의 도리다.

셋째, 아랫사람을 엄격하게 대하지만 그들을 헐뜯거나 마음을 상하게 하지 않는 것이다. 아랫사람의 잘못을 꾸짖는 것은 윗사람으로서 마땅한 일이다. 허나 아랫사람을 얕잡아보고 헐뜯거나 마음이 다치게 하지 않는 것은 윗사람의 도리다.

요즈음 우리의 학교에서는 글자만 가르치는 개탄할 만한 일들이 벌어지고 있다. 증자와 같은 교육자로서의 행실, 그리고 스승의 행동을 마음으로 본받는 것이야말로 진정한 교육이라 할 수 있다. 우선 선생들부터 내 행실이 어떠하며 학생들에게 모범이 될 만한지 살필 일이다.

하여 홍길주洪吉周, 1786~1841는 「이생문고서」에서 이렇게 말했다.

> 공명선은 증자의 문하에 삼 년을 머물면서 책을 읽지 않았다. 내가 일찍이 말했다. 공명선이 『효경』과 『논어』를 읽은 것이 모두 만 번이니, 책을 읽지 않았다고 말할 수 없다. 하지만 이것은 오히려 성인을 얻어 스승으로 삼은 것일 뿐이다. 사람이 날마다 지내는 생활과 보고 듣고 하는 일이 진실로 천하의 지극한 문장이 아님이 없다. 그런데도 사람들은 스스로 글이라 여기지 아니하고 반드시 책을 펼쳐 몇 줄의 글을 빽빽하게 목구멍과 이빨로 소리를 낸 뒤에야 비로소 책을 읽었다고 말한다. 이런 식으로야 비록 백만 번을 하더라도 무슨 보람이 있겠는가?

연암은 그의 글 「초정집서」 등 여러 곳에서 공명선의 이야기를 하고 있다.

다시 「봉산학자전」으로 말머리를 돌려 보자.

여러 차례 언급했던 것처럼 연암의 소설은 서민들이 모여 사는 마을의 이야기에서 비롯되었다. 당시 이 소설과 비슷한 이야기가 널리 회자된 듯하다.

다행히도 이덕무의 「이목구심서」『청장관전서』 권50에는 「봉산학자전」의 근원이 되었을 법한 이야기 한 편이 실려 있다. 더구나 「산해경보」『청장관전서』 권62에는 연암이 「이목구심서」를 빌려갔다는 내용이 언급된다. 이로 미루어보건대 연암이 이를 보고 부연·첨삭한 것인지는 알 수 없지만 본 것만은 확실한 것 같다.

「이목구심서」의 '봉산학자'에 관한 이야기 전문은 아래와 같다.

봉산[1]에 농사를 짓는 백성이 있었다. 글을 볼 줄 몰랐으나 훈민정음은 조금 알았다.

집안에 『소학언해』[2]가 있었는데 마음속으로 흔연히 여겼다. 그래서 모든 행동거지와 말을 이에 맞추어서 하였다. 아내와 약속하고서는 출입할 때 서로 예를 차리기로 하였고 공경히 상대를 대하여 서로 앉아서는 날마다 『소학언해』를 읽었다. 이웃 사람들은 모두 비웃으며 크게 놀라서 보고는 미친 병이라고 했다.

어떤 사람은 손가락질을 하며 굶어 죽는 모양새라고 했으나 그들은 오히려 군건하게 지켜 굽힘이 없었다. 대저 봉산이라는 곳은 바닷가다. 예로부터 풍속이 거칠어 강폭하고 사나운 품성으로 농업이나 상업을 하여 생활을 하였다.

그중에서도 건장한 사람들은 큰 활쏘기를 익혀서 과거를 보았으나 공부를 하는 사람이라고 부를 만한 사람은 더욱이 드물었다.

이 백성은 본래 보고 들은 것이 없었으나 갑자기 마음에 느낀 바가 있어 열악한 환경 속에서도 스스로 힘썼으니 또한 훌륭한 것이 아니겠는가?

---

1    봉산(鳳山) : 함경북도에 있는 지명이 아닌가 싶지만 '바닷가'라는 점에서 어긋난다.
2    소학언해(小學諺解) : 『소학』에 한글로 토를 달아 번역한 책이다. 선조의 명으로 교정청에서 번역, 간행했다.

배움이란 바로 이러한 것이 아니겠는가.

여기서 봉산학자를 세상을 피해 숨어 사는 학자인 은일자로 본들 큰 무리는 없을 것 같다. 그는 비록 한글만 겨우 깨쳐『소학언해』만 뜨덤 뜨덤 뜯어 읽지만 부부간의 예절을 깍듯이 지킨다. 학문을 함으로써 지식을 배우고 익히는 목적은 바로 사람답게 살기 위해서다. 일껏 작정하고 배워 유수한 학자가 되고 대부가 되는 것만이 학문하는 이의 자세는 아니다. 더욱이 강포한 지역이라 남들이 하지 않는 글을 읽으니 이야말로 애써 배우려는 자의 학문하는 태도다.

조금 더해 뜻이 높은 선비의 한가로운 삶이라 칭해도 과하다 할 수 없을 듯하다. 조선 후기, 여느 양반이라고 쉬이 이 봉산학자의 삶을 하대할 수 있겠는가.

좀 더 구체적으로 연암이 박제가의『북학의』에 써준「서」를 살펴 학문의 길을 더듬어 보자.

학문하는 길에는 방법이 따로 없다. 모르는 것이 있으면 길을 가는 사람이라도 잡고 묻는 것이 옳다. 어린 종이지만 나보다 글자 하나라도 더 알면 우선 그에게 배워야 한다. 자신이 남과 같지 못한 것을 부끄러워하여 자기보다 나은 사람에게 묻지 않는다면 종신토록 고루하고 무식한 경지에 자신을 가두어두는 셈이다.

(…중략…) 그러므로 순임금과 공자가 성인이 된 것은 남에게 묻기를 좋아하고 잘 배운 데에 불과하다. 우리나라의 선비들은 세상의 한 모퉁이에서 태어나 한편으로 치우친 기질을 가지고 있다. 한 번도 하나라 땅을

밟아보지 못했고 눈으로도 중국 사람을 보지 못했다. 나서 늙고 병들어 죽을 때까지 이 나라 영토를 떠나본 적이 없다. 그래서 학의 다리가 길고 까마귀의 날개가 검은 것처럼 각기 타고난 품성을 바꾸지 못한 채 마치 개구리가 우물 안에 있듯, 두더지가 밭 흙을 뒤지듯, 홀로 그 땅만을 지켜왔다.

(…중략…) 진실로 법이 좋고 제도가 아름다우려면 아무리 오랑캐라 할지라도 나아가서는 스승으로 삼아야 한다.

(…중략…) 우리를 저들과 비교한다면 진실로 한 치만큼도 나은 것이 없는데 다만 한 줌의 상투를 묶어서는 스스로 천하에서 제일인 체하며, "지금의 중국은 옛날의 중국이 아니다"라고 하고는 그 산천을 버리고 노린내가 난다고 탓하며, 그 인민들은 개나 양 같다고 욕지거리를 하며, 그 언어는 뜻이 통하지 않는 오랑캐의 소리라고 모함하고는 아울러 중국 고유의 아름답고 좋은 법과 제도마저도 부정하니 그렇다면 장차 어느 나라를 본받아서 나아갈 것인가?

연암의 저 도도한 말길을 발맘발맘 따라가 보니 학문하는 길에는 방법이 따로 없다고 한다. 그리고는 "모르는 것이 있으면 길을 가는 사람이라도 잡고 묻고 어린 종이지만 나보다 글자 하나라도 알면 그에게 배워야 한다有不識 執塗之人學 而問之 童僕 多識我一字 姑學"고 말한다. 연암에게는 자기의 의견만 옳다고 여기는 '자시지벽自是之癖'이 없다. 그리고는 세상의 한 모퉁이 조선에서 태어난 선비들의 편향된 기질을 논하고 있다.

그야말로 한 줌의 상투를 틀어쥔 한 줌밖에 안 되는 양반들이 조선 사회가 공인한 권리를 등에 업고 나라를 아수라장으로 만드는 모습이 그려져 있다. 연암은 도수장에서 짐승을 도살할 때 정수리부터 찍어내듯이 글 속에 새파란 결기를 숨기고 내닫는다.

연암은 형식적이고 고루하기 짝이 없는 당시의 양반 사회를 이렇게 비판한다. 그리고 청나라를 인정하고 그들에게 배울 점은 배우는 실학을 통해 백성들의 삶을 윤택하게 해야 한다는 관점에서 학문하는 이들도 실질적이며 적극적인 자세를 취할 것을 강조하는 것이다. 우리가 연암 하면 이용후생이니, 중상학파니, 실사구시니 하는 실학 용어들을 떠올리는 것도 이 때문이다.

언젠가 신채호申采浩, 1880~1936의 「차라리 괴물을 취하리라」는 글을 보며 「봉산학자전」을 쓴 연암의 심정도 이러했을 것이라는 생각이 들었다.

소설의 공리성을 무척이나 높이 샀던 신채호는 소설을 '국민의 혼'이라고까지 하면서 많은 소설을 짓기도 했다. 「차라리 괴물을 취하리라」도 뒷부분이 누락되었는데 그 대략은 이렇다.

삼국 중엽부터 고려 말까지 염불과 목탁이 형세를 얻어 제왕이나 평민을 물론하고 남자는 여자에게 권하며, 할아버지는 손자에게 권하여 '나무아미타불' 하는 소리로 팔백년을 보내지 아니하였느냐. 조선 이래로 유교를 받듦에, 서적은 사서오경이나 그렇지 않으면 사서오경을 되풀이한 것뿐이며, 학술은 심心·성性·이理·기氣의 강론뿐이 아니었더냐. 이같이 단순하고 변화가 없는 사회가 어디 있느냐. (…중략…) 그 원인을 거슬러 올라가 찾아보면, 나는 없고 남만 있는 노예의 근성을 가진 까닭이다. 노예는 주장은 없고 복종만 있어 갑의 판이 되면 갑에 복종하고, 을의 판이 되면 을에 복종할 뿐이니 비록 마음의 심리상인들 무슨 혁명할 조건이 있으랴.

이렇기에 자기들과 다른 생각과 다른 삶을 살면 괴물로 보았다. 신채호 선생은 기꺼이 '내 차라리 괴물이 되겠다'고 한다.

연암시대는 더했다. 연암이 청나라 문물을 수용한다고 '청괴淸魁, 청나라 문물을 수용하는 괴수'라 하였고 문체소설체를 역병처럼 옮긴다고 '문둥이'라 했다. 지금도 우리는 다른 생각 다른 행동을 몹시 꺼린다. 그러나 문명의 발전은 "내 차라리 괴물을 취하리라! 괴물! 괴물!" 하는 이들이 이끈다. 연암의 글을 눈으로만 읽는 것은 아까운 시간 낭비이다. 마음으로 읽고 익힌 것을 행동으로 옮겨야 하기 때문이다. 율곡 이이李珥, 1536~1584 의 『격몽요결』에 나오는 말로 이 장을 마친다.

만약에 입으로 읽기만 하고 마음으로 체득하지 않으며 몸으로 실행하지 않는다면 책은 책대로요, 나는 나대로이니 무슨 이익이 있겠느냐.
若口讀而心不體 身不行 則書自書 我自我 何益之有.

## 제題「봉산학자전」후後

『연암별집』, 『방경각외전』에 실려 있으며 연암이 31세 무렵 지은 작품으로 추측되는데 일실逸失되어 정확한 내용은 알 수 없고 다만 추고할 뿐이다.

「봉산학자전」은 '봉산에 사는 학자의 전'이라는 뜻이다.

배움이란 과연 무엇인가? 「봉산학자전」의 이해는 '우리는 왜 배우는가?'라는 물음으로부터 시작해야 될 듯하다. 배움의 목적은 출세를 위함인가 부귀를 위함인가?

내 좁은 소견으로 보자면 학문이란 모름지기 스스로를 다잡으려는 '위기지학', 즉 사람이 마땅히 행해야 할 도리가 아닌가 한다. 사람의 마땅한 도리야 온 천지 사방에 있는 것 아닌가. 봉산에 사는 학자 농사꾼은 바로 이러한 삶을 실천하는 이일 것이다.

# 호질

虎叱

연암 씨燕岩氏는 말한다.

이 글은 비록 작자의 성명이 없으나,

근세 중국인이 슬프고도 분해 지은 작품이리라.

세상의 운수가 암흑시대에 들어

오랑캐 도적의 화가 맹수보다 더 심하다.

지금 몰염치한 선비들이 하찮은 글귀를 주어 모아

시세에 아양을 부려 호리고 있으니

이 어찌 남의 묘혈을 뒤지는 유자로서

승냥이나 이리의 먹이조차 못될 것들이 아닐까.

범, 인간, 창귀 등 다양한 인물이 등장한다.

**배경**      정鄭나라

## 등장인물 ─────────────────────────────

**범**

비록 인간은 아니지만 이 작품을 의인소설로 본다면 주인공이라 할 수 있다. 범은 북곽 선생으로 대표되는 봉건 사회의 부유腐儒들을 땅땅 얼러 꾸짖는 역할로 연암을 대리하는 인물이다. 예로부터 범은 산군山君 : 산신령이라고도 불렸다.

**동리자**

과부로 국가에서 열녀문까지 받은 열부이나 아비가 다른 다섯 아들을 두고 있을 정도이니 그야말로 '열녀전 끼고 서방질하는 여인네'요, '허튼 계집'이 분명하다. 더구나 이번에는 아들들에게 나라에서 내로라하는 유명 학자 북곽 선생과 정을 통하는 현장을 발각당한다.

**북곽선생**   나라 안에서 이름 높은 선비지만 거탈만
학자인 척하는 속유(俗儒). 밤이슬 맞으며 남
몰래 과부와 사랑을 속삭일 정도로 의뭉
스럽기도 하며 동리자의 '각성바지' 다섯
아들의 고함치는 소리에 똥줄 빠지게 도
망치다 똥통에 빠진다.
범을 만나서는 목숨을 구걸하며 야살을
떨고 농부를 만나서는 변명을 늘어놓는
위선자다.

**다섯아들**   동리자의 아들들로 아버지가 다른 '각성
바지'들이다.
자기들의 어머니가 열녀라고 철석같이 믿
고 그 어머니와 사랑을 속삭이는 북곽 선
생을 변신한 여우인 줄 착각하고 습격할
정도로 꺼벙하다.

**농부**  정나라 어느 고을에 살고 있는 농부로 이른 새벽 북곽 선생이 똥통에서 나와 범에게 빌고 있는 모습을 보고 어찌 된 영문인지 묻는다. 부지런한 서민층을 대변한다.

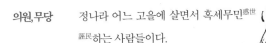

**의원, 무당**  정나라 어느 고을에 살면서 혹세무민惑世誣民하는 사람들이다.

**창귀**  범에게 먹을거리로 사람을 추천하지만 끝내 그들도 범에게 잡아먹힌다. 권위자에게 아부하는 부패한 인간 군상群像이다.

## 이해와 감상

「호질」은 연암의 나이 44세인 1780년, 청 고종 70수연 사절단에 동행해 중국을 여행하고 돌아온 뒤 처남 이재성의 집과 연암 골짜기를 왕래하며 지은 『열하일기』, 「관내정사」에 수록되어 있는 소설로 당시에도 꽤 유명한 작품이었다. 그런데 박종채가 아버지 연암에 관해 적은 『과정록』에는 「호질」에 대한 언급이 없다. 그의 아들 박규수朴珪壽, 1807~1877가 우의정에, 박선수朴瑄壽, 1823~1899가 공조판서에 올랐음에도 조부인 연암의 문집을 간행하지 못한 까닭은 「호질」과 「허생」이 유림들로부터 비방을 받아왔기 때문이 아닐까 싶다.

「호질」은 소박한 농부와 위선적 사대부인 북곽 선생을 대비시켜 독자들로 하여금 범의 꾸중보다 더욱 심한 힐책을 자아내게 하는 우언寓言 : 뜻을 직접 말하지 않고 다른 사물에 비유함으로써 의견이나 교훈을 나타내는 말 기법을 활용한 소설이다. 연암이 주목했던 타락한 양반과 부상하는 서민의식이 오롯이 담긴 작품이다.

연암의 기질에 부합하니 '연암스럽다'는 표현이 꼭 들어맞는 소설이다. 이덕무의 『청장관전서』에 수록된 연암의 시 한 편으로 그의 성품을 어림잡으며 논의를 이어 보자.

> 물과 명징한 모래 외로운 섬에
> 하야로비 같은 신세 티끌 한 점 없네.

위의 시를 적어둔 곳에서 이덕무는 이러한 연암을 포용도에 비견했다.

포용도는 우리에게는 포청천包青天, 999~1062이란 이름으로 더욱 친근한 청백리다. 그는 강직한 성품을 지녔고 관리로 재직할 당시 청렴결백했음은 물론 황제에게 직언도 서슴지 않았으며 억울한 백성 편에 서서 그들의 고충을 해결하는 등 정의 실현에 앞장섰던 인물이다. 그래서 포청천은 지금도 여러 문학 장르의 소재로 쓰이고 있다. 지금도 그렇지만 저 시절에는 청백리보다 탐관오리의 숫자가 더 많았기에 청백리는 그만큼 돋보일 수밖에 없었다. 포청천은 그런 점에서 가히 독보적인 존재인 만큼 그에 관한 일화는 수없이 많다.

이덕무의 글은 포청천이 잘 웃지 않는 것처럼 연암의 시문 역시 얻어보기 어려움을 비유한 것이었다. 실상 연암이 남긴 시는 몇 편 되지 않는 점으로 미루어보아 그가 시보다는 주로 산문소설을 통해 사물을 이해했음을 알 수 있다. 그러나 조금만 다른 각도에서 생각해보면 포청천과 연암 모두 성격이 올곧다는 점을 쉽게 짐작할 수 있으니 단순히 시를 얻기 어렵다는 비유로 받아들이는 데 그칠 것이 아니라 보다 적극적인 이해가 필요할 것 같다.

그렇다면「호질」은 포청천의 일갈이나 다름없다.

## 「호질」의 작자를 둘러싼 논란에 대하여 ─────────

학자들 간에 왕왕 벌어지는 「호질」의 작자가 연암인지 아닌지에 대한 시비에 관해 짚고 넘어가려 한다.

그간의 연구 결과에 따르면 「호질」의 작자를 두고 ① 연암이 지었다는 연암 창작설, ② 중국인이 지었다는 중국인 창작설, ③ 연암이 중국인을 끌어들였다는 연암 가탁설, ④ 중국인의 원작품을 본밑으로 재창작하였다는 연암 절충설 등으로 나뉘어 합일점을 찾기가 쉽지 않다.

「호질」의 저작 상황은 「호질전지前誌」와 「호질후지後誌」에 기록되어 있다. 주지하듯이 「호질」은 『열하일기』, 「관내정사」에 수록된 소설로 1780년 7월 28일 날짜로 실려 있다. 따라서 「호질」 전후반부의 관련 내용을 각각 「호질전지」와 「호질후지」라 이름 붙이기로 한다.

「호질전지」에는 연암이 산해관에서 연경으로 가는 도중 옥전현玉田縣이란 곳에 묵게 되었을 때의 일이 소략하게 적혀 있다.

연암은 심유붕沈有朋의 점포 벽에 기록된 절세기문의 격자를 발견하고 고국에 돌아가 사람들에게 보여주어 한바탕 웃게 하기 위해 정 진사는 중간부터, 자신은 처음부터 베꼈는데 숙소에 돌아와 살펴보니 정 진사가 베낀 부분에 잘못 쓴 글자와 빠뜨린 자구가 많아 자신의 뜻으로 대략 얽어 만든 작품이 「호질」이라고 설명했다.

「호질후지」에는 "원래 작자의 성명과 제목이 없었는데 아마 근세 중국인이 비분하여 지은 것일 테고 글 중의 '호질虎叱' 두 글자를 뽑아 제목을 삼았다"고 기록되어 있다.

결국「호질전지」와「호질후지」에 따르면 이 작품은 연암 자신이 쓴 소설이 아니라 중국의 점포에서 본 절세기문을 베낀 것이다. 이 말은 곧「호질」의 작자에 관한 시비로 이어진다.「호질」을 읽기에 앞서 이렇게 작자 문제부터 독자들의 기대를 배반하는 상황이니 그야말로 소설제작 과정부터가 우의로 에두르는 셈이다.

　물론「호질」의 '전지'와 '후지'를 허구인 작품이 사실적인 기록이라고 주장해 개연성을 더하려는 실록이론쯤으로 간단히 설명할 수도 있지만「호질」의 작자가 누구인지는 좀 더 심도 있게 살펴볼 필요가 있다.

　결론부터 말하자면 이 글은 '연암 절충설'을 따른다.

　그 이유는 이렇다.

　연암이「호질」의 원작품이 되는 글을 정 진사와 함께 베끼자 집주인인 심유붕은 그에게 무얼 하려느냐고 묻는다. 이에 연암은 이렇게 말한다.

　돌아가서 우리나라 사람들에게 한 번 읽혀서는 모두들 허리를 잡고 한바탕 웃게 하려는 거요. 아마 이것을 읽는다면 입안에 든 밥알이 벌처럼 날아갈 것이며 튼튼한 갓끈이라도 썩은 새끼처럼 끊어질 거외다.

　연암의 진술에 의하면「호질」의 원작은 '허리를 잡고 한바탕 웃을 만한 글'이다. 원작대로라면「호질」은 상징과 우언을 두루 아우르는 기법으로 '썩은 선비'들을 통매하는 뛰어난 소설일 것이다. 우언은 궤변으로 세상을 농락함이고 우스갯소리는 실상이 아니요, 오히려 거만하게 세상을 조롱하는 것이니 여간한 글이 아닌 셈이다. 그렇다면 심유붕이 과연 그런 명문을 베끼는 조선 선비의 심정을 몰라서 연암에게 '거 뭣에 쓰렵니까?'라는 우문을 던진 것일까?

작자와 맞대면해 풀 수 있는 의문이 아니기에 가설을 세워본다면 연암이 본「호질」원작은 범이 등장하는 그럴듯한 글이었을 가능성을 풍긴다. 그렇다면 이것을 읽은 연암이 돌아가서 '입안에 든 밥알이 벌처럼 날아가고 튼튼한 갓끈이라도 썩은 새끼처럼 끊어질 만한 글을 만들 수 있겠는데……'라는 생각을 하고 베꼈을 것이라는 추론이 가능하다.

사실 연암의 모든 소설이 이미 있었던 이야기에서 끌어왔기에 진실과 그의 작품의 간극은 그리 크지 않다. 문제는 범을 에둘러 내놓아도 북벌北伐이나 당대의 사대부들과 가까이 닿은 내용이기에「호질전지」와「호질후지」를 내세운 채 자신의 글이 아니라고 뒤로 물러선 것은 아닐까? 다음 장에서 볼「허생」에 대해서도「허생 전지」와「허생 후지」를 써서 윤영의 작품이라고 주장한다는 점에서 충분히 이러한 의심을 품어볼 수 있다. 거침없이 붓을 들기에는 이미 연암의 나이가 적지 않았다.

그러면서도 연암은「호질」의 독자를 분명 '우리나라 사람[國人]'으로 적시했다. 외통수를 두기가 뭣해 저렇게 표현했으나 그한 자락만은 분명「호질」이 누구를 위한 글인지 밝히려는 의도였다. '독자를 상정하지 않는 작가는 없다'는 사실로 미루어 본다면 연암은 '작가는 나, 연암'이요, 독서인은 한문을 아는 '식자층'[양반]임을 명시한 셈이다. 이러한 것들이 서로 맞물려서「호질」이라는 한 편의 소설을 이룬 것이니 이것은 연암의 작품으로 보아야 한다.

「호질」의 작자에 대한 실증적 작업은 이쯤에서 거두고 우언 문제를 좀 더 살펴 보자. 「호질」이 우언이란 점을 알기 위해서는 독자의 눈썰미가 필요하다.

연암은 누가 뭐래도 조선 후기를 대표하는 소설가임이 틀림없다. 그렇다면 그의 소설이 성공한 이유는 무엇일까?

'주제의 구체화'와 '패설적 문체', 시정을 살아가는 '인물의 생동성' 등 몇 가지 원인을 찾을 수 있다.

그런데 「호질」은 연암의 다른 작품들과는 좀 다르다.

우언을 사용했기 때문에 주제를 찾기도 쉽지 않거니와 인물들을 파악하는 작업도 만만치 않다.

유득공은 『고예당필기』 권3, "열하일기조"에서 '기뻐서 웃고 성을 내어 욕하고 꾸짖음이 우언으로 섞여 있다'는 점을 「상기」, 「야출고북기」와 「호질」의 주요한 특징으로 들었다. 「호질」을 우언으로 보는 것이 분명한 발언이다. 우언이란 사물을 바르집어 말하지 않고 들떼놓고 말하는 수법으로서 독자에게 그만큼 생각할 거리를 요구하는 글쓰기 방식이다.

# 호질

虎叱

범은 지혜와 덕이 훌륭하고 사리에 밝으며 문무를 갖추었고, 자애롭고 효성이 지극하며 슬기롭고도 어질고, 빼어나게 용맹하며 장하고도 사나워 그야말로 천하에 적수가 없다.

그러나 비위는 범을 먹고, 죽우도 범을 먹으며, 박역시 범을 먹고 산다. 오색사자는 거목巨木의 구멍에서 범을 먹고, 자백도 범을 먹는다. 표견은 날아다니며범과 표범을 먹고, 황요는 범과 표범의 염통을 꺼내서먹는다. 활은 뼈가 없으니 범과 표범에게 삼켜져서는뱃속에 들어가 범과 표범의 간을 먹는다. 추이는 범을만나기만 하면 갈가리 찢어서 먹는다. 범은 맹용을 만나면 눈을 감고서는 감히 바라보지 못한다.

그러나 사람은 맹용을 두려워하지 않되 범은 두려워하니 범의 위풍이 그 얼마나 지엄한 것인가!*

범은 개를 먹으면 술 취한 듯하고 사람을 먹으면 귀신 붙는다. 범이 첫 번 사람을 먹으면 그 창귀[1]가 굴각[2]이 되어 범의 겨드랑이에 착 달라붙어서는, 범을 남

* 비위(狒胃, "비위는 범을 먹고 웅백은 도깨비를 먹는다", 「후한서」, 「예의지」)와 박(駁 : 박은 "말과 같으며 몸은 희고 꼬리는 검으며 외뿔에 범과 같은 어금니와 발톱을 가졌으며 울음소리는 북소리와 같다. 범이나 표범을 먹는다", 「산해경」)은 전설의 동물이다. 죽우(竹牛) 역시 전설 속 짐승으로 추정된다. 오색사자(五色獅子 : "황금색 털의 다섯 무늬에 형상은 사자의 한 종류이며 범을 먹는다. 하지만 그 이름은 모른다", 진계유, 「호회」)와 자백(玆白 : "자백이란 놈은 말과 비슷한데 날카로운 이가 있어 범과 표범을 먹는다", 「금총권서」)도 전설에 등장한다. 표견(豹犬) 역시 전설의 동물로 노건(露犬)이라고도 한다("능히 하늘을 날아다니며 범과 표범을 먹는다", 「일주서」). 황요(黃要 : 개의 일종으로 "황요는 범을 씹어먹는다"「음부경」)와 작은 놈은 청요(淸要 : "표범과 비슷하나 조금 작은 개의 일종인데, 허리 위는 누렇고 허리 아래는 검다", 「호회」)라고 하는데 능히 사람도 잡아먹는다. 활(猾 : "활은 뼈가 없어서 범의 입으로 들어가더라도 범이 씹을 수가 없다. 이후 범 뱃속에서 그 안을 깨물어 먹는다",「호회」)도 마찬가지다. 「추이수」(「태평광기」)를 보면 "한 짐승이 있어 그 모습은 범과 흡사하나 매우 컸다. (…중략…) 생물을 먹지 않지만

난폭함이 있어 생물을 만나면 죽인다"고 했다. 하지만 추이(酋耳 : 범의 일종으로 크고 꼬리가 길다 한다)가 범을 먹는다는 구절은 없어 연암이 인용한 출처를 알 수 없다. 맹용(猛㺉)도 전설 속 짐승이기는 하지만 그에 관한 구체적인 사실은 알려져 있지 않다.

의 집 부엌으로 끌어들여 그 집 솥의 둘레 위로 두 귀처럼 삐죽이 돋은 부분을 핥게 한다. 그러면 집주인이 배고픈 생각이 들어 아내에게 한밤중이라도 밥을 짓게 한다.

이렇게 범이 또다시 사람을 먹으면 이번에는 그 창귀가 이올彝兀이 되어 범의 광대뼈에 붙어살며, 높은 곳에 올라가 사냥꾼을 살핀다. 만약 골짜기에 함정이나 감춰둔 쇠뇌³가 있으면 먼저 가서 그 걸쇠나 방아쇠를 풀어버린다.

범이 세 번째 사람을 잡아먹으면 그 창귀는 육혼鬻渾이 되어 범의 턱에 붙어서는 평소에 아는 친구들의 이름을 죄다 주어섬겨 바친다.

어느 날 범이 창귀를 불러서는 말한다.

"날이 저물려고 하는데, 어디 가서 먹을 것 좀 얻을까?"

굴각이가 말한다.

"제가 미리 점찍어 두었습니다. 뿔을 가진 것도 아니고 날개를 가진 것도 아닌 머리 검은 물건입지요. 눈 위에 발자국을 남긴 것으로 보아 제자리에서 자축자축하다 뜨문뜨문 엉거주춤 걷는 걸음걸이하며 받

---

1    창귀(倀鬼) : 범에게 물려 죽은 사람의 넋이 다른 데로 가지 못하고 귀신이 되어 범을 섬기는 것을 창귀라 한다. 범이 먹을 것을 찾을 때면 늘 창귀가 앞장서서 인도한다고 한다. 악한 심부름을 하는 앞잡이를 견주는 말로도 쓰인다.

2    굴각(屈閣) : 창귀의 이름으로, 범이 첫 번째로 잡아먹은 사람의 혼령을 말한다.

3    쇠뇌 : 발사체를 유도하는 홈(걸쇠)과 방아쇠를 갖추고 있다.

드는 꼬리를 머리 뒤통수에 올려붙여 꽁무니도 감추지 못하는 그런 놈이옵니다.”

이올이가 말을 받는다.

“동쪽의 문에도 먹을 것이 있습지요. 그 이름은 의원이라고 부릅죠. 아가리에는 온갖 약초를 물고 있어서 살코기가 향기롭답니다. 서쪽 문에도 먹잇감이 있는데 그 이름은 무당이라고 합지요. 온갖 귀신에게 아첨을 떨어 날마다 부정을 타지 않도록 목욕하고 몸가짐을 가다듬어 제법 고기가 깨끗합니다. 바라옵건대, 이 두 놈 중에서 골라 잡수시지요.”

범이 수염을 뻗치고 불쾌함을 얼굴빛에 드러내며 말한다.

“의원의 의醫라 하는 것은 의심할 의疑 아니냐. 의심나는 것이 있으면, ‘여러 사람에게 시험합네’ 하고, 해마다 사람을 수만 명이나 죽이잖느냐. 무당의 무巫라는 것도 사실이 아닌 일을 거짓으로 꾸며대는 속일 무誣 아닌가. 아, 신을 속이고 백성을 현혹하여 해마다 남을 죽이는 숫자 역시 수만 명이다. 그래 수많은 사람들의 분노가 뼈에 사무쳐 금잠⁴이 된 것인데, 그 독 덩어리를 먹으란 말이냐.”

육혼이가 말한다.

“숲속⁵에도 고기가 있습니다. 어진 간과 의로운 쓸개, 충성을 끌어안

---

4   금잠(金蠶): 누에의 일종이다(“남쪽 사람들은 금잠을 기른다. 촉금을 먹이고 그 똥을 취하는데, 음식과 섞으면 사람을 중독시킬 수 있다”, 『속박물지』). 촉금은 중국 촉 지방의 금강 부근에서 생산되는 비단을 가리킨다.
5   여기서는 유림(儒林), 즉 유교의 도리를 닦는 학자들, 또는 그들의 사회를 말한다.

고 가슴속에는 깨끗함을 지녔답니다. 또 풍류를 머리에 이고, 예의를
밟고 다니며, 입으로는 여러 학설이나 주장을 내세우는 많은 학자의
말을 읊고, 마음으로는 만물의 이치를 꿰뚫어 그 이름은 큰 덕망을 지
닌 선비인 '석덕지유'라고 합니다. 등살이 두두룩한 것이 몸이 기름져
서 맵고, 시고, 짜고, 쓰고, 단, 다섯 가지 맛을 모두 갖추었습니다."

그제야 범은 기분이 좋아 눈썹을 치켜세우고는 침을 흘리며 하늘을
우러러 껄껄 웃으며 말한다.

"짐[6]이 더 듣고 싶은데, 어떤가?"

창귀들이 서로 다투어가며 범에게 소개하였다.

"일음과 일양을 도라고 하는데 선비들은 이를 꿰뚫어 봅지요. 금金은
수水를 낳고 수水는 목木을, 목木은 다시 화火를 낳고 화火는 토土를 서로
낳는 오행五行과 천지간의 음陰·양陽·풍風·우雨·회晦·
명明인 육기六氣가 서로 펴나가는 것인데도 선비들이
이를 인도하는 게지요. 이놈을 잡수시면 이보다 더 맛
좋은 것은 아마 없을 겁니다."*

범이 정색을 하고 얼굴빛이 변해 용모를 바로잡고
는 불쾌한 듯이 말한다.

"아, 음양이라 하는 것은 한 기운이, 즉 음이 없어지
면 양이 생기고 양이 없어지면 음이 생기는 게다. 헌

* "일음(一陰)과 일양(一陽)을 도(道)라
고 하는데"는 「주역」의 「계사전」에서
"일음일양(一陰一陽)을 도(道)라고 한
다"를 인용한 문장이다. 「계사전」의
원문은 다음과 같다.
"일음일양(一陰一陽)을 도(道)라고 한
다. 이 도를 계속해서 이어나가는 것
이 선(善)이요, 이것에 의해서 이루어
진 것이 성(性)이다." 이 글은 온 우주
의 삼라만상이 무궁한 변화를 일으키
는 것은 음과 양이라는 이질적인 두
기운 사이의 모순과 대립으로 인해 일
어나는 현상임을 뜻한다. 그러나 이어
지는 범의 말에 의하면 한 기운인 음
양을 공연히 나누는 것은 '부질없는
짓'이다.

---

6    짐(朕) : 옛날 황제가 스스로를 칭하던 말로 진시황이 처음 사용했다. 여기서는 범
      이 스스로를 이른 말이다.

데 이것을 둘로 나누었으니 그 고기가 잡될 수밖에. 또 오행은 그 정해진 자리가 있어서 애시당초 서로 낳고 말고 할 것이 아니란 말이지. 그런데 지금 저들은 억지로 자식과 어미의 관계로 만들고, 거기다가 짜다느니 시다느니 하고 가르니 그 맛은 정녕 순하지 않을 게다.

또한 육기는 제 스스로 행하는 것이지 남이 베풀어 이끄는 것을 기다리지 않는 법이다. 그런데도 지금 저들은 망령되이 잘 조절하고 보좌해서 천지의 마땅한 것을 이룬다는 재성과 보상[7]을 떠들어대며 사사로이 제 공인 양 과시하는구나. 저 딱딱한 놈을 먹다가는 질기고 딱딱해서 체하거나 토악질을 할 것이다. 그러니 쉽게 소화시킬 수 있겠느냐?"

정鄭나라 어느 고을에 벼슬을 탐탁하게 여기지 않는 학자가 살았으니 북곽 선생北郭先生이었다. 그가 나이 마흔에 손수 원고를 대조해 틀린 글자나 빠진 글자 따위를 바로잡아 교정해낸 책이 만 권*이나 된다. 또 『역경』, 『서경』, 『시경』, 『춘추좌전』, 『예기』, 『주례』, 『효경』, 『논어』, 『맹자』 등 구경九經의 뜻을 부연해서 다시 저술한 책이 일만오천 권이나 되었으니 천자가 그의 뜻을 가상히 여기고 제후들도 그의 명망을 사모했다.

*계산을 해보면 15살부터 책을 교정하고 저술했다 쳐도 하루에 2.7권씩, 25년간 매년 1,000권을 펴내야 가능한 수치다.

그 고장의 동쪽에는 아름다우나 일찍이 과부가 된 여인이 있었다. 이름을 동리자東里子라 불렀다. 천자가 그 절개를 가상히 여기고 제후가

---

7    재성(財性)과 보상(輔相) : 다듬어 이룩함과 도와서 바로잡음("천지의 도를 다듬어 이룩하고, 천지의 옳은 이치를 도와 바로잡는다",『주역』).

그 현숙함을 사모해 그 마을의 둘레를 봉해서 '동리 과부의 문'이라는 붉은 문을 세워 동리자가 정절을 잘 지키는 것을 표창하기까지 했다. 아닌 게 아니라 정말로 동리자는 수절을 잘하는 부인답게 슬하에 저마다 성을 달리하는 다섯 아들을 두었다.

다섯 놈의 아들들이 서로 떠들어댔다.

"강 북편 마을에서 닭이 울어대고, 강 남편 하늘에선 샛별이 반짝이는데 방 안에서 흘러나오는 저 말소리는 어찌도 그리 북곽 선생의 목청을 닮았지."

다섯 놈이 차례로 문틈으로 들여다보고 있노라니,

동리자가 북곽 선생에게 말한다.

"오랫동안 선생님의 덕을 사모하였습니다. 오늘 밤 선생님 글 읽는 소리를 듣고자 하옵니다."

북곽 선생은 옷깃을 바로잡고 점잖게 앉아서 시를 읊는다.

*원앙새는 두 사람의 사랑을 나타내는 것으로 원(鴛)은 암컷, 앙(鴦)은 수컷이다. 불륜 현장에 원앙 병풍을 친 아이러니한 상황이다. 반딧불이 흐르는 것으로 보아 계절은 초여름쯤으로 보인다. 개똥벌레가 반딧불을 빛내는 것은 사랑을 나누기 위한 필수적 수단이다. 개똥벌레 암놈은 날개가 퇴화되어 날 수 없기에 불을 반짝여 수놈을 유혹한다. 모양이 제각기 다른 가마솥과 세발솥은 다섯 아이들의 성과 외모가 다른 것을 비꼬는 표현이다. 마지막에 "흥이로다"라고 했는데 흥야(興也)는 시를 짓는 방법 중 하나로 남녀 관계를 다른 사물에 빗댄 표현이 많다.

원앙새는 병풍에 그려져 있고
반딧불은 흐르고 잠 못 이뤄
저기 저 가마솥 세발솥은
무엇을 본떠서 만들었을꼬.
흥이로다.*

이것은 바로 흥[8]이었다.

이를 엿보던 다섯 아들이 서로 말한다.

"'과부네 집 문간에는 들어가지 않는 것이 예다'라고 했잖아. 북곽 선생은 점잖은 분이야. 그런 짓을 안 할걸."

"내가 들었는데 정 고을의 성문이 헐어서 여우가 구멍을 팠다던데."

"나도 들었어. 여우가 늙어 천 년이 되면 몸을 바꾸어 사람 모양으로 변할 수 있다나 봐. 이놈이 북곽 선생으로 변한 게 아닐까."

그러면서 다시 서로 의논한다.

"내가 듣기에 여우의 갓을 얻은 사람은 대단한 부자가 되고, 여우의 신을 얻은 사람은 백주대낮에도 그림자를 감출 수 있고, 여우의 꼬리를 얻은 자는 남을 잘 꾀어서 사람들에게 기쁨을 준다고 하던데. 이 여우를 죽여서 나눠 갖지 않겠어?"

이러하여서 지체 없이 다섯 아들이 함께 에워싸고 들이닥쳤다.

북곽 선생은 크게 놀라 줄행랑을 놓으면서 사람들이 자기를 알아볼까 봐 두려워했다. 그래 한쪽 다리를 비틀어 올려 목덜미에 걸친 채 귀신의 춤을 추고 귀신처럼 웃음소리를 내며 문밖으로 나가 달음박질치다가 들에 파놓은 구덩이에 빠졌다. 그 안에는 똥이 가득 차 있었다. 북곽 선생이 간신히 무엇인가 휘어잡고 기어올라 머리를 내밀고 바라보

---

8  흥(興) : 『시경』의 "육의" 중 하나다. 육의는 풍·부·비·흥·아·송을 말하는데 흥은 말하고자 하는 바와는 전혀 무관한 사물을 먼저 읊음으로써 흥을 일으킴과 동시에 주장을 이끌어내는 표현법이다.

니 범 한 마리가 길을 떡하니 가로막고 있는 게 아닌가.

범은 눈살을 찌푸리고 얼굴을 찡그리며 구역질을 해대고는 코를 싸쥐고 머리를 왼편짝으로 돌려 "푸우!" 하면서 말한다.

"이 선비놈아, 구린내가 역하구나!"

북곽 선생은 머리를 조아리고 납작 엎드려서 기어 범의 앞으로 가서는 세 번 절하고 무릎을 꿇고 고개를 들어 우러러 말한다.

"범님의 덕이야말로 참으로 지극하십니다! 대인은 범님의 변화를 본받고, 제왕은 그 걸음걸이를 배우고, 인간의 자식들은 그 효성을 본받고, 장수는 그 위세를 본받습지요. 범님의 이름은 신령스런 용님과 나란히 짝을 이루시니, 한 번은 바람을 일으키시고 한 번은 구름을 일으키십니다. 저같이 궁벽한 땅의 천한 것은 감히 격이 떨어져 아래 축들에 딸려서만 있을 따름이옵니다."*

범이 꾸짖어 말한다.

"가까이 오지 마라! 저번에 내 들으니 '유儒:선비 유'란 '유諛:아첨할 유'라 하더니 정말이구나. 네가 평소에는 온 천하의 나쁜 이름은 모조리 모아서 망령되이 내게 덧씌우더니, 이제 다급해지자 낯간지럽게 아첨하는 것을 그 뉘라서 곧이 믿겠느냐.**

무릇 천하의 이치는 하나뿐이다. 범이 참으로 악하다면, 인간의 성품 또한 악한 것이고, 인간의 성품이 착하다면 범의 성품 또한 착한 것이다. 너희들이 수없이 많이 하는 말은 모두 사람으로서 또바기 지켜야 할

* '대인(大人)은 범님의 변화를 본받고'는 (『역경,』)「혁괘」 구오효의 "대인은 범이 변하듯 함이니 점칠 것도 없이 믿음이 있다"는 구절을 인용한 것이다. 대인은 바른 도로 천하의 일을 변혁시키기를 마치 범이 털갈이를 하며 변하는 것과 같다는 말이다.

** "'유(儒:선비 유)'란 '유(諛:아첨할 유)'"라는 것은 우리식 한자음에 따라 동음을 이용한 언어유희다. '의(醫)'란 곧 의심스러울 의(疑)요, '무(巫)'는 속일 '무(誣)'라는 언어기법도 연암의 솜씨다. '범도 상주는 잡아먹지 않는다'는 것은 우리 속담이며 범이 "오행은 제각기 자리가 정해져 있어서 상생이란 있을 수 없다" 하면서 전래의 오행상생설을 비판하거나 인성(人性)과 물성(物性)을 동일시하는 것도 연암식 사고의 전형이다. 이것은 비록 「호질」의 원작이 중국소설이라도 연암의 작품으로 볼 수 있는 근거가 된다.

다섯 가지 도리, 즉 인仁·의義·예禮·지知·신信이라는 오상五常을 떠나지 않더구나. 또 경계하고 권면하는 것이 모두 예禮·의義·염廉·치恥라는 사강四綱에 두기는 한다만.

그러나 서울에서 저 지방 고을의 사이에 의비형9을 받아 코가 베여 없고, 월족형10으로 발이 잘려 없으며, 자자형11을 당하여 얼굴에 글자를 새김질 당한 채 돌아다니는 놈들은 모두 군신유의·부자유친·부부유별·장유유서·붕우유신이란 오품五品을 거역한 놈들 아니더냐. 그럼에도 죄인의 처형이나 고문 등에 쓰이는 기구인 세 겹으로 된 노끈·먹바늘·도끼·톱 등이 부족해 날마다 공급하기 바쁘니 그 모진 짓거리를

---

9  의비형(劓鼻刑) : 코를 베는 형벌로 권세 있는 사가에서 노비의 죄를 다스릴 때 자행한 적이 있다. 세종이 이를 엄중히 금한 후 역대 왕은 본형을 불법행위로 간주해 엄히 단속했다(『대전통편』, 「형전 추단안」).

10  월족형(刖足刑) : 단근형의 일종으로 발뒤꿈치의 힘줄을 베어 죄인을 절름발이나 앉은뱅이로 만드는 매우 잔인한 형벌이다. 이 역시 사가에서 노비의 죄를 다스릴 때 자행되는 경우가 있어 세종은 법으로 이를 금했다(『대전회통』, 「형전 추단안」). 그러나 패륜 행위를 하는 자에게 문중 혹은 마을 사람들이 사적인 벌로서 행하는 풍습이 존재했다.

11  자자형(刺字刑) : 신체의 한 부위에 먹물로 글씨를 새겨넣는 형벌인데 주로 도적에게 부과되었다. 조선시대 법전 『대명률직해』를 보면 창고를 지키는 자가 그 안의 전곡을 훔쳤을 때는 오른팔에 '도관전(盜官銓)'이라는 글자를 새겼고, 대낮에 남의 재물을 빼앗은 자의 오른팔에는 '창탈(搶奪)'이라고 새겼다. 자자하는 글자는 사방 1촌 5푼 방형(方形)으로, 획과 획 사이의 넓이는 1푼 5리였다. 조선시대의 기록에 따르면 절도로 죄를 짓고 사면받은 뒤 다시 절도죄를 범한 자의 왼쪽 팔꿈치 뒤에 자자했다고 한다. 얼굴에 자자하는 경면형(黥面刑)은 도둑의 창궐을 막기 위한 방편으로 사용되었으나 실제 시행된 경우는 그리 많지 않았다. 중종 20년 실록에는 "경면형으로 다스려진 죄인은 다만 2명뿐이다"라고 적혀 있다. 1740년(영조 16년) 자자형의 조문을 없애고 형구를 거두어 소각하라는 교서에 의해 폐지되었다.

멈출 방도가 없구나.

그러나 범의 세계에는 원래부터 이와 같은 죄인을 다루는데 쓰이는 형구가 없다. 이러한 이유로 보면 범의 성품이 어찌 사람보다 어질다고 하지 않겠느냐.

우리네 범들은 풀과 나무를 먹지 않고, 버러지와 물고기도 먹지 않아. 누룩으로 빚은 술 같이 퇴폐해 바른 도리를 어지럽히는 것들도 즐기지 않고, 새끼를 배거나 알을 품고 있는 짐승들과 자잘한 것들은 차마 먹지 않는다. 산에 들어가 노루나 사슴을 사냥하고 들에 나가 말이며 소를 잡아먹되, 일찍이 먹고사는 걱정을 하거나 끼닛거리 때문에 관가에 호소해 판결을 구하는 송사도 없으니, 우리 범이 사는 도리야말로 어찌 언행이 바른 게 아니냐!

헌데 우리가 노루나 사슴을 잡아먹을 때 네놈들은 범을 미워하지 않다가도, 우리가 말이나 소를 잡아먹기라도 하면 원수처럼 떠들어댄다. 이것은 아마 노루나 사슴은 인간에게 은혜를 베풀지 않지만 말이나 소는 너희들이 부려먹은 공이 있기 때문이 아니더냐! 그런데도 너희들은 마소가 태워주고 복종하는 수고로움과 충성하고 따르는 정성도 다 저버리고는 매일 도살하여 푸줏간을 그득 채우고 뿔이나 갈기마저도 남기지 않더구나.

그리고는 다시 우리 먹잇감인 노루와 사슴까지 침범해 우리들이 산에서 먹을 게 모자라게 하고, 들에서도 먹을거리가 없어 굶주리게 했다. 하늘로 하여금 이를 공평하게 처리해달라면 너를 잡아먹어야 하겠느냐 놓아주어야 하겠느냐?

대체 제 것 아닌 것을 취함을 '도盜'라 하고, 남을 못살게 굴고 그 생명을 빼앗는 것을 '적賊'이라 한다. 네놈들은 밤낮을 가리지 않고 쏘다니며, 황황히 팔을 걷어붙이며 눈깔을 부릅뜨고, 함부로 남의 것을 착취하고, 훔쳐도 부끄러운 줄을 모르지. 심지어는 돈을 '형'이라 부르지 않나, '장수가 되기 위해 아내를 죽이는 일'까지도 있지 않나. 이러고도 다시 인류의 떳떳하고 변하지 않는 도리에 대해 이러쿵저러쿵 이야기할 수는 없을 것이다.\*

뿐만 아니라 메뚜기에게서는 식량을 가로채 먹고, 누에로부터는 그 옷을 빼앗아 입고, 벌을 가두어 그 꿀을 긁어먹고, 아 심지어는 개미 알로 젓갈을 담가서 제 조상에 제사 지낸다고 하니, 그 잔인하고 박정한 행실이 너희보다 심한 것이 어디 있느냐?\*\*

너희는 말만 했다 하면 '이치'를 논하고, '성품'의 움직임이 어떻고 하며, 번번이 하늘을 일컫더구나. 하지만 하늘이 마련한 바로써 본다면 범이나 사람이 다 매한가지 동물이요, 하늘과 땅이 만물을 낳아 기르는 이치로 논한다면 우리네 범과 메뚜기·누에·벌·개미와 사람도 모두 함께 길러지는 것이니 서로 도리에 벗어난 짓을 할 수 없는 것이다. 그 선악으로 시시비비를 따져보라. 공공연히 벌과 개미의 집을 노략질하고 긁어가는 놈들이야말로 단연코 천지간의 큰 도적이 아니며, 메뚜기와 누에의 살림을 제멋대로 빼앗고 훔쳐가는 족속이야말로 어찌 인의仁義:도

\* 『진서』에 의하면 옛날 돈은 가운데 구멍이 모났으므로 '공방형(孔方兄)' 또는 '가형(家兄)'이라고도 불렀다고 한다. 임춘이 지은 「공방전」이라는 가전체 작품의 주인공은 돈이다.
"장수가 되기 위해서 아내를 죽이는 일"은 중국 전국시대 위나라 병법가인 오기(吳起)의 고사다. 오기의 아내는 제나라 사람이었다. 오기는 노나라에서 증자로부터 학문을 배우다가 제나라가 노나라를 치자 무장으로 등용되었는데 이 과정에서 아내가 제나라 사람임을 꺼리는 참소가 들어오자 아내를 죽임으로써 충성심을 과시했다고 한다.

\*\* "개미 알로 젓갈을 담가서 제 조상에 제사 지낸다"는 말은 『예기』의 「내칙」편에 등장한다. 『예기』는 예의를 강조하는 조선시대의 생활 지침서였다. 이 중 「내칙」편은 남녀의 거처와 부모를 섬기는 법을 적은 장이다. 남녀칠세부동석'도 여기서 나온 말이다. 원문은 "단수에는 개미 알로 만든 젓갈을 쓴다"고 했다. 단수란 생강, 계피 등을 섞어 찧어 만든 '육포'다.

<sup>덕</sup>의 큰 적이라고 하지 않겠느냐?

범은 일찍이 표범을 잡아먹어 본 일이 없다. 진실로 차마 제 동족을 해치지 못하는 까닭이다. 그리고 범이 노루와 사슴을 잡아먹은 것을 셈해본다 한들 너희들이 노루와 사슴을 잡아먹은 것만큼 많지는 않다. 또 우리가 말과 소를 잡아먹은 것을 헤아린들 너희들이 말과 소를 잡아먹은 것만큼 많지 않다. 기가 막힌 것은 범이 사람을 잡아먹은 것이 너희들이 서로 간에 잡아먹은 것만큼 많지 않다는 사실이다.

지난해 관중<sup>12</sup>이 크게 가물었을 때 백성들끼리 서로 잡아먹은 자들이 수만이었다. 더구나 그 앞서 산동<sup>13</sup>에 큰 물난리가 났을 때에도 백성끼리 서로 먹은 것이 수만 아니었더냐.

비록 그러하나 백성끼리 서로 잡아먹는 일이 많은 것을 따지고 들자면 어찌 춘추시대만 하겠느냐. 춘추시대에 덕<sup>德</sup>을 세우겠다며 군사를 일으킨 것이 열 하고도 일곱 차례요, 원수를 갚겠다고 일으킨 전쟁이 서른 번이나 된다. 피는 천리를 흐르고, 엎어진 시체는 백만에 달했다.

그러나 범의 족속들은 홍수와 가뭄을 알지 못하기 때문에 하늘을 원망할 까닭이 없다. 또 원망도 은혜도 잊고 지내기 때문에 다른 동물이 눈을 부라릴 이유도 없지. 오직 하늘의 명을 알고 거기에 순종할 뿐이라서 무당이나 의원의 간교함에 현혹되지도 않는다. 또한 타고난 성품을 그대로 지니고 있는 까닭에 세속의 이해에도 마음이 병들지 않으니

---

12  관중(關中) : 중국의 섬서성 지방.
13  산동(山東) : 중국의 산동성 지방.

이것이 범의 슬기롭고도 성스러운 점이다.*

또 우리 가죽의 한 아롱무늬에서 족히 온 세상에 문
文을 과시하는 것을 엿볼 수 있고, 지극히 짧막한 무기
에도 의존하지 않고 다만 발톱과 이빨의 날카로움만
쓰는 것에서 온 천하에 그 무武를 빛내는 것이다. 종묘
제사에서 쓰는 술그릇에 범과 원숭이를 새겨넣는 것
은 천하에 효를 넓히려는 것이렷다. 또 우리는 하루에
한 번만 사냥한다. 그리고 까마귀, 솔개, 청개구리, 말
개미 등이 모두 함께 우리가 먹다 남긴 음식물인 대궁
을 나누어 먹게 하니 그 인仁이야말로 이루 다 말할 수
없는 것 아니냐.

그러나 남을 헐뜯어서 윗사람에게 고해바치는 놈들은 먹지 않는다.
고칠 수 없는 병이 든 자나 상을 당한 자도 먹지 않으니 그 의義로움을
이루 다 밀힐 수 없는 것이다.

그런데 너희들이 먹는 것을 볼작시면 참으로 어질지 못하다!

덫을 설치하고 함정을 만들어놓는 것도 부족해 새 그물·고라니 그
물·물고기 그물·네 귀를 잡고 들어 올리는 그물·꿩그물·작은 물고기
잡는 어망 등을 만들지 않았느냐. 애당초 그물을 엮어 만든 놈이야말
로 천하에 가장 큰 화근을 퍼뜨려놓은 게다. 게다가 쇠꼬챙이니 양지
창·팔모창·자루가 네모진 구멍 난 도끼·날이 세모난 창·삼지창·뾰
족창·작은 칼·긴 창 등이 생겼겠다. 돌쇠뇌포란 물건도 있더구나. 이
것을 쏘면 그 소리가 어찌나 큰지 화악산14도 무너뜨릴 만하고 불꽃은

* '천형(踐形)'은 형체의 이치를 실천
한다는 뜻이다. 쉽게 말해 '사람의 탈
을 썼으면 사람답게 행동하라'는 것이
다. 이 말은 『맹자』, 「진심」상 38장
에 나오다. "맹자가 말씀하시기를, 형
체와 안색은 우리에게 하늘이 주신 본
성이니 오직 성인인 뒤에야 형색을 실
천할 수 있는 것이다(孟子曰 形色 天性
也 惟聖人然後 可以踐形)." 맹자의 말을
빌자면 천형은 성인만이 가지는 것이
다. 이 소설에서 '범'은 '저 생긴대로
만족하고 제가 타고 난대로 성실히 생
활한다'는 '천형'을 가졌으나 인간은
그렇지 못했다. "사람이 사람이라고
사람이냐, 사람이 사람다워야 사람이
지!(ㅅㅅㅅㅅㅅㅅ)"라는 연암의 일갈
이 들리는 듯하다.

천지 조화를 내뿜어 천둥치는 소리보다도 사납더군.

이러고도 부족해 그 잔학함을 더욱 드러내려고 이제는 보드라운 털을 쪽쪽 빨아서는 아교를 녹여 붙여 날을 만들었더구나. 몸뚱이는 대추씨처럼 뾰족하고 길이는 한 치가 좀 못 되게 하여 오징어 먹물에다 담갔다가는 세로 가로로 멋대로 치고 찌르니, 그 굽음은 세모창 같고 날카로움은 작은 칼 같고 예리함은 긴 칼 같고 갈라짐은 가지창 같고 곧음은 화살 같고 팽팽하기는 활 같지. 이 병기가 한 번 번뜩이면 모든 귀신들이 밤중에 곡을 할 지경이라니, 그 서로 잡아먹기로도 가혹함이 누가 너희 놈들보다 더할 자 있겠느냐."*

북곽 선생이 공경의 뜻을 나타내기 위하여 자리를 옆으로 앉아 고개를 숙이고 엎드린 채 꽁무니를 뒤로 빼고는 두 번 절하고 머리를 까딱까딱하면서 말한다.

"전하는 말에, '비록 악인이라도 목욕재계하면 상제 上帝 : 하느님 를 섬길 수 있다'고 했습니다. 궁벽한 땅의 천한 신하는 감히 아랫바람에만 있을 따름입니다."

그리고 숨을 죽인 채 잠잠히 범의 말을 기다렸다.**

한참이 되었으나 범의 말이 없다.

* "이 병기가 한 번 움직이면 온갖 귀신이 밤중에 곡소리를 낼 지경이다'라는 말은 붓으로 문자를 써서 온갖 못된 짓을 다한다는 비유다. 무기에 대한 앞의 글과 연관 지어보면 범의 말은 '칼도 무섭지만 붓이 더욱 무섭다'는 뜻이다. 범은 어찌나 무서운지 '귀신들조차 곡을 할 수밖에 없다'고 했다. 이 말은 옛날에 창힐이 한자를 처음 만들자 귀신이 밤에 울었다는 데서 따온 것이다. 연암은 범의 입을 빌려 붓의 무서움에 대해 적고 있다. 툭하면 '문자 운운'하며 문제를 해결한답시고 붓을 휘두르는 글깨나 읽은 이들의 횡포를 날카롭게 지적한 것이다.

** "비록 악인이라도 목욕재계하면 상제를 섬길 수 있다'고 했습니다." (『맹자』, 「이루」 장구 하). 원문은 다음과 같다.
"서시(西施)라도 더러운 것을 몸에 바르면 사람들이 코를 가리고 지나갈 것이요, 비록 악인이라도 목욕재계를 하면 상제라도 섬길 수 있을 것이다."
서시는 오왕 부차의 애첩으로 나라를 기울게 할 만한 미인이라 해도 더러운 것을 뒤집어썼다면 사람들은 코를 막고 지나친다는 말이다. 뒷 문장에서 '악인'은 '용모가 추한 사람'을 가리킨다. 이 말은 '스스로 마음을 가다듬어 악을 버리고 선으로 돌아가라'는 뜻이다. 이어지는 글을 보면 우리의 북곽 선생은 목숨을 구하고자 이 말을 끌어

14  화악산(華嶽山) : 중국의 오악(五嶽) 중 서악으로 불리는 산으로, 섬서성 산음현 남쪽에 있다.

북곽 선생은 참으로 두렵고 황공하여 절을 하고 두 손을 맞잡고는 비비적거리며 머리를 조아리다가 슬몃슬몃 고개를 들어 바라보니 동방이 희붐히 밝아오는데 범은 이미 가고 없다.

쓰긴 했지만 아직도 위선에 가득 차 있으니 목욕재계를 한들 상제가 받아들일 리 없다.

한 농부가 아침 일찍이 묵정밭을 일구려고 나오다가 북곽 선생을 보고 묻는다. "아니 선생님께서 무슨 일로 이 꼭두새벽에 들판에다 절을 합니까?"

북곽 선생이 말한다.

"내가 들었도다.

　　　'하늘이 높다 한들
　　　감히 몸을 안 굽히며,
　　　땅이 암만 두텁다 한들

감히 재겨 딛지 않을쏘냐.'
하였느니라."*

* '새벽 호랑이 중이나 개를 가리지 않는다'는 속담이 있던 시절이다. 사람을 잡아먹으러 내려온 범의 먹잇감조차 되지 못하고 핀잔만 들은 북곽 선생은 농부에게 『시경』 자락을 운운하며 엉뚱한 말주변을 늘어놓는다.

"하늘이 높다 한들 (…중략…) 않을쏘냐"는 『시경』, 「소아, 기부지십」 "정월" 6번째 시에 나오는 구절이다. 이 시에는 간신이 국정을 문란케 하니 의로운 선비가 화를 입지 않도록 조심한다는 뜻이 숨어있다. 바람피우는 현장을 들킨 사람 입에서 '국정 문란 운운'이며 '의로운 선비 타령'이 웬 말인가?

# 「호질후지」

虎叱後識

연암 씨<sup>燕岩氏</sup>는 말한다.

이 글은 비록 작자의 성명이 없으나, 근세 중국인이 슬프고도 분하여 지은 작품일 것이다.

세상의 운수가 암흑시대에 들어 오랑캐 도적의 화가 맹수보다 더 심하다. 지금 몰염치한 선비들이 하찮은 글귀를 주어 모아 시세에 아양을 부려 호리고 있으니 이 어찌 남의 묘혈을 뒤지는 유자로서 승냥이나 이리의 먹이조차 못될 것들이 아닐까. 이제 이 글을 읽어 보니 말이 이치에 어그러진 점이 많은 것이 『장자』의 "거협편", "도척편"과 뜻을 같이한다고 보겠다.*

그런데 천하의 뜻있는 선비들이 어찌 하루라도 중국을 잊는단 말인가?

지금 청나라가 중국 대륙을 지배한 지 겨우 사대<sup>四代</sup>이나, 문과 무를 아울러 오래 누리고 백 년 동안이나 태평스러우니 온 세상이 극히 편안하고 조용하다. 이것은 한나라, 당나라의 시대에도 없던 일이었다. 이처럼 편안히 터를 닦고 뿌리를 박아 심으려는 뜻을 보

* '남의 묘혈(墓穴)을 뒤지는 유자로서 승냥이나 이리의 먹이조차 못될 것들이 아닐까'라는 말이 등장하는 「잡편」, "외물" 편(『장자』) 중 일부를 인용하면 다음과 같다.

유자(儒者)는 「시경」과 「예기」의 기술을 구실 삼아 무덤을 파헤친다. 대유(大儒)가 말을 전했다. "동방이 밝아온다. 일이 어찌 되느냐?" 소유(小儒)가 말했다. "수의를 아직 다 못 벗겼는데 입안에는 구슬이 있습니다." "『시경』에 진실로 '푸르고 푸른 보리가 무덤가에 무성하네. 살아 베풀지 않았는데 죽어서 어찌 구슬을 입에 머금었는가'라고 한 것이 있지 않더냐? 그 살쩍을 잡고 뺨을 눌러라." 소유가 쇠망치로 그 턱을 두드려 천천히 그 볼을 벌려 입안의 구슬을 깨지지 않게 꺼냈다.

이 글은 「시경」과 「예기」를 핑계로 나쁜 일을 행하는 유자들을 풍자한 시다. 입안에 저승노자로 넣어둔 반함마저 꺼내며 주고받는 모습은 유자들로서는 낯 뜨거운 상황이다. 더욱이 "살아 베풀지 않았는데 죽어서 어찌 구슬을 입에 무는가"라는 말을 통해 살아생전 좋은 일이라고는 한 적이 없는 위인임을 알 수 있다. 더욱이 '훔치는 자'와 죽은 자 모두 유자인 반어적 상

니, 이 또한 하늘로부터 천명을 받은 제황이 아닌가 싶다.

옛날에 맹자의 제자인 만장萬章이 일찍이 "하늘이 중국 태고의 성인 순舜 임금에게 천하를 가지라고 거듭 일러 친절하게 명하였다"라는 말을 의심하여 선생인 맹자에게 질문한 적이 있었다.

그러자 맹자는 분명히 하늘의 뜻을 몸받아서 말하기를, "하늘이 말씀하신 적이 없다. 순 임금의 행실과 그가 온 백성들에게 베푸는 일로써 하늘의 뜻을 보여주신 것일 뿐이다"라 하였다.

내가 일찍이 『맹자』를 읽다가 이 부분에 이르러, 아주 의심스러워 감히 묻는다.

"순 임금이 온 백성들에게 베푸는 일로써 하늘의 뜻을 보여주신 것일 뿐'이라면, 저 청나라 오랑캐를 이용하여 중국을 변화시킨다는 것은 천하의 커다란 욕이요, 백성들의 원성이 심한 것은 또 어찌한가? 좋은 향내와 비린내·노린내 나는 제물은 각기 그들이 닦은 덕행에 따라 부류를 함께하는 것인데, 모든 신은 어떤 냄새를 받아먹을 것인가?"

그러므로 인간의 처지에서 본다면 중국과 청나라 오랑캐가 분명히 나눔이 있겠지마는, 하늘로서 본다면 은나라의 후[1]란 모자나 주나라의 면류[2]라는 모자 모두 각기 시대에 따라서 만들어진 것이다. 어찌하여

황이다. 연암은 평소에 선비로서 이 반함을 부끄럽게 여긴 듯하다. 이 문장에서 연암은 「호질」이 바로 '무덤이나 파헤치는 유자'를 공격하는 글임을 분명히 드러낸다. 연암이 하고 많은 책 중 『장자』를 인용한 것은 양반들이 그토록 목숨처럼 지키려 했던 이미 저 승꽃이 점점이 박힌 유교 논리에 대한 통박이다.

---

1    후(冔) : 은나라의 관.

반드시 청나라의 붉은 모자인 홍모紅帽만 의심을 둘 것인가.

이러해서 곧 '하늘의 뜻이 정해지면 사람을 이기게 되고 사람이 많으면 하늘의 뜻을 어길 수가 있다'는 이야기가 사람들 사이에서 떠돌게 되었다. 그리고 사람과 하늘이 서로 함께하는 만물의 원리인 이理는 물러나고, 외려 물질적인 바탕을 이르는 기氣를 받아들이게 되었다.

또 이런 문제로 앞서 성인의 말씀을 체험해보고 맞지 않으면 생각할 겨를도 없이 '세상의 길흉화복의 운수가 어찌도 이와 같단 말인가' 하고 말한다. 아 슬프구나! 이것이 어찌 참으로 길흉화복과 운수가 그러해서겠는가?*

* 연암은 「호질」의 작자 문제를 운운하다가 엉뚱하게도 청나라를 옹호하고 나선다. 연암은 지금이 청나라의 시대임을 분명히 하면서도 명나라를 잊지 못하는 안타까움을 적었다. 연암은 청나라에 무게중심을 두었는데 당시 조선의 정계는 아직도 '숭명배청'을 목놓아 부를 때였기에 이 문제는 그리 간단치 않다. 이처럼 국가적 불문율에 반하는 발언을 하는 연암의 속내는 무엇일까? 이어지는 글을 보면 연암은 마치 이를 만회하기라도 하려는 듯 청나라를 비판하고 나선다.

슬프다!

명나라의 명맥이 끊어진 지 이미 오래다.

중국의 인사들이 만주인의 풍습으로 머리를 뒷부분만 남기고 나머지 부분을 깎아 뒤로 길게 땋아 늘인 변발을 한 지도 백 년의 세월을 넘겼으되 자나 깨나 가슴을 치며 문득 명나라를 생각하는 것은 무슨 까닭인가? 차마 중화³를 잊을 수 없어서인가.

한편으론 청나라가 취하는 정책도 어쭙잖은 것이다.

---

2 　면류(冕旒) : 주나라의 관.

3 　중화(中華) : 중국 사람이 자기 나라를 일컫는 말로, 세계의 중앙에 있는 문명국이라는 뜻이다.

지나간 시대 오랑캐 출신 임금들의 치세 말기에는 중국에 동화된 나머지 쇠망했던 것에 비추어 이를 경계하는 글을 '쇠로 된 비'에 새겨 파수를 보는 곳에 묻어두었다. 그러나 저들이 평소 하는 말에는 일찍이 스스로 저희들의 옷과 벙거지를 부끄러워하지 않음이 없건마는, 오히려 저희들의 복색을 억지로 중국인들에게 강요하여, 이것으로 강하고 약한 형세를 따져 알뜰히 옷과 벙거지를 마음에 담아두니 어찌 이다지 어리석단 말인가.

중국 주나라를 세운 문왕의 깊은 꾀와 그의 아들 무왕의 엄하고 사나운 기상으로도 오히려 은나라의 마지막 왕인 주왕紂王이 처음에는 성하다가 점점 쇠퇴해 무너져가는 것을 붙잡지 못했다. 하물며 자질구레하게 한낱 옷과 벙거지만으로 저희들의 강한 형세를 유지하려고 해서야 쓰겠는가.*

옷과 벙거지가 참으로 전쟁을 수행하는 데 편리한 것이라면 북쪽 오랑캐나 서쪽 오랑캐의 것이라 하여 싸우는 옷과 벙거지로 안 될 이유가 무어란 말인가?

힘이 강하다면 능히 서북쪽의 다른 오랑캐들로 하여금 도리어 중국의 옛 습속을 따르게 해야 한다. 그러한 연후에야 비로소 천하에 홀로 강함을 드러내는 것이다. 천하의 사람들을 모두 욕보이는 땅에 몰아넣고는 호령하여 말하기를, '잠시만 너희들이 수치를 참고서 우리를 따른다면 강하게 될 것이다'라 하니 나는 군이 저러한 복색을 해야만 강하게 된다고 하는 이유를 알지 못하겠다.

*청나라의 복색 문제를 겨냥하고 있다. 명나라 사람 모두의 '입성'이 '청나라의 복색'이라고 해서 저들이 청나라 사람이 된 것은 아니다. 그래서 연암은 "가령 백성들이 한번 청나라의 홍모(紅帽 : 청나라 사람들이 쓰던 붉은색 모자로 변발과 함께 오랑캐 풍습의 상징처럼 인식되었다)를 벗어서 땅에 팽개쳐버린다면 청나라 황제는 앉아서 천하를 잃게 될 것이다. 철비를 세워 후세에 교훈을 삼으려던 것이 참으로 부질없는 것이 아닌가"라고 되뇐다.

반드시 도둑의 소굴인 신시新市와 녹림綠林 사이를 누볐던 서한西漢 말년의 적미적赤眉賊이라는 도적처럼 눈썹을 붉게 칠하고, 동한東漢 말기에 황건적黃巾賊처럼 수건을 누렇게 물들여 두름으로써 사람들과 스스로를 다르게 해야만 하는 것은 아니다. 가령 저러하다면 어리석은 한 백성이 청나라의 붉은 벙거지를 벗어 땅에다 내동댕이친다고 하자, 그러면 청나라 황제는 이미 앉아서 천하를 잃어버리게 되는 것이 아닌가.

앞의 이러한 까닭으로 스스로 믿고서 청나라가 강하다고 한다면, 곧 도리어 망해가는 나라를 구할 겨를조차 없다. 저 '쇠로 된 비'를 묻어놓아 후세에 전하려는 교훈이 어찌 부질없는 짓이 아니겠는가.

이 편은 원래 제목이 없었기에 이제 글 가운데 '호질' 두 글자를 뽑아서 제목으로 삼는다.

중국의 산하가 맑아질 날을 기다려보기로 하자.

『열하일기』, 「관내정사」[4]

---

4    관내정사(關內程史) : 산해관에서 연경에 이르는 기록.

# 제題「호질」후後

『열하일기』, 「관내정사」에 실려 있으니 1780년 연암 44세 때의 작품이다.

「호질」은 순정醇正하지 못하다는 비판 때문에 『연암집』의 간행을 오래도록 지연되게 한 작품으로 『허생』처럼 양반과의 첨예한 대립이 두드러지는 소설이다. 연암은 진리를 말하는 동물과 위선적인 학자와 열녀를 묘하게 뒤틀어 내세워놓고 이야기를 진행한다.

우언이란 기법을 사용한 이 넌센스적인 발상에 동음어를 교묘하게 활용하고 우리의 민담과 전설을 적절하게 버무린 생략과 압축이 빛을 발하는 소설이다.

범을 등장시켜 사람을 꾸짖거나, 의원의 의醫를 '의심 많을 의疑'로, 무당의 무巫를 '남을 속일 무誣'로 푸는 등 동음어를 활용한 언어유희를 통해 사대부의 위선이라는 무거운 주제를 희극석이면서도 냉소적으로 풀어냈다.

큰 범이 배가 고파 청렴한 선비 고기를 먹기로 하고 부유腐儒의 은유인 북곽 선생을 찾는다는 '트릭'은 당대의 소설로서는 놀라운 수준이다.

정나라 어느 고을에 도학으로 이름난 북곽 선생이라는 선비가 정려문을 하사받은 동리자라는 열녀와 정을 통한다. 열녀에게는 각성바지 아들이 다섯 있었는데 이 아들들이 과부인 어머니의 방에서 나는 소리를 듣고는 여우가 침입한 것으로 오인해 방을 에워싸고 들이닥친다. 상류 사회의 저네들 이야기가 적실할진데 내용은 그게 아닌 것 같다.

다급해진 북곽 선생은 어마지두에 혼겁해서 도망쳐 달아나다가 분
뇨 구덩이에 빠진다. 겨우 머리만 내놓고 발버둥 치다가 기어 나오니
이번에는 사람을 잡아먹으려던 큰 범이 앞에서 기다리고 있다. 범은
더러운 선비라며 탄식하고 유학자의 위선과 아첨, 이중인격 따위를 신
랄하게 비판한다.

연암은 범의 입을 빌어 '선비 유는 아첨 儒者諛也', '도적盜賊', '잔학殘
虐', '돈을 형님으로 부름呼錢爲兄' 따위의 표현으로 양반을 에둘러 겨냥
했다. 당시 양반들에게는 더없이 자극적인 단어들이니 이쯤 되면 망조
亡兆로 수놓인 사회다. 많은 이들이 허위에 굴복한 대가로 안락한 삶을
누릴 때 연암은 이를 마다하고 양반들의 자성을 촉구하는 목소리를 높
였다.

희붐한 새벽녘 북곽 선생은 정신없이 머리를 조아리고 목숨만 보전
하려 빌었는데 고개를 들어보니 범은 보이지 않고 아침에 농사일을 하
러 가던 농부만이 저를 쳐다보고 있잖은가. 부끄러운 북곽 선생, '고추
따면서 똥 싸는 척' 의뭉스럽게 자기는 지금 '하늘을 공경하고 땅을 조
심하는 중'이라고 변명해댄다. 엉너리 치는 품새가 가증스럽다. 명예
와 체면을 형편없이 잃어버린 북곽 선생, 그야말로 '모양새가 개잘량'
이요, '똥감태기'다.

「호질」은 이렇게 행간에서 눈을 질끈 감고 위선을 일삼는 사대부들
에게 퍼붓는 연암의 불편한 심기를 읽는 재미가 있는 작품이다. 연암
의 글을 읽는 데는 표면적 이해뿐 아니라 행간을 볼 줄 아는 지혜가 필
요하다. 몇 마디 첨언한다.

연암은 이 소설의 제목을 '호질虎叱 : 범의 꾸짖음'이라고 하면서 '중국의 산하가 맑아질 날을 기다려보겠다'는 말로 글을 마쳤다.

독자에게 '말은 다하였으나 뜻은 아직 다하지 않았네'라는 여운을 던진 것이다. 표면적으로야 중국의 혼탁한 정세를 겨냥해서 쓴 중국인의 작품이라는 뜻이지만 지금껏 그래왔듯이 범은 연암의 분신이요, 중국은 조선이라고 보는 것이 더 무난한 해석이다.

글깨나 쓰는 이들은 종종 이러한 수법을 사용한다.

이를 다른 차원에서 설명하자면 달을 직접 그리지 않고 구름을 그려서 달을 드러내는 '홍운탁월법洪雲拓月法'이요, 뜻은 안에 있으면서 잠시 속여두는 '츤탁법儭托法'이다. 두 가지 모두 객체를 묘사함으로써 주체를 더욱 선명하게 드러내는 수법이라는 데서 범이 꾸짖는 인물도 조선의 양반이요, 중국 산하가 맑아질 날을 기다리겠다는 것도 우리 조선을 가리키는 것임을 알 수 있다.

# 허생

許生

---

세상에는 진실로 이름을 감추고

몰래 숨어서 세상을 희롱하고 불공한 자가 있다.

어찌 홀로 허생에게만 그러한 의심을 둘 것인가?

평계의 국화꽃 아래서 술을 조금 마시고

붓을 들어 쓰노라.

이 작품은 각계각층의 복잡한 인물들로 구성되어 있다.

## 등장인물

**허생**   10년 기한을 정하고 시작한 독서가 7년 만에 그친 빈곤한 유생으로 뜻이 원대하고 기개가 있어서 남에게 얽매이거나 굽히지 않는 헌걸찬 선비다. 족히 나라를 구할 만한 인재임에도 등용되지 못하지만 경제와 학문의 참다운 가치를 실현하는 실천적 지식인이다. 연암의 분신으로서 연암의 실학사상을 가장 잘 드러내는 인물이다.

**허생의 아내**   바느질을 해서 호구를 꾸려가는 가난한 여인으로 애옥살림을 견디다 못해 남편의 무능을 원망한다.

**변씨**

허생이 만금을 차용하려 할 때 즉시 빌려 주고 후일 십만 금으로 돌려받을 정도로 안목이 넓다. 정치계까지 손을 뻗어 친분이 깊은 이완에게 허생을 소개하기도 한다. 부자로서는 보기 드물게 긍정적인 인물로 연암이 생각하는 바람직한 경제인의 초상이다.

**이완**

효종시대 어영대장을 지낸 실존 인물이다. 이 소설 속에서는 전형적인 조선 후기의 정치인으로 설정되어 있다. 변씨의 안내로 허생을 만나 그의 계책을 듣고는 모두 불가능하다고 말한다. 이에 허생이 그를 죽이려 하자 도망친다. 무능한 북벌론자들을 상징한다.

**윤영**  나에게 허생 이야기를 제보한 사람이다.

**조계원**  실존 인물로 무능한 북벌론자들을 상징한다.

**변씨의자제**　지금으로 치면 돈이 공물公物임을 모르고
부의 세습을 당연시하는 재벌가 자제의
전형이다.

**비장들**　이들의 이야기를 통해 돈과 관련된 신의信
義와 의협義俠, 의로움, 인간적 긍지 등의 구
체적 가치를 볼 수 있다. 돈이 바람직하게
사용될 때 발생하는 효용을 보여주는 인
물들이다.

**변산도적들**　상식이 통하지 않던 세상에서 절벽 위에
서있는 듯한 심성으로 내일 없는 오늘을
살던 따라지 목숨들이다. 허생을 만나 사
람이 살지 않는 '알섬'에서 비로소 가정을
꾸리지만 그리 오래가지는 못할 것 같다.

**나**　허생 이야기를 이끄는 인물이다.

## 이해와 감상

'돈'과 '명예', '권력'은 시대와 공간을 불문하고 줄곧 우리의 삶을 지배하는 세 강자로 군림해왔다. 그런데 요즈음 '돈'이 삼두체제三頭體制를 허물고 셋 중 단연 최고의 위치에 등극하더니 신격화神格化의 경지에까지 오르고 있다. 전 세계인이 한마음 한뜻으로 "일체향전간!一切向錢看: 모두 돈만 보세!"을 외치는 시대다.

오늘날 0과 1, 두 개의 숫자만으로 모든 정보와 계산을 신속 정확하게 처리하는 컴퓨터처럼 돈만 있으면 무엇이든 할 수 있다고 생각하는 사람들이 많다. 정녕 이제 돈을 더럽다고 '아도阿堵: 이까짓 것' 취급하거나 '무물불성無物不成: 돈이 없으면 아무것도 이룰 수 없음'이란 말에 손사래를 칠 이가 없는 시대다. 이제는 일반적으로 "부자 되세요"라는 말을 덕담으로 받아들인다.

덕담인지 아닌지는 알 수 없지만 요즘 세태를 반영하는 말인 것만은 분명하다. 우리네 모습은 마치 탐천貪泉: 일명 석문수(石門水)라고도 하는데 이 물을 마시면 결백하던 사람도 성품이 변해 물욕이 생긴다고 한다을 파고 또 파는 사람들 같다.

「허생」은 연암이 1780년, 44세의 나이로 청고종 70수연에 동행해 중국을 여행하고 돌아온 뒤 처남 이재성의 집과 연암 골짜기를 왕래하며 지은 『열하일기』, 「옥갑야화」에 수록된 소설이다. 우리는 「허생」에서 탐천을 마시고 돈과 명예, 권력에 휘둘리는 이들과 바른 삶을 정립한 경제인과 지식인讀書人의 초상을 엿볼 수 있다.

연암소설 중 「허생」은 당대의 모순된 현실을 '지적하고 고발'하는 작품 경향에서 벗어났다는 점에서 의의가 있다. 연암은 「허생」에 적극적으로 '대안을 제시하고 모순을 시정'하려는 의도를 담아냈다. 허생의 경제적 행동, 변산의 도둑 해결, 시사삼책 제시 등이 바로 그것이다. 독자는 이 점을 놓치지 말아야 한다.

# 허생

許生

옥갑玉匣에 돌아와서 여러 비장[1]과 함께 머리를 맞대고는 밤새 이야기를 했다.*

중국의 서울인 연경燕京 : 북경은 예전에는 풍속이 순후해 역관패들이 말하면 만 냥이라도 서로 빌려주고 했다. 그러나 지금은 저들이 우리에게 사기치는 짓을 능사로 여긴다. 그러나 그 곡절을 따지자면 아닌 게 아니라 먼저 우리로부터 시작된 것이었다.

30년 전쯤이었다고 한다.

한 역관이 빈손으로 연경에 들어갔다 돌아오다가 단골집 주인을 보고는 울었다. 주고[2]가 이상히 여겨 물으니 대답하였다.

"압록강을 건너려 할 때, 몰래 다른 사람의 은銀을 숨겨둔 것이 발각나 내 것까지 모두 관가에 몰수되었구려.* 이제 빈손으로 돌아가면 생

* 「옥갑야화」는 연암이 열하에서 돌아오던 중 옥갑에서 비장들과 밤새 나눈 이야기를 기록한 것이다. 이 야단스러운 이야기판은 현대소설에서 말하는 소위 액자소설의 구성을 지니기에 간단히 살펴보고 지나갈 것이 아니다. 이 책에서는 「허생」을 「옥갑야화」 이야기 전편으로 보았다.

「옥갑야화」에 따르면 연암이 이 이야기를 들었을 때는 20살이었는데 이야기를 한 것은 열하를 돌고 오던 44살 때였으니 작품 사이에 24년의 간격이 있는 셈이다. 「열하일기」를 탈고한 시점을 고려하면 약 27년의 시간을 두고 한 편의 소설로 빚어진 것이다. 전개되는 사건들이 인과적으로 연관성을 지니고 있으니 독자는 이 점에 주의해야만 연암이 말하려는 주제에 접근할 수 있다.

---

1  비장(裨將) : 사신을 따라다니며 일을 돕던 무관 벼슬.
2  주고(主顧) : 단골집 주인.

* 팔포법(八包法)에 저촉되어 몰수 당한 것이다. 조선 사람이 북경에 들어갈 때 은화를 가져가는 것은 금하고 인삼 10근씩만 허락했는데 숭정(崇禎, 1628~1644) 사이에 그 숫자가 점점 늘어 1인당 80근까지 허락하게 된 것을 가리켜 팔포라고 했다. 그 뒤로 은과 인삼 중 한 가지만 허용하는 조치를 계속하다가 강희(康熙, 1662~1722) 초년에 은자 2천 냥으로 정해졌다.

활을 꾸려나갈 게 없으니 돌아가지 않느니만 못하오."*

그리고는 칼을 꺼내서는 자신을 찌르려 하였다.

주인이 놀라서는 급히 안아 칼을 빼앗고는 말했다.

"대체 몰수당한 은이 얼마나 되는 게요?"

"삼천 냥이라오."

주인이 위로하며 말했다.

"대장부는 다만 제 몸이 없어지는 것이 걱정이지, 그래 그깟 돈이 없는 게 뭔 걱정이오. 지금 죽어 가면 다시는 돌아올 수 없는 것인데. 처자식은 어찌하겠소. 내 당신에게 만 냥을 빌려주리다. 다섯 해쯤 재물을 늘린다면 다시 만 냥은 얻을 게요. 그럼 그 돈으로 나에게 빌린 돈을 갚으시구려."

조선 역관이 이렇게 만 냥을 얻어서는 많은 물건을 사가지고 돌아왔다.

당시에 이 일을 알고 있는 사람이 없었기에 모두들 그 사람의 재주를 너무나 신기하게 여겼다.

조선 역관은 마침내 오 년 안에 크게 돈을 모아 거부가 되었다. 그리고는 스스로 역관의 명부에서 제 이름을 지워 버리고 다시는 연경에 들어가지 않았다.

한참이 흘렀다.

가까운 친구가 연경에 들어가게 되자 그에게 부탁하였다.

"연경 시내에 들어갔다가 만약 아무개 주고를 만날 것 같으면 응당 나의 안부를 물을 것일세. 그러면 온 가족이 돌림병에 걸려서 모두 죽었다고 말해주게나."

친구가 그런 망령된 말을 어떻게 하느냐고 자못 난색을 표하자 옛 역관이 말했다.

"만일 이와 같이 하고 돌아온다면 내 자네에게 백 냥을 줌세."

이후에 친구가 연경에 들어갔다가 과연 아무개 주고를 만났더니 역관의 안부를 묻기에 앞뒤를 갖추어 부탁받은 대로 대답하였다.

이야기를 들은 주고는 얼굴을 가리고 크게 애통해하면서 마치 비 오듯 눈물을 흘리며 말했다.

"아아! 하늘이시여. 어찌하여 착한 사람의 집에 이와 같은 참혹한 재앙을 내리셨나이까."

그리고는 백 냥을 주면서 말했다.

저 사람의 처자식까지 모두 죽었다 하니 상을 치를 사람도 없겠소그려. 그대가 고국으로 돌아가시면 나를 위해서 이 오십 냥으로 제물을 갖추어 죽은 이를 위로하는 전奠을 올려주고, 또 오십 냥으로 절에다 죽은 이를 위하여 재齋를 올려 명복을 빌어주시면 좋겠소만."

친구는 당황해 어쩔 줄을 몰랐으나 이미 거짓말을 한 뒤였다. 마침내 백 냥을 받아 돌아와서는 옛 역관 친구의 집을 찾아갔더니 이미 돌림병을 만나 가족이 몰사하여 남은 자가 없었다.

그 친구가 크게 놀랍고 또 두렵기도 하여 그 돈으로 주고를 위하여 재를 올리고 세상을 떠날 때까지 다시는 연경에 가지 않았다. 그가 말하기를, "내 면목이 없어 다시 주고를 볼 수 있겠나"라고 하였다 한다.*

* '만 금'은 '만 냥'이다. 정확하지는 않지만 조선시대의 1냥은 현재의 화폐로 약 3~4만 원의 가치가 있으니 3~4억 사이의 금액일 것으로 추정된다. 낯 모르는 타국의 역관에게 빌려주기에는 과한 액수인 듯 싶다.

어떤 이가 말했다.

"지사知事 벼슬을 한 이추李樞라는 이로 근래의 이름난 역관이 있었소. 평소 입에 돈이란 말을 담은 적이 없고, 연경을 출입한 지 40여 년이 되었어도 일찍이 손에 돈 냥을 쥐어본 적도 없답디다. 참으로 단정한 군자의 풍모를 지닌 이지요."*

누군가 말했다.

당성군唐城君 홍순언洪純彦은 명나라 만력3 때 이름난 역관이었지요. 그가 일찍이 북경에 들어가 창관娼館: 기생집에 놀러 갔더랍니다. 기생의 미색에 따라서 놀이챗값을 매겼는데 아, 천 냥금을 매겨놓은 여자가 있었다지 뭐요. 그래, 홍순언이 천 냥을 치르고 잠자리를 하려 했답니다. 여자는 나이가 열여섯으로 인물이 무척 뛰어났는데, 홍순언을 대하자 울면서 말하더랍니다.

"소녀가 높은 값을 매겨놓은 까닭이 있지요. 참으로 천하에는 대개 쩨쩨한 사내들이 많다고들 하기에 천 냥을 쉬이 손해 볼 자가 없으리라 생각하여 잠깐만 욕됨을 면하고, 하루 이틀 지내면서 어리석은 창관 주인을 속이다가 한 번 천하의 의기 있는 사내를 만나 제 몸을 속량4받고 아내로 삼아주기를 빌었던 것이에요. 그런데 제가 이 창관에 온 지 닷새가 되었지만 감히 아무도 천 냥을 가지고 오지 않았는데, 오늘 다행

---

3    만력(萬曆): 중국 명나라 신종(1573~1619)의 연호.
4    속량(贖良): 몸값을 받고 노비의 신분을 풀어주어 양민이 되게 하던 일.

스럽게도 천하의 의기 있는 분을 뵙게 되었습니다. 그러나 그대께서는 다른 나라 분이시라 법적으로 저를 데리고 가신다는 것이 마땅치 않을 것이고, 이 몸은 한 번 물들이면 다시는 완전해질 수 없게 되었군요."

홍순언이 그 처지를 몹시 가련히 여겨 여인에게 창관에 들어온 이유를 물으니 여인이 이렇게 말하더랍니다.

"저는 남경 호부시랑 아무개의 딸이랍니다. 집안이 적몰[5]을 당해 제 몸을 창관에 팔아 재물로 바쳐서 아버님을 죽음에서 구하려는 것이에요."

홍순언은 크게 놀라 말했지요.

"나는 실로 이와 같은 사정이 있는지 몰랐소. 지금 당장 누이를 빼내려면 치러야 할 몸값이 얼마나 되오."

여자가 "이천 냥이에요"라고 하자, 홍순언은 즉시 돈을 치르고는 작별하였답니다. 여자는 수없이 절을 하며 은혜를 칭송하고 홍순언에게 '아버지'라고 부르고서는 갔답니다.

이후 홍순언은 그 일을 전혀 마음에 남아두지 않았지요.

후에 홍순언이 또 중국 연경에 들어가게 되었는데, 길가에서 여러 명이 "홍순언이 들어오나요, 안 들어오나요?"라고 물어 괴이하게 생각했답니다.

연경 가까이 이르자 길 왼편짝에 성대하게 휘장을 쳐놓고

기다리고 있던 무리가 홍순언을 맞이하면서 "병부兵部의 석 노야[6]께

---

5    적몰(籍沒) : 중죄인의 재산을 몰수하고 가족까지도 처벌하던 일.
6    석노야(石老爺) : 석성(石星)의 존칭.

서 초청하는 것이옵니다" 하고는 관저로 안내하니, 석 상서[7]가 나와 맞으며 절을 하고는 "은혜로운 장인이시어. 공의 따님이 아버님을 기다린 지 오래되었습니다" 하면서 홍순언의 손을 잡고 내실로 인도하더랍니다. 그의 부인은 몸치장을 화려하게 하고 대청 아래에서 큰절을 올리기에 홍순언은 황송하여 어쩔 줄을 몰랐다는군요. 그러자 석 상서가 웃으면서 "아, 장인어른께서는 오래되어서 따님을 잊어버리셨습니까" 하니 홍순언이 그제야 비로소 그 부인이 지난날 창관에서 몸값을 대신 치러준 여인임을 알게 되었다더군요.

그녀는 창관에서 풀려나와 곧 석성이란 사람의 후실로 들어간 것이랍니다. 이후 연달아 석성이 높은 벼슬에 올라 귀부인이 된 뒤에도 손수 비단을 짜고 '보은'이라는 두 글자를 수놓았지요. 홍순언이 귀국하려 하니, 그녀는 전송하며 손수 보은이라 수놓은 비단인 보은단報恩緞과 기타 많은 비단과 금은 등을 셈할 수도 없이 듬뿍 행장 안에 넣어 주었다는군요.

그 뒤 임진왜란을 당했을 때는 석성이 병부의 장관으로 있으면서 힘써 명나라 군사의 출병을 주도했답니다. 이러한 것은 석성이 조선 사람을 의롭게 생각했기 때문이지요.*

* 역관(譯官) 홍순언(洪純彦, 1518~1608) 역시 실존 인물이다. 그의 이야기는 널리 퍼져 야담의 소재로도 종종 차용되었다. 홍순언이 연경에 갔다 오면 사람들이 비단을 사러 그의 집에 모여들었기에 그가 살던 동네를 '보은단동(報恩段同)'이라 했다고 한다. 홍순언을 대접했다는 석성(石星)은 명나라 병부상서를 지냈다. 석성은 우리나라와 인연이 있었던지 명나라가 청에 멸망하자, 그의 아들 석재금이 숙부, 손자와 함께 우리나라로 망명했다.

7    상서(尙書) : 중국 진나라 이래 천자와 신하 사이에 오가는 문서에 관한 일을 맡아 보던 벼슬.

또 어떤 이가 말했다.

우리 조선 상인들의 단골 주고였던 정세태鄭世泰는 연경의 갑부였다오. 그러나 그가 죽자 단 한 번에 집안이 몰락했고, 세태에게는 다만 손자가 한 명 있었는데 인물이 뛰어나게 아름답고 어려서 장희場戱 : 극장에 팔렸다나요. 세태가 살아 있을 적에 회계를 보는 점원으로 있던 임가林家라는 사람이 있었답니다. 그는 이때에 큰 부자가 되었는데 극장에서 한 미소년이 정희[8]를 하는 것을 보고는 마음에 두었다가 그가 정가네 아이라는 것을 듣고는 서로 부둥켜안고 울었다는군요. 그리고 마침내 돈 천 냥으로 몸값을 치르고 함께 집으로 돌아와 집안의 여러 사람에게 "잘들 보거라. 이 사람은 우리 집안의 옛 주인이시다. 연희를 하는 아이라고 천시하면 안 된다"고 말했답니다.

그 소년이 장성하자 임가는 재산을 반으로 똑같이 나누어서 살림을 차려주었다는군요.

세태의 손자는 몸이 오동통하니 살졌으며 흰 피부를 지녀 아름답고 고왔는데 하는 일 없이 연경의 성중에서 종이 연이나 만들어 날리면서 놀더랍니다.

어떤 이가 말했다.

"전에는 사고판 물건을 열어 점검하지 않고 곧장 연경에서 싸개질해준 대로 가지고 돌아와 치부책과 맞추어보면 조금도 차이가 나거나 어

---

8　정희(呈戱) : 극적 요소가 많이 들어 있는 노래와 춤.

그러짐이 없었잖소. 언젠가 흰 털모자를 잘 꾸려서 보낸 것을 귀국하여 열어보니 모두 하얀 모자지 뭡니까. 속으로 열어보지 않은 것을 후회만 했지요. 정축년丁丑年 : 1757년에 두 번이나 왕비 서씨와 대왕대비 김씨의 국상國喪이 나서 도리어 배나 값을 쳐 받게 되었다지만서도.”

그리고는 또 “저러한 일이 있는 것은 옛날과 다르다는 징표인 셈이지요. 근래에는 물건을 제가 포장하지, 주고에게 맡겨 짐을 꾸리지 않습니다”라고 말하였다.


또 어떤 이가 말했다.

“변승업이 병이 깊이 들어 돈을 놓은 총계를 셈해보려고 회계를 보는 청지기에게 치부책을 모아서 펼쳐보고 모두 헤아리니 은이 오십여만이었답니다. 그래, 그의 아들이 ‘너무 흩어놓으면 거두기가 번거롭고 시일을 오래 끌면 또한 줄어들 것이니, 그만 거두어들이겠습니다’ 했답니다.

그러자 승업이 벌컥 성을 내어 말하기를 ‘아, 이것은 서울 성안 만 가구의 목숨줄이야. 내가 어떻게 하루아침에 이것을 잘라버린단 말이냐. 빨리 불러들이지 못하겠느냐’ 했다는군요.

승업이 늙은 뒤에 자손을 불러다 놓고 경계하여 말했답니다.

‘내가 지난날, 영의정·좌의정·우의정 삼공三公과 육조의 판서, 좌우참찬參贊, 한성판윤漢城判尹 등 아홉 벼슬아치인 구경九卿분네들을 많이 섬겨보았다만 홀로 국론을 잡은 것이 자기 집 살림살이하듯 한 사람도 삼대까지 이어지는 집안이 드물더구나. 지금 나라 안의 돈놀이하는 사람들이 우리 집에 출입하는 것으로 보아 그 높고 낮음을 삼으니, 이 또한 국론 아니냐. 흩어버리지 않으면 또한 화가 미칠 게다.'

그러므로 그의 자손들이 많으나 모두들 아주 가난한 것은 승업이 늙어서 재산을 많이 흩어버려서라고 합니다."*

나도 일찍이 윤영尹映에게 들은 변승업이 부자된 내력을 꺼냈다.

승업이 부자가 된 데는 다 그럴 만한 유래가 있답니다. 한 나라 최고의 갑부로서 승업의 때에 이르러서는 조금 쇠해졌는데 바야흐로 처음 재산이 일어난 것은 운이 따르지 않았으면 어려운 일이었다고 하더군요. 허생의 일만 보아도 참으로 이상합니다. 운영이란 이가 말하기를 "허생은 끝내 이름을 드러내 말하지 않았으므로 세상에 알려지지 않아 그를 아는 사람이 없다" 하더군요.**

자, 이제 윤영에게 들은 이야기를 놓아보리라.

허생許生은 묵적동墨積洞에 살았다고 합니다.***

남산 밑으로 곧장 쭉 내리받이로 가다 보면 우물이 하나 있는데, 그 곁에는 오래된 은행나무가 한 그루서 있었다는군요. 허생의 집 싸리문은 그 은행나무를 향해 열려 있고, 몇 간 되지 않는 초가집은 그나마 비바람도 채 가리지 못했답니다. 그런데도 허생은 오직 책 읽기만 좋아할 뿐이어서 그 아내가 남의 삯바느질

* 변승업(卞承業, 1623~1709)이라는 역관 역시 실존 인물이다. 그는 역과에 합격해 한학교회를 지냈고 무역을 통해 축적한 부를 바탕으로 고리대금업(高利貸金業)을 했다. 변승업이 다방골(茶房洞)에 살고 있다는 이유로 서울에 한때 '다방골 변 부자'라는 말이 유행할 정도로 재력가였다고 한다.

** 「허생」은 본래 제목이 없는 작품이다. 『열하일기』, 「옥갑야화」에 수록되어 있으며 판본에 따라 「진덕재야화」(進德齋夜話)에 들어 있기도 하다. 이 소설의 제목을 「허생」으로 할지 「허생전」으로 할지를 두고 학자들 간에 논쟁이 있는데 「허생」으로 하는 편이 낫다고 본다. 굳이 일대기 형식의 '전'으로 보기 어렵다는 점을 근거로 들지 않더라도 「허생」이라 하는 데는 문제가 없다.

*** 그야말로 서발막대 거칠 것 없이 다 쓰러져가는 집에서 허생이 책 읽는 소리가 사립을 넘고 툇마루에는 바느질거리를 안은 그의 아내가 앉아 있는 모습이 눈에 선하다. 허생이 살았다는 묵적동은 당시 남촌(南村)으로 불리던 묵동(墨洞), 현재의 서울 중구 남산동에서 묵정동에 이르는 지역일 것으로 추정된다. 주로 몰락한 남인층이 거주하던 곳인데 노론인 연암이 남산골 샌님을 주인공으로 삼았다는 점이 흥미롭다.

을 하여 간신히 입에 풀칠을 하였다지요.

하루는 허생의 아내가 너무 배가 고파서 울면서 말했지요.

"당신은 일평생 과거도 보지 않을 거면서 책을 읽어 무엇에 쓰시려 하세요?"

허생이 웃으며,

"나의 책 읽기는 아직도 서투르다오".

그러니 아내가 말하기를,

"공장이[9] 노릇도 못하세요?"

하니 허생이,

"공장 일은 본디 배우지도 않았는데 어찌 하겠소".

아내가 다시,

"그럼 장사치 노릇도 있지 않아요?"

허생이 대답하기를,

"아, 장사치 노릇도 무일푼이니 낸들 어찌할 수 있겠소"

하였다지요. 그러니 그 부인이 성깔을 내며 톡하고 내쏘았지요.

"밤낮 글만 읽었는데 다만 배운 것이 '내 어쩌오'뿐이에요. 공장이 노릇도 못하겠다, 장사치 노릇도 못하겠다 하니 도적질이라도 못할 건 뭐지요?"

하더랍니다. 허생은 어쩔 수 없이 책을 덮고 일어서며 말했지요.

"아, 참으로 애석하구나! 본래 십 년을 기한한 책 읽기가 이제 겨우

---

9    공장(工匠)이 : 물건 만드는 일을 업으로 삼는 사람이다.

칠 년인걸."

그렇게 허생은 대문을 열고 나섰지만 아는 사람이 있을 턱이 없었지요.

그는 곧장 운종가[10]로 가서 길 가는 사람들을 붙잡고는 묻더랍니다.

"이 한양 땅에서 제일가는 부자가 누구요?"

어떤 사람이 변씨卞氏라고 일러주니 허생이 마침내 그 집을 찾아갔답니다. 그리고는 두 손을 마주 잡아 눈높이만큼 들어서 허리를 깊숙이 굽혀 예를 차리고는 말을 하였지요.*

"내가 조그마한 일을 시험해보려고 하는데 집이 가난하오이다. 만 냥만 빌려주셨으면 하오."

변씨가 말하기를,

"그러시구려"

하고는 선 자리에서 선뜻 만 냥을 빌려주었지요.

그러자 허생은 끝내 고맙다는 말 한마디 없이 가버리는 겁니다.

그 집의 자제들과 손님으로 와 있던 이들이 보니, 꼭 거지 같더란 말씀입니다. 허리띠를 두르기는 했지만 술은 다 빠졌고, 가죽신이라고 신었지만 뒷굽이 짜그라졌고, 갓은 주저앉고, 도포는 땟물에 거먹하니 절었으며, 코에는 말간 콧물까지 흘러내렸던 겁니다.

* 여기서 잠깐 변씨(卞氏)라는 인물에 대해 살펴보자.
「옥갑야화」본에는 변승업으로 되어 있으나 「진덕재야화」본에 따르면 변씨는 변승업의 조부 계영이라고 한다. 그 글에는 "변승업의 돈과 재물은 조상으로부터 물려받은 것인데, 승업의 조부 때는 수만 냥에 불과했다. 그러던 것이 허 씨 성을 가진 선비를 만나 은 십만 냥을 얻었으니, 드디어 나라에서 제일 가는 갑부가 되었다"는 구절이 있다. 변승업의 출생연도(1623)와 「허생」의 등장인물들의 생존연대를 고려하면 변승업이 맞는 것 같지만 여기서는 문맥상 「진덕재야화」본과 마찬가지로 변승업의 조무로 본다.

---

10  운종가(雲從街) : 지금의 종로 네거리.

허생이 가버리자 모두 크게 놀라 물었지요.

"아버지께서 아시는 손님이신가요?"

변씨는 대답하기를,

"모른다"

하자 아들이,

"잠깐 사이에 평소 어떠한 사람인지도 모르는데 만 냥을 헛되이 던져주시면서 그 성명을 묻지도 않으시니 어찌 된 일입니까?"

하였지요. 그러자 변씨가 대답하기를,

"이 일은 너희들이 알 바 아니다. 무릇 다른 사람에게 구하려는 것이 있는 사람은 반드시 자신의 뜻을 과장되게 펼치며, 먼저 자신의 신의를 내보이려고 애쓴다. 그러나 얼굴빛은 어딘가 비굴하며, 한 말 또 하고 또 하지. 그런데 저 손님은 비록 옷과 신발이 다 해졌으나 하는 말이 간결하고, 눈빛은 거만했으며, 얼굴에는 부끄러운 빛이 없었다. 이는 재물을 기다리지 않고 스스로의 처지를 족히 여기는 사람이라서야. 저이가 시험해보고자 하는 술책이 작지 않을 게다. 나 역시나 저 사람을 시험해보고자 하는 생각이 든 것이고. 안 주었으면 그만이거니와 이미 만 냥을 준 바에야 성명을 물어서 무엇에 쓰겠느냐?"라고 했다는군요.

허생은 만 냥을 얻었으나 집으로 돌아가지 않고, '안성은 경기도와 충청도의 어름이요, 삼남[11]을 꿰뚫는 입구렷다'라고 생각하였지요.

그리고는 마침내 안성으로 가서 거처를 마련하고는 대추, 밤, 감, 배,

---

11  삼남(三南) : 충청도, 전라도, 경상도를 이르는 말이다.

감자, 석류, 귤, 유자 따위를 몽땅 시세의 두 배로 사서는 잘 갈무리해 두었어요.

아, 허생이 과일을 도거리해버리자 나라 안에서는 잔치나 제사를 치를 수 없게 되었단 말입니다.

얼마쯤 지나자 허생은 저장했던 과일을 풀었지요. 앞서 허생에게 두 배를 받고 과일을 팔았던 상인들이 이번에는 도리어 열 배를 주고서 살 도리밖에.*

허생은 길게 한숨을 토하고 탄식했답니다.

"겨우 만 냥으로 나라를 기울였으니, 나라 경제의 얕고 깊음을 알겠구나!"

그리고 과일을 판 돈으로 칼·호미·베·명주·솜 등을 사가지고 제주도로 건너가, 그것을 팔아 말총이란 말총은 모조리 사들이며 말하기를,

"몇 해 지나면 나라 사람들 상투도 매지 못할 게야" 했지요.

얼마 지나지 않아 정말 망건 값이 열 배로 뛰었다지 뭡니까.

하루는 허생이 한 늙은 뱃사공에게 물었답니다.

"혹시 바다 건너편에 사람이 살 만한 알섬이 있지 않소?"

사공이 대답하기를,

"있습지요. 내 일찍이 바람결에 곧장 서쪽으로 사흘을 떠 흘러갔다가 사람이 살지 않는 한 알섬에서 하룻밤을 묵은 일이 있는데, 어림짐작으로 사문도[12]와 장기도[13]의 중간쯤으로 여겨집니다. 꽃과 나무들이 저절로 자라나고 온갖 과일과 채소들은 스스로 여물었으며, 노루와 사

* 허생은 만 냥을 빌려 안성으로 내려가 두 배 가격으로 대추, 밤, 감, 배, 석류, 귤, 유자 따위의 과일을 모조리 사들이는데 이것은 매점매석(買占賣惜)이 분명하다. 이는 예나 지금이나 상도의에 어긋나는 술수다. 예로부터 일확천금을 쥐는 데는 단골을 확보하는 녹심(錄心), 법이 금하는 물건을 파는 난전(亂廛), 그리고 수요가 급증하는 때에 맞춰 매점매석하는 도고(都庫, 사재기)가 있다. 녹심 외에는 전부 써서는 안 되는 방법들이다.

승들이 무리를 지어 놀았습죠. 심지어는 물고기가 사람을 보고도 놀라지 않습디다."

허생이 크게 기뻐하며 말하기를,

"자네는 나를 그리로 데려다주게나. 그러면 부귀를 함께할 걸세"

하니 사공은 그 말을 따랐지요.

마침내 바람을 따라 동남쪽으로 가서 그 섬에 도착하여 허생이 높은 곳에 올라 사방을 바라보더니 기대에 어긋나 섭섭한 듯 탄식하며 말했답니다.

"땅이 천 리가 채 못 되니 무엇을 능히 해보겠나! 다만 흙은 비옥하고 물맛은 좋으니 부자 늙은이는 될 수 있겠구면."

가만히 듣고 있던 사공이 말하기를,

"섬이 비어 사람이 없는데 누구와 사신다는 게요?"

허생이 대답했지요.

"덕이 있는 사람은 사람들이 모이기 마련일세. 늘 두려운 것은 덕이 없는 것이지, 어찌 사람 없는 것을 근심하나?"

이 당시 변산邊山에는 도적 떼가 수천 명이나 되었답니다. 주州와 군郡에서 포졸을 내어서 쫓았으나 끝내 잡지 못했지요. 그렇지만 도적들도 감히 함부로 나다니며 노략질을 하지 못하니 급기야는 굶주리고 곤핍

---

12  사문도(沙門島) : 지금의 마카오.
13  장기도(長岐島) : 일본 규슈에 있는 항구도시.

한 지경에 이르렀다는군요.

허생이 도적의 소굴로 들어가 그 우두머리에게 물었답니다.

"천 사람이 천 냥을 노략질하면 한 사람이 얼마나 나누어 가지나?"

"그야 한 사람당 한 냥씩 나누어 갖습죠."

허생이 또 묻기를,

"그럼 너희들은 아내가 있느냐?"

하니 도적들이,

"없소이다".

다시 허생이,

"그럼 너희들에게 밭이 있느냐?"

하자 여러 도적이 비웃으며 말하기를,

"아, 밭이 있고 마누라가 있으면 무엇 때문에 고생스런 도적질을 하겠소."

그러자 허생이 말하기를,

"사정이 이렇다면서 왜 아내를 얻어 가정을 꾸리고, 집을 지어 소를 사서는 농사를 짓지 않나? 살아 도적이란 말도 듣지 않을 뿐더러, 집안에 있을 때는 아내와 함께 즐거움을 누리고, 또 나다니더라도 포졸에게 쫓기는 근심도 없을 게 아닌가? 아, 그리고 길이 잘 입고 먹는데 풍요롭지 않겠나?"

여러 도적이 말하기를,

"나 원 참. 아, 누군들 이런 것을 원치 않아 이렇게 사는 줄 아쇼? 단지 돈이 없을 뿐이지."

허생이 '허허' 웃으며 말했지요.

"자네들은 도적이 되어 왜 돈이 없음을 근심하나. 내가 자네들을 위해 마련해놓은 게 있으니, 내일 날이 밝거든 바닷가에 가보게나. 바람에 붉은 깃발이 나부끼는 것은 모두 돈 실은 배들일 테니 자네들 마음대로 가져가게나."

허생은 도적들과 약속을 하고는 가버렸지요. 도적들은 모두 웃으면서 '그가 미쳤다'며 비웃었다나요.

날이 밝았지요.

바닷가에는 허생이 정말로 삼십만 냥의 돈을 싣고 도착해 있으니 도적들은 모두 크게 놀라서 줄을 지어 허생에게 절을 올리고는,

"오직 장군님의 명령을 따르겠습니다!"

하니 허생이,

"힘닿는 대로 지고 가 보아라"

하였지요. 이러하니 도적들은 다투어 돈을 짊어졌는데 한 사람이 백 냥을 넘지 못했답니다. 그랬더니 허생이,

"너희들은 백 냥을 짊어질 힘도 부치면서 어떻게 능히 도적질은 하겠는가! 이제 와서 너희들이 비록 평민이 되려고 한들 이름이 이미 도적의 명부에 올라 있어 갈 곳이 없을 게다. 내가 이곳에서 기다리고 있을 테니 너희들은 각기 백 냥씩을 가지고 가서 아내 한 사람과 소 한 마리씩을 구해오겠느냐?"

라고 말하니, 도적들이 "예" 하고는 모두 각자 흩어졌답니다.

허생은 이천 명이 일 년간 먹을 양식을 갖추고 그들을 기다렸지요.

마침내 도적들이 도착하였는데 늦은 이는 아무도 없었다나요.

그렇게 하여 허생은 모두 배에 싣고 빈 섬으로 들어갔답니다. 허생이 도적들을 모두 데려가버리자 나라 안에는 도적에 대한 경계가 없어졌고요.

그래 허생은 섬에 이르러 나무를 베어 집을 짓고 대나무를 엮어 울타리를 만들었답니다. 땅은 기운이 온전히 갖추어져 있어 온갖 곡식이 무럭무럭 자라나는데 김을 매거나 거름을 주지 않아도 한 줄기에 이삭이 아홉이나 달렸다는군요.

추수를 하여 삼 년 동안 먹을 양식을 비축하고 나머지는 모두 배에 싣고 장기도로 팔러 가져갔지요. 장기도는 일본에 딸린 주로 가구 수가 삼십일만 호나 되지요. 마침 장기도에는 큰 기근이 들어 그들에게 곡식을 베풀어 구제하고는 은 백만 냥을 벌었답니다.

그제야 허생은 한숨을 쉬며 말했지요.

"이제야 나의 작은 시험을 마쳤구나."

그리고는 섬 안의 남녀 이천 명을 모두 불러모아 놓고 명령을 내렸지요.

"내가 처음 너희들과 함께 이 섬에 들어왔을 때 먼저 부유하게 만든 연후에 따로 문자도 만들고, 문물을 열어 예의 바른 풍속도 만들려 했다만, 땅이 협소하고 내 덕 또한 박하니 나는 이제 섬을 떠나려고 한다. 이후 아이를 낳거들랑 수저 잡는 것을 가르칠 때 오른손으로 쥐도록 가르치거라. 하루라도 먼저 태어난 사람에겐 음식을 양보하도록 하고."

그리고 허생은 모든 배를 불태워버리며,

"나가지 않는다면 오는 사람도 없겠지"

하고는 또 은 오십만 냥을 바닷속으로 던지며,

"바다가 마르면 이 돈을 얻을 사람이 있겠지. 백만 냥은 나라 안에서도 소용될 수 없거늘 하물며 이 좁은 섬에서랴!" 했답니다. 그리고 사람들 중에는 글 아는 사람들을 모조리 배에 태워 함께 떠나며,

"이 섬에서 화근거리를 없애야 돼"라고 말했다는군요.*

* 허생은 '조그만 시험(小試)'이 끝났다고 혼잣말을 한 뒤 섬을 떠난다. 떠나면서 허생은 오륜의 하나인 장유유서를 당부하는데 이것은 이 시대에도 여전히 유효한 예절이다. 연암은 오십만 냥을 바다 가운데 던져버리고는 글을 아는 자들을 모조리 함께 배에 태우면서 "이 섬에 화근을 없애야 되지" 한다. 연암이 말하는 삶의 화근은 '돈'과 '글'이었다. 돈의 폐단이야 익히 알려진 바이나 학자인 연암이 글자를 아는 것이 도리어 근심을 사게 된다는 '식자우환'을 지적한 것이 눈에 띈다.

참고로 허생이 세운 섬나라는 이상국이 아니다. 나라의 근심거리인 도둑떼에게 보습 대일 땅을 만들어주었다고 보는 것이 적절하다. 그렇다면 허생이 돈을 벌고 자기 능력을 시험하는 목적은 무엇일까? 그에게 섬나라는 조선이라는 나라를 경영하기 위한 시험대였고, 궁극적 목표는 골병 든 나라를 치료하는 것이었다.

이때부터 허생은 나라 안을 두루 돌아다니며 가난하고 의지가지없는 자들을 구제했지요. 그러고도 은 이십만 냥이나 남았답니다.

허생은 '이 정도면 변씨에게 빚을 갚을 수 있겠지' 하고 찾아가서는 변씨에게 말하기를,

"그대는 나를 기억하시겠소?"

하자 변씨는 깜짝 놀라며 말했지요.

"당신의 얼굴빛이 조금도 나아지지 않았소 그려. 만 냥을 모두 잃어버린 게 아니오?"

그러자 허생이 웃으며,

"재물로 얼굴을 좋게 꾸미는 것은 당신들에게나 있는 일일뿐이라오. 돈 만 냥으로 어찌 도道를 살찌우겠소"

하고는 은 십만 냥을 변씨에게 주며,

"내가 한때의 굶주림을 견디지 못해 책 읽기를 마치지 못했소. 당신에게 만 냥을 빌린 것이 부끄럽소이다 그려"

라 하니 변씨는 크게 놀라 일어나 절하고 사례하며 십 분의 일의 이자만을 받기를 원했답니다. 그러자 허생이 크게 노여워하며 말했지요.

"당신이 어찌 나를 장사치로 보는 게요!"

그리고는 옷자락을 떨치며 나가버리기에, 변씨가 몰래 그 뒤를 발맘발맘 밟아 따라가 보았더니, 그 객은 남산을 향하여 가서는 쭉 아래로 내려가 작은 집으로 들어가더랍니다.

마침 한 노파가 우물가에서 빨래를 하고 있어 변씨가 그에 대해 물어보았답니다.

"이보시오. 저 작은 집에 누가 사오?"

노파가 대답하기를,

"허 생원 댁입지요. 가난하지만 글 읽기를 좋아하셨는데, 하루아침 집을 나가서 돌아오지 않은 지가 이미 다섯 해째랍니다. 지금은 그 부인이 혼자 살면서 남편이 집 나간 날에 제사를 올리고 있습지요."

변씨는 비로소 그 객의 성이 허 씨임을 알고 탄식하며 돌아갔답니다.

다음 날 변씨는 허생에게서 받은 은 십만 냥을 모두 가지고 가서 돌려주려고 하였더니 허생이 손사래를 치며,

"내가 부자가 되려 하였다면야 무엇 때문에 백만 냥을 버리고 십만 냥을 취하겠소? 정 그러시다면 내 지금부터 당신에게 얻어서 생활하리다. 당신이 가끔씩 우리 집의 형편을 살펴서 양식이나 조금씩 보태주고, 몸을 가릴 베나 주시구려. 일생을 이렇게 지낸다면 족한 것 아니겠소. 무엇 때문에 재물로 내 정신을 피곤하게 만드시려는 게요?"

하는 겁니다. 그래 변씨가 백방으로 허생을 설득하려 했지만 끝내 그의 생각을 어찌할 수 없었답니다.

변씨는 이때부터 허생의 의식이 떨어질 때쯤 되면 직접 가서는 주었지요. 그러면 허생은 기쁜 마음으로 그것을 받았으나, 혹 많다 싶으면 싫은 기색을 보이며 말했다는군요.

"당신은 어째서 내게 재앙을 주시려는 게요?"

술을 가지고 가면 더욱 크게 기뻐하며 함께 취할 때까지 마셨다는군요.

몇 해가 지나며 두 사람의 정이 날로 돈독해졌지요.

일찍이 한번은 변씨가 조용히 "오 년 만에 어떻게 백만 냥을 버셨나?" 하고 물으니 허생이 이렇게 말하더랍니다.

"이것은 알기 쉬운 일일세. 아, 우리 조선은 외국에 배가 통하질 않고 나라 안에 수레도 다니질 못하잖나. 때문에 온갖 것이 그 자리에 나서는 그 자리에서 사라진단 말이지.

무릇 천 냥은 적은 돈이니, 한 가지 물종이라도 모두를 사들일 수 없네. 허나 그 돈을 열로 쪼개면 백 냥이 열이라, 또한 열 가지 물건을 살 수 있지. 물건이 적으면 굴리기가 쉽기 때문에 한 물건에서 밑졌다손 쳐도 다른 아홉 가지 물건에서 만회할 수 있단 말이야. 이것이 보통 이문을 취하는 방법이지. 그저 사소한 잇속만 챙기는 조그만 장사치들이 하는 짓이지.

무릇 만 냥이면 족히 한 가지 물종을 독점할 수 있기 때문에 수레에 실린 것이라면 수레의 것을 모두, 배에 실린 것이라면 배의 것을 모두,

한 고을에서 나는 것이라면 한 고을의 것을 모두, 마치 그물의 그물코가 있어 모든 것을 촘촘히 훑어내듯 할 수 있단 말일세.

뭍에서 생산되는 수많은 물건 중 한 가지를 슬며시 통거리하고, 물에서 나는 수많은 어족 중 한 가지를 몰래 모두 차지하고, 의원의 온갖 약재 중 하나를 슬그머니 독점한다고 쳐보세. 그 한 가지 물건을 몰래 감추어두면 모든 장사치에게 그 물건은 모조리 바닥나게 된단 말이지.

그러나 이렇게 모개로 사는 것은 백성을 상대로 도적질하는 방법이지. 훗날에라도 나라 일을 맡은 자가 혹 이와 같은 방법을 쓴다면 그 나라는 반드시 병들고 말 게야."

그러자 변씨가 다시 묻기를,

"그런데 처음에 자네는 어떻게 내가 만 냥을 순순히 내어줄 것을 알고 찾아와 빌리려 했던 건가?"

하니 허생이 대답하였지요.

"그것은 반드시 자네와 나여야만 하는 것은 아닐세. 능히 만 냥이 있는 자라면 빌려주지 않을 수 없을 걸세. 내가 스스로 내 재주를 헤아려보건대, 족히 백만 냥은 벌 수 있지. 허나 운명이란 하늘에 달려 있는 것이니, 내 어찌 자네가 돈을 빌려줄 것을 능히 알았겠나. 그러니 나를 알아주어 쓴 사람이야말로 복이 있는 사람 아닌가?

반드시 부한 자에게 더욱 부를 더하는 것은 하늘이 명한 것이니 어찌 돈을 빌려주지 않겠나. 또 이미 만 냥을 얻었다면 그 돈을 꾸어준 사람의 복에 의지하여 행동할 뿐이니, 움직이면 항상 성공이 있는 걸세. 만약에 내가 내 재산으로 일을 시작했다면 성공과 실패는 알 수 없을 테지"

라고 하자 변씨가 또 물었답니다.

"지금 사대부들은 병자호란 때에 우리 인조<sup>仁祖</sup> 임금이 남한산성에서 항전을 포기하고 삼전도<sup>三田渡</sup>에서 굴욕으로 항복한 치욕을 씻는다고들 한다네. 이제 뜻있는 선비로서 팔뚝을 걷어붙이고 그 지혜를 펼칠 때가 아닌가. 자네처럼 재주 있는 사람이 어찌하여 스스로 어둠 속에 파묻혀 괴로이 세상을 마치려 하는가?"

그러자 허생이 대답하기를,

"허, 이 사람. 예로부터 어둠 속에 묻혀 지낸 사람이 얼마나 많나?"

아, 졸수재 조성기 같은 분은 적국에 사신으로 보낼 만한 인물이 아닌가. 그렇건만 벼슬 한 번 못해보고 거친 베옷을 입은 채로 늙어 죽었고, 반계 거사 유형원 같은 분은 족히 군량을 댈 만한 재능이 있었으나 저 해곡<sup>14</sup>에서 이리저리 슬슬 거닐며 돌아다니지 않았나. 지금 나라 일을 보는 치들을 알 만하이.

나는 장사를 잘하는 사람일세. 그 돈으로 족히 청의 구왕<sup>15</sup>의 머리도 살 만하네만, 바닷속에 던져버리고 돌아온 것은 마땅히 쓸 곳이 없기

---

14  해곡(海曲) : 지금의 전라북도 부안이다

15  구왕(九王 : 예친왕(睿親王)) : 효종 때 의순공주가 청나라 구왕에게 시집간 일에 연유한 듯하다. 구왕은 청나라 황제의 아들로 1637년(인조 15년) 강화도까지 진격해 봉림대군에게 항복을 촉구한 예친왕이 아닌가 싶다. 의순공주(義順公主, ?~1662)는 금림군 개윤의 딸로 1650년(효종 1년) 구왕이 조선의 공주와 결혼하겠다고 요청하자 공주로 봉해져 청으로 가게 된 비운의 여인이다. 이듬해 구왕이 반역죄로 몰리자 구왕의 부하에게 넘겨졌다가 1656년 금림군이 사신으로 청나라에 갔을 때 함께 돌아와 불우한 말년을 보냈다. 연암이 이 글에서 구왕을 지목한 것은 아마도 이 때문일 것이다.

때문일세.*

변씨는 '휴우' 한숨을 쉬고 크게 탄식하고는 돌아갔다는군요.

변씨는 원래 정승 이완과 잘 아는 사이였다 합니다.**

이공李公이 어영대장[16]이 되었을 때랍니다. 한번은 이완이 변씨에게 "위항委巷과 여염[17]에 뛰어난 재주가 있어 큰일을 함께 할 만한 사람이 있소?" 하고 묻기에 변씨가 허생의 이야기를 하자 이공이 크게 놀라,

"기이하도다! 이 말이 사실이오? 그 사람 이름은 무엇이라 하오?"

하고 묻더랍니다. 그래 변씨가,

"소인이 그와 삼 년을 사귀었지만 아직 그의 이름을 모릅니다"

라 하니 이공이 다시,

"이 사람은 이인[18]이오. 당신이 나와 함께 가봅시다"

했답니다.

밤이 되자 이공은 수행하는 사람들을 물리치고 홀로 변씨와 걸어서 허생의 집을 찾아갔지요.

* 「허생」의 이야기는 경제를 거쳐 인재 등용책으로 나아간다. 조성기(趙聖期, 1638~1689)는 과거에 응시해 여러 차례 합격했으나 건강 문제로 30여 년간 홀로 성리학을 연구했다. 그는 한문소설 『창선감의록』을 짓기도 했다. 『창선감의록』은 중국 명나라를 배경으로 화씨 가문의 흥망을 다룬 17세기 후반의 장편소설이다. 유형원(柳馨遠, 1622~1673)은 진사시에 합격했으나 평생 야인으로 지내며 학문 연구와 저술에 전념했다. 그는 왜란과 호란으로 피폐해진 민생을 구제하기 위한 방안으로 국가제도 전반에 걸친 개혁을 구상했다. 토지개혁 실시, 과거제 폐지, 세습제 탈피, 기회균등 실현 등을 주장했으나 실제 정책에는 반영되지 못했다. 그의 실학 사상은 이익, 홍대용, 박지원, 정약용 등에게로 계승되었다.

** 이완(李浣, 1602~1674)은 실존 인물로, 『기문총화』 등 여러 책에서 그 이름이 보인다. 그는 무신으로 담력이 있고 병법에 밝아 효종의 뜻을 받들어 북벌계획을 추진했다. 그러나 1659년 효종이 죽자 북벌계획은 중지되었고 이후 그는 공조판서, 형조판서와 훈련대장을 거쳐 1674년 우의정에 올랐다. 그러나 청나라를 치는 북벌은 역대 정권들이 권력 유지를 위해 거짓으로 내세운 국가 이념에 지나지 않았다. 이완이 북벌을 꾀한 것은 연암이 태어나기 한 세기 전의 일이다. 따라서 이완과 북벌책은 연암의 시대에 정

---

16  어영대장(御營大將) : 1652년(효종 3년) 이완을 대장으로 삼아 처음으로 군영을 설치한 어영청의 대장으로 종이품의 벼슬이다.

17  위항(委巷)과 여염(閭閻) : 백성들이 모여 사는 거리와 집.

18  이인(異人) : 재주가 신통하고 비범한 사람.

치 세력과 세도를 유지하기 위한 술책일 뿐이었다. 허생과 이완의 대화를 들어보면 이 부분은 허생이 시대의 물음에 답한 이른바 시사삼책(時事三策)을 제시하는 부분으로, '큰 시험'에 해당한다.

변씨는 이공을 문밖에 세워둔 채 혼자 들어가서는 허생에게 이공과 함께 온 사연을 말했더니 허생은 듣지 못하기나 한 것처럼,

"빨리 자네가 차고 온 술병이나 풀어놓으시게"라고 하였답니다.

둘은 주거니 받거니 즐겁게 술을 마셨지요.

변씨가 이공이 밤이슬을 맞고 오래 서 있는 것이 민망하여 몇 차례나 말하였으나 허생은 대답하지 않더랍니다.

이미 밤이 이슥해서야 허생이 드디어,

"손님을 불러도 좋겠소" 하더라는군요.

이공이 들어왔지만 허생은 편안히 자리에 앉은 채 일어나지 않으니, 이공은 몸 둘 바를 몰랐지요. 그래 나라에서 어진 사람을 구한다는 뜻을 죽 설명해나갔더니 허생은 손을 내두르며,

"거 밤은 짧은데, 말은 기니 듣기에 무척 지루하오. 당신 지금 벼슬이 뭐요?"

라고 하자 이완이,

"대장이오"

했지요. 그러니 허생이 말하기를,

"그렇다면 당신은 나라의 믿음직한 신하겠구려. 내가 와룡 선생[19] 같은 사람을 천거할 테니, 당신이 상감을 뵙고 삼고초려[20]하시게 여쭙겠

---

19  와룡 선생(臥龍先生) : 중국 촉나라의 군사이자 승상인 제갈량(諸葛亮, 181~234).

소?" 했답니다.

이공이 고개를 숙이고 한참 생각하다가,

"어렵겠소이다. 그다음의 일을 들었으면 하오."

하니 허생은,

"나는 '그다음' 것이란 배우지 못했소"

했지요. 이공이 간절히 물으니 허생이 대답하기를,

"명나라 장수와 병졸들은 조선에 베푼 임란 때의 은혜가 있다 하여, 나라가 망한 뒤에 그 자손들이 몸을 빼어 우리나라로 와서는 이리저리 떠돌아다니며 의지가지없는 홀아비 생활들을 하고 있소. 당신이 임금께 청하여 종실宗室의 여자들을 저들에게 두루 시집보내고 훈척[21]과 권귀[22]의 재산을 빼앗아 저들의 살 곳을 마련해주도록 하겠소?"[23]

이공이 또다시 머리를 숙이고 생각하다가,

"그것도 어렵겠소이다"

하자 허생이,

"일껏 일러주었더니 이것도 저것도 어렵다 얼넘기니, 무슨 일은 할

---

20   삼고초려(三顧草廬) : 유비가 제갈량의 집을 세 번이나 찾아가 자신의 뜻을 밝히고 그를 초빙해 군사로 삼았다는 고사.

21   훈척(勳戚) : 나라를 위해 눈에 띄는 공로를 세운 임금의 친척을 일컫는 말이다.

22   권귀(權貴) : 지위가 높고 권세가 있는 귀족을 말한다.

23   다른 판본에는 훈척과 권귀가 김류와 장유로 명시되어 있다. 김류(金瑬, 1571~1648)는 인조반정 때 공을 세워 공신의 반열에 오르고 병자호란 때는 화친을 주장했으며, 장유(張維, 1587~1638) 역시 인조반정 때 공신이 되었다. 병자호란 때는 화친을 주장했으며 예조판서를 거쳐 우의정이 되었다. 두 사람 모두 당시 권문세가였다.

수 있겠나? 가장 쉬운 일이 있는데, 당신이 한번 해보겠소?"

하니 이공이,

"원컨대 그 말씀을 듣고 싶소".

허생이 말했지요.

"대체로 천하에 큰 뜻을 외치고자 한다면서 먼저 천하의 호걸들과 교분을 맺지 않은 것이 아직 없소. 또한 다른 나라를 정벌하려 한다면서 먼저 간첩을 이용하지 않고 성공한 경우도 아직 없소. 지금 만주가 청나라를 세워 갑자기 천하의 주인이 되었으나, 그들은 예부터 중국 한족들과는 가깝지 않았소이다. 그러나 조선은 다른 나라보다 앞서, 솔선하여 항복했으니 저들은 반드시 우리를 믿을 거요. 저들에게 '우리의 자제를 보내어 학문도 배우고 벼슬도 할 수 있기를 마치 당·원나라 때 빈공과[24]를 두어 우리의 유학생들을 받아들인 것처럼 해주고, 상인들도 드나드는 데 금하는 것이 없도록 해주십시오' 하고 정성을 다해 청한다면 저들은 반드시 우리의 친절을 기뻐하며 허락할 것이오. 그러면 나라 안의 자제들을 가려 뽑아, 만주인의 풍속대로 변발[25]을 시켜 오랑캐의 의복을 입혀 들여보내면 되오. 학식이 높은 사람은 빈공과를 보게 하고, 일반인들은 멀리 강남 땅에까지 장사를 가서 그 허실을 엿보고 그 고장 호걸들과 친분을 맺는다면 천하를 도모할 수 있고 과거의 치욕도 씻을 수 있을 게요.

---

24  빈공과(賓貢科) : 중국 당나라 때에 외국인들이 보던 과거시험.
25  변발(辮髮) : 남자의 머리카락을 중앙만 남기고 깎아 땋은 후 뒤로 길게 늘인 모양.

만약에 명나라를 다시 세우려 황실 성씨인 주 씨朱氏를 구하려 하나 만나지 못한다 해도, 천하의 제후를 이끌 만한 인물을 하늘에 천거할 수 있으니 성공하면 중국의 스승이 될 것이요, 실패한다 해도 제후국 가운데 가장 대접을 받는 백구지국伯舅之國의 지위를 잃지는 않을 것이오.'

라고 하였답니다. 그러나 이공이 크게 낙담해하며,

"사대부들이 모두 예법을 삼가 지키는데, 누가 변발을 하고 호복을 받아들이겠소?"

라고 하자 허생이 크게 소리를 질러 꾸짖었지요.*

"소위 사대부라는 것들이 이게 도대체 무슨 짓거리 하는 놈들이야! 이맥26의 땅에 태어나서 자칭 사대부라 칭하니, 어찌 어리석지 않은가! 게다가 바지저고리는 흰옷만 입으니 이것이야말로 상복이 아닌가. 또 머리를 묶어서 송곳처럼 틀어올리니 이것은 남쪽 오랑캐들의 방망이 상투로다. 이러고도 어찌 예법을 운운한단 말이냐!

아, 번어기27는 사적인 원한을 갚기 위해서도 자신의 머리를 아까워하지 않았고, 무령왕28은 나라를 강하게 하기 위해 오랑캐 복장을 하는

* 이완은 "사대부들이 모두 예법을 삼가 지키는데, 누가 변발을 하고 호복을 받아들이겠소"라며 그러기는 어렵다고 말한다. 연암은 "원사"라는 글에서 "대부를 사대부라고 하는 것은 우러러 보아서이다"라 했다. 그러나 그들은 정녕 우러러볼 대상으로서의 사대부는 아니었다. 저들은 예법을 멀리하고 늘 편을 갈라 드잡이를 일삼거나 백성의 고통은 외면한 채 풍월만 읊었다. 이에 허생은 부아가 치밀어 더 이상 참지 못하고는 결기를 내어 이들을 크게 꾸짖는다. 여남은 줄이 넘는 장문이지만 조목조목 맞는 말이다.

---

26  이맥(彝貊) : 중국인이 동쪽의 나라를 일컫는 말로 여기서는 조선을 가리킨다.

27  번오기(樊於期) : 전국시대 진나라의 무장으로 『사기』, 「자객열전」에 의하면 그가 연나라로 망명해 태자 단에게 몸을 의탁하고 있을 때 형가가 진시황을 암살하려 하자 자신의 목을 내주어 진시황이 형가를 의심하지 않게 했다고 한다.

28  무령왕(武靈王) : 춘추전국시대 조나라의 임금이다. 오랑캐들에게 둘러싸인 조나

것을 부끄러워하지 않았다.

그런데 지금 대 명나라의 원수를 갚고자 하면서, 오히려 한 줌밖에 안 되는 상투를 아껴! 지금 장차 말달리기, 검 찌르기, 창 찌르기, 활쏘기, 돌 던지기를 해야 되는데 그 넓은 소매를 고치지도 않고서 제 딴에 이것을 예법이라고 한단 말인가?

내가 지금 세 가지 계책을 말해주었는데 너는 한 가지도 하지 못하면서 스스로 믿음직스러운 신하를 자처해! 믿음직한 신하가 정녕 이따위란 말이냐? 이런 놈은 목을 베어야 해!"

하고는 좌우를 두리번거리며 칼을 찾아 찔러 죽이려고 했다는군요.

이공은 크게 놀랐지요. 그래 어마뜨거라! 일어나 뒷문을 박차고 냅다 뛰쳐나와 내달려 집으로 돌아왔답니다.*

다음 날 날이 밝자 그가 다시 허생의 집을 가보았더니 집은 텅 비어 있고 허생은 어디론가 가버렸다고 하더군요.

* 허생의 '큰 시험'은 이렇게 쓸쓸히 끝났다. 일에 대해 잘 모르면서 이론만 떠드는 '방안 풍수'를 경계했던 실학자 연암이기에 허생이 애초에 기약한 대로 10년간 공부를 했더라면 다른 결말로 이어졌을지도 모른다. "책을 십 년 읽으면 천하에 고치지 못할 병이 없다"는 말도 있으니 두말할 나위 없다.
흰옷 문제는 이수광(1563~1628)의 『지봉유설』, 「군도부, 법금」의 기록을 보면 국상으로 인해 소복을 자주 입게 되면서 굳어진 풍습임을 알 수 있다. 하지만 일상생활에 매우 불편한 복장이라는 점만으로도 '백의' 착용을 지적하기에 충분하다.

라를 부강하게 하기 위해 주위의 비웃음에도 아랑곳하지 않고 호복을 입은 채 기마술과 궁술을 익혔다고 한다.

# 「허생후지」 1
## 許生後識 1

어떤 사람이 말했다.

"이 사람은 명나라의 유민[1]일 게요."

숭정[2] 갑신년[3] 뒤로 명나라 사람들이 많이 와서 살았다. 허생이 혹시 그 사람들 중 하나라면 반드시 그 성이 허 씨가 아닐 것이다.

세상에 조판서趙判書 계원啓遠에 대해 이런 말이 전해진다.

조계원이 경상감사가 되어 순행을 하다 청송靑松 땅에 도착하였다.

길 왼편짝에 웬 중 둘이 서로 마주 베고는 누워 있었다.

전배[4]들이 쫓아가서 꾸짖어도 피하지 않고 채찍질을 하여도 일어나지 않았다. 여럿이 잡아끌어도 움직일 수가 없었다.

조공이 당도하여 수레를 멈추고는 중들에게 어느 곳에 사는지를 물으니 두 중이 일어나 앉아서는 더욱 뽐내고 거만하게 눈을 흘겨 치훑으면서 한참을 있다가 말하였다.

---

1    유민(遺民) : 멸망한 나라의 백성.
2    숭정(崇禎) : 명 의종의 연호.
3    갑신년(甲申年) : 명나라가 멸망한 해인 1664년.
4    전배(前陪) : 벼슬아치가 행차할 때나 상관을 배견할 때 앞을 인도하던 관리나 하인.

"너는 헛된 명성과 권세만을 좇아 수령이 되었지. 어디 와서 다시 이 따위로 구는 게야?"

조공이 한 중을 보니 낯은 붉은데 둥글둥글하고 한 중은 검은 얼굴이 기름하였다. 말하는 것이 비범하니 보통내기들이 아닌 듯했다. 이에 수레에서 내려 말을 붙이려 하니 중이 말하였다.

"호위하는 종자들을 물리치고 나를 따라오너라."

조공이 몇 리쯤 가다가 숨을 헐떡이고 흐르는 땀이 그치질 않아 "조금만 쉬어가세나" 하니 중이 꾸짖어 말했다.

"너는 평소에 많은 사람과 있을 적에는 '몸에 갑옷을 입고 창을 꼬나 잡고 응당 맨 앞에 서서 명나라를 위하여 복수하고 치욕을 씻겠노라' 고 늘 큰 소리치더니 이제 겨우 두어 마장을 걷는 동안 한 발자국을 옮길 때 열 번 숨을 몰아쉬고 다섯 걸음을 옮기며 세 번이나 쉬는구나. 그러하고도 요동[5]과 계주[6]의 벌판을 달릴 수 있겠느냐?"

드디어 한 바위 아래 이르러서는 커다란 나무에 기대어 집을 만들고 덤불을 펴고는 그 위에 가서 누워버렸다. 조공이 갈증이 나서 "물 좀 주시오" 하니 중이 말하였다.

"귀한 몸이시니 또 배도 고프겠구먼."

그리고는 황정黃精으로 만든 떡을 꺼내 그에게 먹이려고 개울물에 솔잎가루를 타서 주었다.

---

5   요동(遼東) : 중국 산서성 요의 동쪽.
6   계주(薊州) : 중국 하북성의 지명.

조공이 눈살을 찌푸리고 얼굴을 찡그리면서 마시지를 못하자 중이 다시 꾸짖었다.

"요동 벌판은 물이 귀하므로 목이 마르면 말 오줌도 마셔야 한다."

그러고는 두 중이 서로 붙들고는 소리 높여 슬피 울며 "손노야<sup>孫老爺</sup>시여! 손노야시여!"라고 불러대더니, 조공에게 물었다.

"오삼계<sup>吳三桂</sup>가 운남<sup>雲南</sup>에서 병사를 일으켜 강소<sup>江蘇</sup>와 절강<sup>浙江</sup>이 소란스러운 것을 너는 알고 있느냐?"

조공이 "아직 듣지 못하였소" 하니 두 중이 탄식하며 말했다.

"몸은 방백<sup>方伯 : 관찰사</sup>이 되어 이와 같은 천하의 큰일을 듣지 못하여 '알 수 없다'고 하니, 다만 큰 소리만 쳐 벼슬자리를 꿰찬 게로구나!"*

조공이 "스님들은 어디 분들이십니까?"라고 물으니 중이 말하였다.

"꼭 묻지 않아도 된다. 세상에는 마땅히 우리를 아는 사람들이 있을 테니. 너는 잠시만 예서 우리를 기다려라. 내가 가서 우리 스승과 함께 와서 너에게 말하리라."

두 중은 함께 일어나 깊은 산속으로 들어갔다.

조금 있으니 해가 기울어 넘어갔는데, 중은 한참이 지나도 돌아오지 않았다.

조공이 중을 기다리느라 밤이 늦었다.

깊은 숲에서는 바람이 불어 윙윙 소리가 났고 범이 싸우는 소리도 들렸다.

* 조계원(趙啓遠, 1592~1670)은 신흠(申欽, 1566~1628)의 사위이자 이항복(李恒福, 1556~1618)의 문인이다. 연암이 「허생」에 조계원을 끌어들인 것은 그가 효종의 북벌과 관련이 있기 때문이다. 이완이나 송시열 만큼은 아니지만 효종과 함께 북벌정책을 다듬은 상징적인 인물로서 그를 등장시킨 것이다. 더욱이 조계원이 말년에 민전(民田)을 광점(廣占)했다는 이유로 비판받았음을 감안하면 연암은 그를 통해 말로만 북벌을 부르짖는 자들의 실체를 보여주는 것이다. 또 중국에서 오삼계(吳三桂, 1612~1678)가 청나라를 타도하기 위해 군사를 일으킨 사실을 알고 있느냐는 물음에 조계원이 모른다고 하자 그를 한심해 한다. 북벌을 주장하는 정치가로서 오삼계를 모른다는 것은 있을 수 없는 일인 만큼 북벌을 부르짖는 자들의 허상이 여지없이 드러난다.

조공은 몹시 무서워 거의 기절할 지경이었다.

이윽고 여러 사람이 횃불을 들고는 감사를 찾아오니, 조공은 골짜기에서 낭패를 당하고서야 나올 수 있었다.

한참이 지나도록 조공의 마음이 늘 불안하니 편치 못해 가슴속에 멍울이 되었다.

훗날 조공이 우암尤庵 송 선생[7]에게 물으니, 선생이 말하였다.

"이 사람은 명나라 총병관[8]입니다."

조공이 말하였다.

"계속 저를 가리켜서 '너'라고 한 것은 왜 그랬을까요?"

우암 선생이 말하였다.

"제가 우리나라의 중이 아니라는 것을 밝힌 것이요, 풀섶을 쌓았다는 것은 와신[9]의 뜻일 겝니다."

"그럼 통곡을 하면서 '손노야'를 부르짖은 것은 왜 그랬을까요?"

선생이 말하였다.

"이 사람은 태학사[10] 손승종[11]이지요. 승종은 일찍이 산해관[12]에서 군사를 거느리고 있었는데 두 중은 이 사람의 휘하에 있던 군사인 듯합니다."

---

7    송 선생 : 송시열(宋時烈, 1607~1689). 효종의 스승으로 북벌책을 추진한 대표적 인물.
8    총병관(摠兵官) : 중국 명나라 때 각 성의 제독 아래 진(鎭)을 관할하는 지휘관의 명칭이다.
9    와신(臥薪) : 와신상담(臥薪嘗膽). 춘추시대에 오나라의 왕 부차가 아버지의 원수를 갚기 위해 장작더미 위에서 잠을 자며 월나라의 왕 구천에게 복수할 것을 맹세했고, 그에게 패배한 구천이 쓸개를 핥으면서 복수를 다짐한 데서 유래했다.

10    태학사(太學士) : 홍문관의 으뜸 벼슬인 대제학을 가리킨다.

11    손승종(孫承宗) : 명나라 말기에 태학사와 병부상서를 지닌 지략가다. 명나라 통치
      집단 내의 당쟁으로 손승종이 파직되고 후임자인 고제가 '산해관 밖을 지켜야 한
      다'는 손승종의 전략을 수정해 명나라는 결국 멸망에 이른다.

12    산해관(山海關) : 만리장성의 마지막 관문이다. 만리장성은 한족들이 다른 민족의
      영토와 구분하기 위해 쌓은 담으로서 서북쪽으로는 흉노, 동북쪽으로는 동의족을
      막는 기능을 했다.

# 「허생후지」2*

## 許生後識 2

* 이 부분은 「옥갑야화」(박지원, 「연암집」 권14, 경인문화사, 1982)에는 없어 "주설루본"을 번역하였다.

** 연암은 윤영(尹映)이라는 노인을 일차서술자로 등장시킴으로써 「허생」이 사실임을 확인시켜주는 한편, 「허생」의 작자는 자신이 아닌 윤영임을 다시한번 상기시킨다. 사실성(事實性 / 史實性)을 중시하는 조선시대 문학자들은 소설의 허구성을 강하게 비판했다. 따라서 연암은 윤영을 끌어들여 「허생」의 허구성을 상쇄하려 든 것이다. 또한 그는 윤영을 신이한 인물로 만들어 「허생」 이야기 역시 신비스러운 분위기로 감싸고자 한다. 연암의 손자 박규수와 박선수가 「연암집」을 간행하지 못한 까닭은 「호질」과 「허생」에 대한 유림의 비방 때문이었다. 그러니 제아무리 연암이라 해도 이러한 장치 없이는 제 이름을 걸고 이런 글을 쓸 수 없었을 것이다.

내 나이가 스무 살 때[1756년]였다.**

봉원사奉元寺 : 서울 신촌에 있는 절에서 글을 읽는데 한 객이 밥은 조금 먹으면서 밤이 새도록 자지 않으며 도인법[1]을 익혔다. 그는 한낮이 되면 문득 벽에 기대앉아서 잠시 눈을 붙이고는 용호교[2]를 하였다.

나이는 자못 늙었기에 나는 그를 흠모하여 공경했다. 그는 나를 위해 허생의 이야기와 염시도[3]·배시황[4]·완흥군부인[5] 등에 대한 이야기를 늘어놓았다. 문채 있는 수많은 말을 쏟아 놓는데, 몇 날 밤을 끊이지 않았다. 그 이야기는 거짓인 듯, 기이한 듯, 괴상하고 속

---

1  도인법(導引法) : 도교에서 신선이 되기 위하여 시행하는 양생법이다.
2  용호교(龍虎交) : 도교에서 물과 물의 교합으로 하는 양생법의 하나로, 낮잠이라고도 한다.
3  염시도(廉時道) : 허적(許積, 1610~1680) 집안의 청지기로 길가에서 주운 돈의 임자를 찾아주고 후일 복록을 누리고 살았다는 이야기가 전해진다. 같은 이야기가 실린 『기문총화』·『청구야담』 등의 야담집에는 염희도(廉喜道)라는 이름으로 등장한다.
4  배시황(裵時晃) : 신원 미상의 인물이다.
5  완흥군부인(完興君夫人) : 신원 미상의 인물이다.

이는 듯해 모두 족히 들을 만하였다. 그때 그가 스스로 자기의 성명이 윤영尹映이라고 했다. 이때가 병자년丙子年, 1756년 겨울이었다.

그 뒤 계사년癸巳年, 1773년 봄에 서쪽을 유람하며 비류강6에서 배를 타고 놀다 십이봉 아래에 이르렀다. 거기에는 조그만 암자가 하나 있었고 윤영이 웬 중과 함께 살고 있었다. 그가 나를 보고는 뛸 듯이 반가워하며 서로를 위로했다. 18년이나 흘렀는데도 얼굴은 더 늙어 보이지 않았다. 그때 그의 나이는 80여 세였으나 걸음걸이가 나는 듯했다.

내가 허생 이야기 중에서 한두 가지 모순되는 점을 물어보니 노인은 곧 자세하게 이야기해주는데 똑똑하니 꼭 어제 일처럼 말해주었다. 그리고는 말하기를,

"자네 전에 창려문7을 읽던데……."8

하고는 또 말하였다.

"자네가 전에 허생을 위하여 전傳을 쓴다고 하였는데 글이 응당 다 되지 않았나?"

내가 아직 기록치 못하였다고 사죄하였다.

말을 하는 동안에 내가 '윤 노인'이라 부르니, 노인이 말하였다.

"이 사람아, 내 성은 신辛가일세. 윤가가 아니야. 자네가 잘못 알고 있었네그려."

---

6    비류강(沸流江) : 평안남도 성천에 있는 강 이름이다.

7    창려문(昌黎文) : 당나라의 시인인 한유(韓愈, 768~824)의 문집이다.

8    원문에 한 글자가 탈락됐다.

그래 어안이 벙벙해 이름을 물었더니 "내 이름은 색<sup>嗇</sup>일세"라고 하여 내가 따지고 들었다.

"아니, 노인께서는 어찌하여 성명을 윤영이 아니시라는 겁니까? 지금은 무엇 때문에 신색이라고 바꾸어 말씀하시지요?"

노인은 크게 성을 내며 말했다.

"제 스스로 잘못 알고서는 남의 성명을 바꾸려는 겐가."

내가 다시 따지려고 하니 노인은 점점 더 성을 내면서 파란 눈동자가 반짝반짝했다.

나는 비로소 노인이 이상한 취향의 선비인 줄을 알게 되었다. 혹시 폐족⁹인지, 혹 좌도¹⁰의 이단인지, 사람들을 피해 자취를 감추는 무리인지도 알 수 없었다.

내가 문을 닫고서 떠나려 하니 노인은 혀를 차면서 말했다.

"슬프도다. 허생의 아낙은 끝내 다시 굶주렸을 게야."

또 광주 신일사神一寺에 한 노인이 있었는데, 호를 약립藥笠 이생원李生員이라 불렀다. 나이는 90여 세인데, 힘이 어찌나 센지 범을 껴안아 잡았으며 바둑과 장기를 잘 두었고 왕왕 우리나라의 옛이야기를 하는데 말하는 솜씨가 바람이 이는 듯했다. 사람들이 그 이름을 아는 자가 없었으나 나이와 생김새를 들어보니 윤영과 아주 비슷하기에, 내가 한번 만나보려 했으나 이루지를 못했다.

---

9   폐족(廢族) : 후손이 벼슬을 할 수 없는 가문.
10   좌도(左道) : 유교의 뜻에 어긋나는 사교.

세상에는 진실로 이름을 감추고 몰래 숨어서 세상을 희롱하고 불공한 자가 있다. 어찌 홀로 허생에게만 그러한 의심을 둘 것인가?

평계[11]의 국화꽃 아래서 술을 조금 마시고 붓을 들어 쓰노라.

연암이 적었노라.

『열하일기』, 「옥갑야화」

---

11  평계(平谿) : 연암이 44세에 거처하던 곳으로, 지금의 서울 서대문 밖에 있던 평동을 가리킨다.

# 제題「허생」후後

『열하일기』「옥갑야화」에 실려 있으니 1780년 연암의 나이 44세 때의 작품이다.

한국 지식인의 역사에서 '허생'은 특이한 부류에 속한다. 지적 체계와 경제력을 두루 갖춘 실천적 지식인이기 때문이다.

「허생」은 연암의 소설 중 가장 구상과 착상이 뛰어난 득의得意의 작품으로 허생이라는 '이상적 양반상'을 보여줌으로써 「양반전」의 퇴행적 '양반'을 반추케 한다.

또 「허생」은 연암이 윤영이라는 신비한 노인에게 들은 것이라는 장치를 두어야 할 만큼 양반을 수위 높게 비판한다. 「허생」은 「옥갑야화」라는 여러 층위의 삽화 중 하나다. 하지만 실은 「옥갑야화」의 삽화들이 「허생」에 접지하고 있으니 이들은 「허생」에 혈穴을 모으기 위한 행룡行龍들이다.

허생은 남산 아래 묵적골의 다 쓰러져가는 오막살이집에 살고 있었다. '남산 아래 묵적골'은 가난한 양반들의 상징으로 통한다. 저들은 물에 빠져 죽어도 개헤엄은 안 치고, 얼어 죽을망정 겻불은 안 쬐고, 주려 죽을지언정 채미採薇도 않는 꼬장꼬장한 기개가 있는 사람들이었다. 연암은 허생이 기거하는 지역의 특성만으로 그의 총체성을 담아내고 있다. 더욱이 책 읽기를 몹시 좋아하는 선비에게 가난은 불 보듯 뻔한 일, 아내의 삯바느질로 겨우 '서발막대 거칠 것 없는 삶'을 이어간다. 결국 한계상황에 도달한 그의 아내는 남편의 말이 끝나자마자 숨도 안 쉬고 "과거도 보지 않으면서 책은 무엇 때문에 읽느냐", "장사 밑천이 없으면 도둑질이라도 하라"고 냉갈령을 퍼붓는다. 종일 먹물만 휘저으며 방구들을 꿰차고 앉은 아낙군수에 대한 최후의 일격이다. 아내가 남편을 박대하는 것을 내소박內疏薄이라고 하던가. 단단히 내소박을 맞은 허생, 결국 책을 덮고야 마니 때는 10년을 기약하고 공부한 지 7년째였다.

허생이 찾아간 곳은 한양에서 제일가는 부자 변씨의 집이다. 뜬금없이 찾아가 만 냥을 꾸어달라는 허생이나 처음 보는 이에게 선뜻 그 큰돈을 빌려주는 변씨의 안목이나 여간내기가 아니기는 마찬가지다. 사람 보는 눈이 범상치 않은 것을 보면 '큰 부자는 하늘이 내는 것'이라는 말이 사실인가 보다. 허생은 빌린 만 냥을 들고 안성으로 내려가 과일 장사를 시작하면서 매점매석이라는 불법 상행위로 폭리를 취한다. 마수걸이가 이 정도라니 허생의 상재商材가 놀랍다.

그리고는 제주도에 들어가 비슷한 수법으로 말총 장사를 해 막대한 이익을 거둔다. 이렇듯이 만 냥에 경제가 무너지는 것으로 보아 조선이 늘 주변국들에게 침략당하면서 사는 이유를 읽을 수도 있다.

허생의 활약은 이제 민생치안으로 건너뛴다. 무인도 하나를 얻어 변산에 숨어 있는 도둑들을 설득해 각기 소 한 필과 여자 한 명씩을 데려오게 하고 그들과 무인도에 들어가 농사를 짓는다. 여기서 또 한 번 조선의 피폐한 현실이 보인다. 오죽하면 실록에도 '모이면 도둑이요, 흩어지면 백성聚則盜 散則民'이라고 적혀 있을까. 이 땅에서 농민으로 살기 위해서는 도둑질을 겸해야만 했다. 홍길동, 일지매, 홍경래, 임꺽정처럼 말이다. 이것은 단순히 조선의 뒷골목 풍경으로 치부할 일이 아니라 엄연한 시대의 단면이었다. 그런데 왜 이 문제를 연암과 같은 하찮은 지식인이 걱정해야 했을까?

허생은 섬사람들을 데리고 삼 년 동안 농사를 지어 얻은 곡식을 일본에 팔아 백만금을 얻게 된다. 그리고는 섬사람들이 떠나지 못하도록 외부로 통행할 배를 불태우고는 오십만 금은 바다에 던져버리고 자신은 '조그만 시험[小試]'을 끝냈다며 섬에서 나온다.

이것이 허생이 치부를 한 이유였다. 허생의 치부致富는 개인적 동기가 아닌 사회의 공공성에 목적을 두었다. 그 범위가 국가로 나아간다는 점에서 이것은 글 짓는 이의 오만한 시혜도, 자기도취적 동정도 아니다. 10년의 독서를 기약한 허생의 결정 뒤에는 실학자들이 기치로 내걸었던 이른바 독서를 통한 '경세제민經世濟民의 구현'이라는 큰 뜻이 숨어 있었던 것이다.

허생이 섬에서 나올 때 글을 아는 사람을 모두 데리고 온 것은 아마도 모든 폐단이 아는 데서 비롯되기 때문이었던 것 같다.

다시 본토로 돌아온 허생은 가난한 자들을 구제하고 변씨에게 남은 돈 십만 금을 갚는다. 변씨는 불과 몇 년 만에 앉아서 열 배의 변리를 취하였으니 그의 재주도 허생 못지않다.

허생은 빈털터리가 되어 남산골로 돌아간다.

여기서 몇 가지 생각을 하게 된다. 남산골 오두막집에서 시작된 이야기가 다시 그 집으로 돌아와 끝을 맺는다. 원점으로 회귀하는 소설임을 감안하면 주인공에게 어떤 식으로든 '눈에 보이는 변화'가 생겨야 한다. 그런데 달라진 것이 전혀 없을 뿐만 아니라 가난한 형편까지 그대로다. 그렇다면 허생이 세운 섬나라는 이상국으로서 의미가 없다. 허생이 머물고자 한 이상국은 바로 조선이었기 때문이다.

허생의 아내가 그를 어떻게 맞이했는지는 기록되어 있지 않지만 「허생」의 서술자인 윤영은 "허생의 아내는 필경 또다시 굶주렸을 것"이라고 했다. 「허생」에는 변씨가 돈을 돌려주려고 해도 거절하며, 끼니를 이을 정도의 식량만 받고 술이나 즐겨 마셨다고 되어 있다. 언급한 바에 따르면 허생의 치부가 개인의 안락이 아니라 철저하게 공공적 차원을 지향함을 알 수 있다.

이제 이야기는 급격하게 정치로 옮겨간다. 변씨로부터 허생의 이야기를 들은 이완 대장이 허생을 찾은 것이다.

허생은 이완에게 와룡 선생을 천거하고 종실의 딸들을 명나라 후손에게 시집보내며 강남을 정탐하고 국치를 설욕할 계책을 세우라고 한다. 이른바 허생의 '큰 시험[大試]'이다.

하지만 이완은 모두 어렵다고 한다. 허생은 좀 더 쉬운 방법을 알려주나 이완은 이것도 사대부들이 예법을 지키기에 못하겠다고 한다. "가재는 게 편이요, 초록은 동색"이라더니 개혁을 하겠다고 찾아온 이완도 사대부를 감싸기에 바쁘니 저 푼수가 무슨 국정을 살피겠나.

10년을 기약한 독서가 3년이 모자라게 끝난 이유는 여기에 있다. 급기야 허생이 칼을 빼어들고 이완을 찌르려 하자 그는 꽁무니가 빠지게 도망친다. 허생은 겉으로 북벌론을 내세우면서 사사로운 탐욕만을 챙기는 저들을 향한 적의를 거침없이 드러냈다.

이튿날 이완이 다시 허생을 찾아갔으나 그는 이미 자취를 감춘 뒤였고 집은 비어 있었다. 마치 우복동으로 사라진 청허자淸虛子처럼.

# 열녀함양박씨전
# 병서

烈女咸陽朴氏傳
竝書

아아 슬프다.

그 괴롭게 지킨 절개와 깨끗한 행실이 이와 같건만

그 당시에 드러나지 않고,

그 이름조차 자취도 없이 모두 사라져

후세에 전해지지 않은 까닭은 무엇이란 말인가?

과부가 수절을 하는게

온 나라 누구나가 하는 일이기 때문에,

한 번 목숨을 끊지 않고서는

과부의 집에 뛰어난 절개가 드러나지 않게 되어서다.

이 작품은 과부 집의 구성원만 등장하는 단출한 구성이다.

## 등장인물

**명관형제의어머니**

과부로서 한 많은 삶을 산 여인.
매듭을 짓거나 자수를 놓을 수도 없는 밤
이면 밤마다 그녀는 수도 없이 동전을 굴
려댔다.

**명관형제**

자신들도 과부의 자식이면서 다른 과부의
자식에게 불이익을 주려 한다.
과부 어머니의 고통스러운 체험담을 듣고
서야 비로소 어머니를 이해한다.

**열녀함양박씨** 통인(通引) 박상효의 조카딸로 함양으로 시집을 갔다가 요절한 남편을 따라 독약을 먹고 자살한다. 못된 관습의 사주로 22살의 나이에 목숨을 떼인 여인이다.

**임술증** 열녀 함양 박씨의 신랑으로 성례한 지 반년 만에 죽는 박복한 사내.

**나** 이 글의 서술자. 연암 자신이다.

## 이해와 감상

「열녀함양박씨전 병서」에는 과부의 '성욕'과 '열녀제도'의 모순이라는 두 가지 문제가 드러난다.

이 작품은 1793년, 연암이 57세의 나이에 안의현감으로 재직할 때 쓴 것으로 그의 소설 중 가장 나중에 지어졌다. 연암은 이후로는 단 한 편의 소설도 쓰지 않았다.

안의현감 시절 통인 박상효의 조카딸이 함양으로 시집을 갔다가 요절한 남편을 따라 순절한 사건이 발생했다. 「열녀함양박씨전 병서」에서 연암은 그녀의 순절을 예찬했다. 소설 전체에 과부의 비감함이 잘 드러나 있어 우리는 수절 과부의 극단적 선택에 대한 연암의 깊은 생각을 읽을 수 있다.

지금까지 살펴본 연암의 성향이나 '전(傳)'의 형식을 차용한 점으로 미루어볼 때 일별하고 그칠 소설은 아니다. 사실 연암이 굳이 「열녀함양박씨전 병서」를 '전'처럼 쓴 데는 1786, 1787, 1791년으로 이어지며 정조가 내린 소설수입 금지령과도 미묘한 연관이 있을 것이다. 이 말은 「열녀함양박씨전 병서」가 '전'을 빙자한 소설이라는 뜻이다.

자세히 읽어보면 이 소설은 열녀에 대한 칭찬이다. 연암이 누이나 아내에 대해 쓴 애틋하고 정겨운 글들은 척박하기 이를 데 없는 조선 후기 여인네들의 삶을 바라보는 연암의 인본주의(人本主義, humanism)적 의식과도 분명히 연결된다.

잠시 소설의 인물에 대해서도 짚고 넘어가 보자. 인물은 소설을 소설답게 하는 가장 중요한 요소다. 소설 연구에 쓰이는 '소설이란 인물탐구의 수단'이라는 표현은 곧 '소설은 곧 인물이다'라는 뜻이다. 현재 우리의 고소설이 제대로 된 대접을 받지 못하고 있는 이유 가운데 하나는 바로 인물 묘사의 미흡함 때문이다. 그러나 「열녀함양박씨전 병서」는 고소설에 대한 이같은 부정적 평가를 불식시킬 정도로 '인본주의'와 '인물의 내면 심리'가 훌륭하게 드러난 소설이다.

따라서 여느 소설을 읽을 때도 마찬가지겠지만 연암의 소설은 글자만 따라가는 축자적逐字的 해석이 통하지 않으니 글에 담긴 연암의 뜻에 유념해가며 읽어야 한다.

「열녀함양박씨전 병서」라는 제목을 보면 '전'에 '병서幷書'라는 단어가 덧붙어 있다. 즉 「열녀함양박씨전 병서」는 서문 형식의 글 두 편과 본전本傳인 「열녀함양박씨전」을 모은 것이기 때문에 다소 별난 이름을 단 것이다.

# 열녀함양박씨전 병서

烈女咸陽朴氏傳 竝書

제나라 사람이 말하였다.

"열녀는 두 사내를 섬기지 않는다."

이를테면 『시경』, '백주'의 시가 바로 이것이다.*

그런데 우리나라의 법전인 『경국대전』에는 "개가한 여자의 자손에게는 정직[1]을 주지 말라"고 하였다. 이 법을 어찌 이런저런 모든 성씨의 일반 백성들을 위해서 만들었겠는가?

우리 왕조가 들어선 이래 사백 년 동안 백성들은 이미 오랫동안 교화教化에 젖어 여자들이 귀하거나 천하거나 가리지 않고, 집안이 미천한지 높은지도 가리지 않고 절개를 지키지 않는 과부가 없게 되었다. 마침내는 이것이 드디어 풍속이 되었으니 옛날에 '열녀'라 부르던 것을 이제는 '과부'에게 요구하게 되었다.

농가의 젊은 아낙네부터 뒷골목의 청상 과부들에 이르기까지, 부모가 진실로 핍박하는 것도 아니요, 자손의 벼슬길이 막히는 부끄러움을

* 연암은 『시경(詩經)』 「용풍(鄘風)」 편 '백주'장을 인용한다. 『시경』의 글을 설명한 「모서」에는 "'백주'는 공강이 스스로를 다짐하는 시다. 위나라의 세자인 공백이 일찍 죽으니, 그의 아내인 공강이 절개를 지키고 있었는데, 부모들이 수절하려는 뜻을 빼앗아 개가를 시키려고 하니 공강은 맹세코 이를 허락하지 않았다'고 되어 있다. 남편을 일찍 잃은 여인이 절개를 지킨다는 의미의 '백주지조(栢舟之操)'라는 말도 여기에서 유래했다. 공강의 부모가 과부가 된 딸을 재가시키려 하자 공강은 이 시를 지어 부모의 뜻을 거절했다고 하니 부부간의 사랑이 꽤 깊었던 듯하다.

그러나 우리의 열녀는 이러한 사연과는 거리가 멀다. 연암은 과부들이 목숨을 끊는 행위가 '마치 낙지를 밟듯 하니 열녀의 '열(烈)'은 '매서울 렬(烈)'이다. 어찌 지나침이 아니겠는가?"라며 과부 문제에 대한 부정적인 생각을 그대로 드러냈다.

---

1    정직(正職) : 문무 양반만이 하던 벼슬.

당하는 것도 아니건만, '과부의 몸을 지켜서는 족히 절개를 지켰다고 할 수 없다' 여긴다. 그리하여 왕왕 스스로 낮 촛불을 꺼버리고,[2] 남편을 따라 죽기를 빌며, 물과 불에 몸을 던지거나, 독약을 마시며 끈으로 목을 매다는 것을 마치 낙지[3]라도 밟는 것처럼 여긴다.

옛날 어떤 형제가 모두 이름 높은 벼슬을 하고 있었다.

어느 날 장차 어떤 사람의 벼슬길을 막으려고 어머니 앞에서 의논하게 되었다. 그러자 어머니가 "무슨 허물이 있기에 남의 벼슬길을 막으려고 하는 게냐?"라고 물으니 아들이 대답하였다.

"그의 윗대에 과부가 있었는데 여론이 몹시 시끄럽습니다."

그래서 어머니가 깜짝 놀라며 물었다.

"여인의 방에서 일어난 일을 어떻게 알았단 말이냐?"

아들이 말하였다.

"풍문으로 들었습니다."

어머니가 다시 말하였다.

"바람은 소리는 난다만 형태가 없는 법이요, 눈으로 보아도 보이지 않고 손으로 잡으려 하여도 잡을 수가 없다. 빈 허공에서 일어나 능히 만물을 흔들리게 하는 것이거늘, 어찌하여 이렇듯 근거 없는 일을 가

---

2  과부가 죽기를 결심했을 때 하는 행동이다. 당시 풍속에 따르면 과부는 혹여 외간 남자와 정을 통했다는 소문이라도 날까 봐 대낮에도 방에 불을 켜놓곤 했다. 이제 죽기를 결심하였기에 더 이상 '낮 촛불'을 밝힐 이유가 없는 것이다.

3  낙지(樂地) : 늘 즐겁고 행복하게 살 수 있는 좋은 곳을 말한다.

지고 들뜬 가운데 남을 논하는 게냐? 게다가 너희들도 과부의 자식 아니냐. 과부의 자식으로서 오히려 과부에 대해 이러쿵저러쿵한단 말이냐? 잠깐 게 앉거라. 내 너희들에게 보여줄 게 있다."

그리고는 주머니에서 동전 한 닢을 꺼내 보이면서 말했다.

"이 돈에 테두리가 있느냐?"

"없습니다."

"그럼 글자는 있느냐?"

"글자도 없네요."

어머니가 눈물을 흘리면서 말했다.

"이게 바로 네 어미가 죽음을 참게 한 부적이다.

십 년 동안이나 손으로 문질러서 다 닳아 없어진 거지. 대저 사람의 혈기는 음양에 뿌리를 두고, 정욕은 혈기로 인하여 작용하는 것이며, 그리움은 고독에서 생기고, 슬픔이란 것은 그리운 생각으로 인하여 일어나는 것이지. 과부란 고독한 신세에 처하여 슬픔이 지극한 사람이란다. 때로 혈기가 왕성해지면 과부라 해서 어찌 정욕이 없겠느냐?

가물가물한 등잔불만이 제 그림자를 위로하는 고독한 밤이면 새벽도 더디 오더구나. 처마 끝에 빗방울이 똑똑 떨어질 때, 창가에 비치는 달이 흰빛을 흘리는 밤, 나뭇잎 하나가 뜰에 흩날리고 외기러기가 먼 하늘에서 우는 밤, 멀리서 닭 우는 소리조차 들리지 않고 어린 종년은 코를 드르렁 골고, 돌아가신 네 아버님이 그리워 잠 못 드는 그런 깊은 밤에 내가 누구에게 이 괴로운 심정을 하소연하겠느냐? 나는 그때마다 이 동전을 꺼내어 굴리기 시작했단다.

방 안을 두루 돌아다니며 둥근 놈이 잘 달리다가도, 모퉁이를 만나면 그만 멈추었지. 그러면 내가 이놈을 찾아서 다시 굴렸고, 밤마다 대여섯 번씩 굴리고 나면 먼동이 트곤 했단다. 십 년이 지나는 동안에 그 동전을 굴리는 숫자가 줄어들었고 다시 십 년 뒤에는 닷새 밤을 걸러 한 번 굴리고 때로는 열흘 밤에 한 번 굴리게 되었지. 혈기가 이미 쇠약해진 뒤부터야 이 동전을 다시는 굴리지 않게 되었단다. 그런데도 이 동전을 열 겹이나 싸서 이십 년 세월인 오늘까지 간직한 까닭은 그 공을 잊지 않으려고 하기 때문이다. 가끔은 이 동전을 보면서 스스로 깨우치기도 한단다.”

말을 마치고는 어머니와 아들이 서로 껴안고 울었다.

군자들이 이 이야기를 듣고는 말하였다.

“이야말로 ‘열녀’라고 할 만하구나.”

아아! 슬프다.

그 괴롭게 지킨 절개와 깨끗한 행실이 이와 같건만, 그 당시에 드러나지 않고 그 이름조차 자취도 없이 모두 사라져 후세에 전해지지 않은 까닭은 무엇이란 말인가? 과부가 수절을 하는 것이 온 나라 누구나가 하는 일이기 때문에, 한 번 목숨을 끊지 않고서는 과부의 집에 뛰어난 절개가 드러나지 않게 되어서다.[4]

내가 안의[5] 고을에 부임하여 고을살이를 한 그 이듬해인 계축년癸丑年, 1793년 어느 달 어느 날이었다.

밤이 막 샐 즈음에 나는 어렴풋이 잠에서 깨었다. 대청 앞에서 몇 사람이 목소리를 죽여 가만가만 이야기하는 소리가 나고, 마음이 아파 탄식하는 소리가 들렸다. 아마 갑작스러운 사고가 생겼는데도 내 잠을 깨울까 봐 걱정하는 것 같았다.

　내가 소리를 높여 물었다.

"닭 울음소리가 아니 나는구나?"

　주위에 거느리고 있는 사람들이 대답했다.

"벌써 서너 홰를 쳤는뎁쇼."

"밖에 무슨 일이 있는 게냐?"

하니,

　"통인通引 : 심부름꾼 박상효朴相孝의 조카딸이 함양[6]으로 시집가서 일찍이 과부가 된 여인이 있는뎁쇼. 필경은 지아비의 삼년상을 마치자 약을 먹었는지 죽으려 하니 와서 구해달라고 급히 부르러 왔으나, 상효가 지금 숙직 당번이므로 황공하여 감히 제 맘대로 가지 못하고 있었습니다".

　나는 "빨리 가보거라"라고 명하였다.

---

4　"고독한 밤에는 새벽도 더디 오더구나"라는 말에는 여인의 슬픔이 응축되어 있다. 오죽했으면 여인의 정절을 빙벽(氷檗 : 얼음을 마시고 쓴 황벽나무를 먹는다는 뜻으로 여자가 괴로이 절개를 지키는 것을 말함)이라 했겠는가. 과부의 성욕은 도덕의 문제였지만 조선 후기에는 제도로 이를 철저히 억압했다. 그래서인지 고소설에 이렇듯 과부의 심정을 진절정리(삶의 진리를 진실하게 그려낸다)하게 묘사한 장면은 드물다. 연암과 당대의 여느 양반과의 차이점이 드러나는 대목이다. 이 부분은 제2소설인 목숨을 끊은 함양 과부의 이야기가 결코 바람직한 사례가 아니라는 것을 암시하는 복선이다.

5　안의(安義) : 지금의 경상남도 함양군 안의면 일대다.

6　함양(咸陽) : 지금의 경상남도 함양군 일대.

날이 저물 무렵에 함양 과부가 살아났는지 여부를 물으니 좌우에서 벌써 죽었다고 하였다.

나는 한숨을 쉬고 길게 탄식하며 말했다.

"열烈이로다! 이 여인이여."

그러고는 여러 아전을 불러다 물었다.

"함양에 열녀가 났다지. 그 여인이 본래는 안의 사람이라고 하던데. 여자의 나이가 올해 몇 살이며, 함양 누구의 집으로 시집을 갔느냐? 어릴 때의 행실은 어떠했는지 너희들 중에 아는 사람이 있느냐?"

여러 아전이 한숨을 쉬면서 아뢰었다.

"박 씨의 딸로 집안은 대대로 이 고을 아전이었습지요. 그 아비의 이름은 상일相一인데, 일찍이 죽어 이 여식만이 남았지요. 그리고 그 어미도 또 일찍 죽었굽쇼. 그래 어려서부터 할애비와 할미의 손에서 자라났사온대 자라서는 효도가 극진하였습지요. 그러다가 나이 열아홉이 되자 함양 임술증林述曾[7]의 처가 되었굽쇼.*

이 술증도 대대로 함양의 아전이었습죠. 술증이 평소에 몸이 파리하고 약해, 한 번 초례醮禮를 치르고 돌아간 지 반년이 채 못 되어 죽었굽쇼. 박씨는 그 남편의 초상을 치르면서 예법을 다하고 시부모를 섬기는

* 계축년(1793년)에 함양으로 시집가서 일찍 과부가 된 박상효의 조카딸이 지아비의 삼년상이 끝나자마자 약을 먹고 죽는 사건이 있었다. 그런데 더기가 막힌 것은 그녀가 시집가기 몇 달 전에 이미 지아비가 병이 들어 얼마 살지 못할 줄 알고 있었다는 것이다. 예법이 '혼인을 맺기로 약속한 때부터 적용되기 때문이다. 까막 과부(망문 과부(望門寡婦) : 정혼한 남자가 죽어서 시집도 가지 못한 채 과부가 되었거나, 혼례는 올렸으나 첫날밤을 치르지 못한 여자)라는 말이 있던 시대이니 조선 후기에 과부가 된다는 것은 죽음을 뜻했다.

연암은 "어찌 열(烈)이 아니랴?"는 수사적 의문을 던지며 이 소설을 끝맺는데 그의 대답은 자명하다. 얼핏 들으면 과부의 열을 추켜세우는 것 같지만 실은 그녀의 행위를 바람직하게 여기지 않는 것이다. '은결된 그녀의 마음'은 알지만 절열사상이 도를 넘었기 때문이다. 그녀의 생떼 같은 목숨을 앗아간 것은 그녀 자신이 아닌 조선 사회이니 목숨과 수절을 맞바꾼 것이기에 안타까울 뿐이다.

7　울진 임씨이다.

데에도 며느리의 도리를 다하였습지요. 그래서 두 고을의 친척과 인근 마을 사람들이 현숙함을 칭찬하지 않는 이가 없었습죠. 이제 정말 그 행실이 드러났구먼요."

한 늙은 아전이 마음 깊이 감격하여 이렇게 말하였다.

"그 여자가 시집가기 몇 달 전에 어떤 사람이 와서 '거술증의 병이 골수에 들어 사람 노릇을 할 가망이 전혀 없소. 어찌 혼인 약속을 물리지 않는 게요' 하더랍니다. 그래 그 할아비와 할미가 그 여자에게 가만히 퉁겨주었는데도 묵묵하니 아무런 대답도 하지 않더랍니다.[8]

혼인날이 박두하여 색시 집에서 사람을 보내어 술증을 슬그머니 엿보았더니, 술증이 비록 곱상하나 폐병이 들고 또 기침을 해대서 마치 버섯이 서 있고 그림자가 걸어 다니는 것 같더라는 군요.

아, 그래 색시 집에서 매우 두려워하며 다른 중매쟁이를 부르려 했답니다. 그랬더니 그 여자가 얼굴빛을 가다듬고 이렇게 말했답니다.

'접때 바느질한 옷은 누구의 몸에 맞게 한 것이며, 또 누구의 옷이라고 부르셨나요? 저는 처음 지은 옷을 지키고 싶어요' 하더랍니다. 그래 그 집에서는 그 뜻을 알고 이내 원래 잡았던 혼인날에 기일을 맞추어 사위를 맞아들인 겝니다. 비록 명색이 혼인을 올렸다지만 사실은 빈 옷만을 지킨 꼴입죠."

---

8  조선시대에는 13살이 되면 혼인을 의논해 남자는 15세, 여자는 14세가 되면 혼인을 허락했다.

얼마 뒤에 함양군수 윤광석[9]이 밤에 기이한 꿈을 꾸고 감격하여 「열부전」을 지었다. 산청 현감 이면제李勉齊[10] 사또도 그 여인을 위해 전傳을 지어주었다. 거창에 사는 신돈항[11]도 일정한 주견을 가진 선비였는데, 박씨를 위하여 그 절개의 전말을 엮었다.

박씨의 마음을 처음부터 끝까지 헤아려본다면, '나처럼 나이 어린 과부가 세상에 오래 머문다면 길이 친척에게 동정이나 받을 것이요, 이웃 사람들의 망령된 뒷공론을 받게 되겠지. 차라리 이 몸이 빨리 없어지느니만 못하겠어'라고 어찌 생각하지 않을 수 있으랴?

아아! 슬프다.

처음 상복을 입고도 죽음을 참은 것은 장례를 치러야 해서요, 장사를 지내고도 죽음을 참은 것은 소상[12]이 있어서요, 소상을 끝낸 뒤에도 죽음을 참은 것은 대상[13]이 있어서였다. 이제 대상도 다 끝나서 삼년상을

---

9    윤광석(尹光碩, 1747~1799)은 연암과 애증의 관계다. 안의에 부임한 연암은 먼저 함양군수로 와 있던 윤광석과 이웃 고을 수령으로서 절친한 사이가 되었다. 그러나 윤광석이 조상의 문집을 간행하며 연암의 선조인 박동량을 나쁘게 묘사하자 이에 발끈한 연암은 그와 단절을 선언한다. 그러자 윤광석 역시 연암이 '오랑캐 복장을 하고 백성을 다스린다'는 설을 퍼뜨려 연암을 곤경에 빠뜨렸다.

10   원문에는 이면재(李勉齋)로 되어 있으나 『문과방목』에 의하면 진사에 급제한 '이면제'가 맞기에 바로잡았다.

11   신돈항(愼敦恒) : 독서를 하고 행실을 갈고 닦으며 가죽띠를 두르고, 포의를 입은 모습이 매우 훌륭했다고 한다.

12   소상(小祥) : 사람이 죽은 지 1년 만에 지내는 제사다.

13   대상(大祥) : 사람이 죽은 지 2년 만에 지내는 제사다.

마치자 지아비가 죽은, 한날한시에 죽어서 끝내 그 처음의 뜻을 이루었구나. 어찌 열烈이 아니랴?*

『연암집』, 「연상각선본」

* 연암이 이 소설을 쓴 4년 뒤, 정조 21년(1797)에 박씨를 기리는 '함양 열녀밀양박씨 정려비(咸陽烈女 密陽朴氏 旌閭碑)'를 세웠다. 비문은 일두(一蠹) 정여창(鄭汝昌)의 7대손인 청하 현감 덕제(德齊)가 짓고 썼다. 현재 경상남도 함양군 함양읍 대덕리 249에 있다. 박씨에 대한 전은 윤광석, 이면제, 이학전, 응윤 스님의 「박열부전」도 있다.

# 제題「열녀함양박씨전 병서」후後 ──────────

안타깝게도 조선 사회는 임진왜란¹⁵⁹²·정유왜란¹⁵⁹⁷과 정묘호란¹⁶²⁷·
병자호란¹⁶³⁶을 거치면서 여성을 더욱 옥죄었다. 조선의 집권층은 미증
유의 전란 속에서 임진왜란의 주범 도요토미 히데요시의 사망¹⁵⁹⁸과 도
쿠가와 이에야스의 일본 장악¹⁶⁰³, 명의 멸망¹⁶⁴⁴과 청의 건국¹⁶⁶³ 등 주
변국의 흥망을 지켜보면서도 역설적으로 조선식 성리학을 중심으로
지배체제를 더욱 공고히 했다. 지배질서 강화를 위해 삼강오륜의 강화
와 효자·충신·열녀에 대한 포상, 과거제에 의한 양반 가문 중심의 정
치인 양성, 명에 대한 춘추대의와 북벌책 등을 집요하게 추진했다.

그것은 지고도 이겼다고 우기는 일종의 '정신 승리'다. 일본에게 두
번의 침략을 당했고 청나라 왕에게는 삼배고두三拜叩頭라는 치욕을 당
했다. 그런데도 '왜놈'이니 '오랑캐'니 하고 얕잡아보고 정신적으로는
조선이 우위에 있다고 주장하며 마치 승리자인 듯한 태도를 취했다.
조선이 집권사대부가 쥐락펴락하는 '저들만의 낙원'이 된 것은 이러한
연유에서였다.

결과적으로 조선은 위기를 벗어났을 뿐만 아니라 표면상으로는 조
선 초기에 버금가는 정치적 안정을 이루었다. 그러나 이것은 수시지변
隨時之變 : '시의에 맞게 변한다'는 뜻이 아니었다. 잠시 현실을 속이려던 집권층의
시도는 과거제도의 부패, 열녀의 폐단, 당파의 결속과 당쟁 따위의 부
작용을 낳았는데 그 폐해는 온전히 백성들의 몫이었다. 저들의 정치는
백성 개개인의 안락이 아니라 조선 사대부의 유지를 위한 것이었다.

이러한 시대에 연암은 침묵하는 여성의 몸을 다룬 소설 「열녀함양박씨전 병서」를 지었다.

연암은 57세의 나이에 과부로 사는 조선 후기 여인들의 고해를 정면으로 응시하고 가슴 아프게 여겨 「열녀함양박씨전 병서」라는 작품을 내놓았다.

「열녀함양박씨전 병서」는 액자소설의 형식을 빌린 글이다. 세 겹으로 포장된 이 소설은 열녀인 함양 박씨의 행위를 메타픽션metafiction이라는 독특한 기법으로 표현하고 있다. '메타픽션'은 원래 박래舶來적 비평 용어지만 연암은 아마도 소설 창작과 비평, 그리고 소설 창작에 대한 반응의 동시적 실천을 불러일으키기 위해 세 개의 삽화를 나란히 배치한 것이 아닌가 한다.

「열녀함양박씨전 병서」는 연암이 안의현에 부임했을 때 들은 열녀 이야기를 모티브로 쓴 소설이다. 겉보기에는 비단결 같은 마음씨를 지닌 함양 박씨를 기리는 내용 같지만 조금만 깊게 살피면 '조선 후기 과부'의 내밀한 속내를 드러냄으로써 '열녀문의 허실'을 폭로하고 있음을 알 수 있다. 소설의 이면에 비장함이 흐르는 것은 그 때문이다. 연암은 이 소설에서 조선 사회 제도권의 책략에 의해 어둠 속에 묻힌 '과부'를 양지로 끌고 나온다.

이 소설은 크게 서두, 제1소설, 제2소설로 나뉜다.

서두에는 과부의 개가 금지에 대한 연암의 생각이 직접 밝혀지고, 뒤이어 전개되는 이야기제1소설가 이 소설의 앙금이 된다. 제1소설에는 인생의 황혼기에 들어선 과부가 엽전을 굴리며 홀로 쓸쓸히 밤을 보내는 방 안의 전경이 생생하게 그려져 있다.

> "과부라 하여 어찌 정욕이 없겠느냐? 가물가물 거리는 초롱불만이 제 그림자를 위로하는 고독한 밤에는 (…중략…) 어린 종년은 코를 드르렁 골고 이런저런 근심으로 잠 못 드는 그런 깊은 밤에 내가 누구에게 이 괴로운 심정을 하소연하겠느냐?"

욕정을 자극적이면서도 감미롭게 표현했지만 당시로서는 이 정도만 해도 불온하기 짝이 없는 자극적 어휘로 간주했다.

조선 중기 이후 과부 문제는 유교를 이념으로 삼은 국가의 소관이었다. 그녀들은 국가의 감시대상으로서 여차하면 예와 도덕을 위태롭게 하는 존재쯤으로 여겨졌다. 여성에 대한 조선 후기의 견고한 패러다임 paradigm : 한 시대 사람들의 견해나 사고를 근본적으로 규정하는 인식의 체계가 그러했다.

· 그래서 그녀들은 국가의 뜻을 좇아 자신들을 정화하기 위해 '신성불가침한 정절신眞節神'을 섬기며 기력을 소진했다. 과부가 되는 순간 그녀들은 '여성'이 아닌 '유성儒性'이었다. 따라서 과부들에게 주어진 선택지라고는 '열녀'의 사명을 지키는 생기 없는 삶이나 자살이 전부였다. 이미 쉰을 훌쩍 넘긴 연암으로서는 차마 운용하기 어려운 자유로운 표현들 속에 세상과 그의 교감을 읽을 수 있다. 여기서 우리는 이 소설에서 현실 사회를 생생하게 묘사하는 사실성, 혹은 삶의 진리를 진실하게 그려낸다는 뜻의 비평 용어인 진절정리眞切情理를 엿볼 수 있다. 진절

정리는 '사회와 인간에 대한 진지한 관심' 없이는 실현하기 어려운 것이다. '아! 과부가 엽전을 얼마나 굴리고 또 굴렸으면 모서리가 만질만질하게 다 닳았을까. 그리고 그것을 품에 안고 있다가 아들에게 보이는 과부의 심정은 어떠했을까?' 하는 생각을 해본다.

제2소설은 남편을 따라 자결한 열녀 함양 박씨의 이야기다. 연암은 지아비의 삼년상을 마치고 죽은 함양 박씨를 가여이 여겨 그녀에게 '열녀'라는 칭호를 붙여주었다.

그러나 연암이 서두에서 정의한 것처럼 '열녀'는 그다지 미화할 만한 대상이 아닐 뿐더러 지고지순하고 애절한 사랑을 지킨 여인의 정절과도 거리가 멀다. '열녀'라는 관습을 무리하게 강요받던 조선 후기의 과부들은 사실 인간의 기본적인 성적 욕망을 억압받는 가련한 여인들이었다.

# 제題 "연암소설" 12편후後 ─────────

이제 연암의 소설을 모두 살펴보았다.

18살 즈음에 지은 「마장전」부터 50대에 쓴 「열녀함양박씨전 병서」
에 이르기까지 그의 작품 세계는 마치 처음과 끝이 따로 없는 뫼비우
스의 띠<sup>Mobius Strip : 사각형의 띠를 한 번 비틀어서 양쪽 끝을 이어 붙인 것으로 안팎의 구분이 없다</sup>
와 같은 동선動線을 이룬다.

12편의 작품은 각기 다른 주제를 다루지만 '양반들에게서 부조리를
찾고 백성들의 절박한 삶을 바라보고 올바른 삶의 방식을 제시'한다는
점에서 내면적 통일성을 지닌다.

이것은 연암소설이 공통적으로 가담항설, 곧 길거리나 항간에 떠도
는 소문을 토대로 창작되었으며, 참다운 삶과 인생의 진실을 추구하
고, 조선 후기의 삶에 천착한 연암이 인정물태<sup>세상 돌아가는 형편</sup>를 그려내
어 진실성을 확보했기 때문이다. 또한 연암소설의 특성은 아이러니하
게도 소설이라는 속된 장르를 통해 양반이란 우상偶像의 동굴 해체하
고, 소설의 효용성을 중시해 세상을 교화하려는 세교론과 잘못을 교훈
삼아 경계의 도리를 삼는 감계론을 품었다는 것이다. 아마도 이것은
상사람들과 부조리한 양반의 괴리를 목도한 실학자 지식인으로서의
고뇌를 구현하려는 작가 정신 때문일 것이다. 그래서인지 연암은 선善
한 의지가 전경화<sup>前景化</sup>되어 자칫 '윤리학 교과서'처럼 딱딱하게 읽힐
것을 염려해 '재미'와 '카타르시스<sup>淸淨·淨化, Catharsis</sup>'를 유발하는 글투를
사용하고 결말을 독자의 몫으로 남겨두는 것을 잊지 않았다.

그는 정론을 강조한 데 따른 문학적 심미성의 부족을 역설과 풍자, 기지 따위의 문체적 수사를 통해 상쇄하고 독자에게 한발 가까이 다가간다. 연암소설에서 우리가 '언어의 맛言語有味'을 볼 수 있는 것은 이처럼 깊은 연암의 헤아림 때문일 것이다.

또한 연암소설 12편은 조선 후기의 구체적 현실과 백성들의 삶을 포착한 사회사적 증언으로서의 기록 위에 허구성을 가미한 근대적 한문 단편소설로서의 가치를 지닌다.

연암은 「마장전」, 「예덕선생전」, 「민옹전」, 「양반전」, 「광문자전」, 「우상전」, 「역학대도전」, 「봉산학자전」, 「열녀함양박씨전 병서」에서 백성과 양반, 선과 악, 계층적 질서를 뒤집는 인간상, 정의와 위선, 속악한 관습 등 부조리한 삶의 세계를 드러내고 거간꾼, 분뇨 수거인, 걸인, 역관, 과부 등 개성 있고 새로운 인간상을 등장시켜 '조선의 바람직한 대안적 인간형'을 모색함으로써 당시 사회의 부조리함을 명징하고 예리하게 짚어냈다. 따라서 연암소설은 '근대적 성격의 한문 단편소설'로 이해할 수 있다. 연암소설이 낯설게 보이는 데는 연암이 조선에 늘 있던 인물들을 새롭게 발견했다는 것도 한몫한다.

「민옹전」, 「김신선전」에는 주변부의 인물로 살아간다 해도 세속을 초월할 수 없다는 은유가 깔려 있고 「호질」, 「허생」은 지배층의 도덕 불감증과 부끄러운 경제 상황, 국방이라는 치부를 노출시켜 조선의 총체적 부실을 비판하고 그에 걸맞은 대안을 제시하고 있다.

그러나 연암소설이 지금도 여전히 현실적인 화두가 될 수 있는 것은 양반과 백성의 공생 가능성을 열어두고 독자로 하여금 만인이 공유하는 평화로운 질서를 꿈꾸게 하는 '희망'을 담고 있기 때문이다. 연암의 말 중 귀담아들어야 할 것이 한두 가지가 아니지만 어느 시대든 '개를 키우지 마라'와 같이 훈훈한 정이 있는 삶을 살 수만 있다면 연암이 꿈꾸었던 '질서'의 실현도 가능하지 않을까 싶다.

페루의 소설가 마리오 바르가스 요사<sup>Mario Vargas Llosa, 1936~</sup>는 『픽션에 숨겨진 이야기』에서 소설 창작을 '전위<sup>轉位</sup>된 스트립 쇼<sup>Strip-tease</sup>'에 빗대었다. 즉 소설가는 처음에 옷을 살짝 벗고 마지막에 다시 옷을 입는 앞뒤 순서가 바뀐 행위를 한다는 것이다. 문자의 표면적인 해석에 그치면 작가의 욕망이 빚은 소설의 육체, 즉 언어의 은유성을 느낄 수 없으니 주의 깊게 읽어야 한다. 이를 가리켜 '의재필선<sup>意在必先글을 쓰기 전에 먼저 뜻이 있다</sup>'이라고 한다. 독서의 핵심은 작가의 '뜻'과 '욕망'의 편린을 찾는 것이다. 작가의 욕망이라는 수수께끼의 답을 찾는 것은 그래서 중요하다. 문자의 층위 속에 감춰진 '소설적 진실'을 찾기 위해 독자는 필연적으로 작가와의 만남을 꾀해야 한다.

그래 소설로 친친 동여맨 실타래를 풀어 '연암소설의 진실'이란 꾸리를 보았으면 좋으련마는 내 깜냥으로 어림도 없음을 다시금 고백하지 않을 수 없다. '사시<sup>斜視</sup>로는 외쪽 송사밖에 안 된다'는 글이 섬뜩하게 느껴진다.

마지막으로 '문학작품 해석'에 대해 한 마디 덧붙이겠다.

이 책의 구석구석에 내 나름의 해석을 심어두었으나 그 어느 것도 완정된 것은 아니다. 작품의 해석이 문학 연구의 본령임이 틀림없지만 그 어떤 연구자도 한 가지 정답을 제시할 수 없기 때문이다. 독자들에게 '작품은 개별 독자의 독서행위를 통해 완성된다'는 자명한 진리를 꼭 전하고 싶다. 허구적 상상력의 산물인 소설은 두고두고 읽히고 해석될 텐데 앞으로 독서인들의 깊은 고뇌를 기대한다.

| 제목題目 | 연도年度 | 의식意識 | 주인공의 사회계층 | 분량 | 소설의 시점視點 | 주제主題 |
|---|---|---|---|---|---|---|
| 마장전<br>馬駔傳 | 1756년[20세] 무렵 | 인본주의<br>사회비판 | 광인狂人 | 단편<br>소설 | 3인칭<br>전지적 작가 | 양반 사대부 우도의<br>변질에 대한 비판과<br>천인들의 바람직한<br>우도론 |
| 예덕선생전<br>穢德先生傳 | 1756년[20세] 무렵 | 인본주의<br>사회비판<br>중농의식 | 천인 역부 | 단편<br>소설 | 3인칭<br>작가 관찰자 | 천인역부의 긍정적 삶<br>양반의 우도에 대한 비 |
| 민옹전<br>閔翁傳 | 1757년[21세] 무렵 | 사회비판 | 중인무반 | 단편<br>소설 | 1인칭 관찰자 | 무위도식하는 경화사<br>비판과 신분적 한계를<br>절감하는 중인의 삶 |
| 양반전<br>兩班傳 | 1764년[28세] 무렵 | 사회비판 | 몰락 양반 | 단편<br>소설 | 3인칭<br>전지적 작가 | 양반들의 부도덕함을<br>비판과 풍자 |
| 김신선전<br>金神仙傳 | 1765년[29세] 무렵 | 사회비판 | 중인 | 단편<br>소설 | 1인칭 관찰자 | 세상에서 뜻을 얻지 못<br>신선이 될 수 밖에 없<br>사회비판 |
| 광문자전<br>廣文者傳 | 「광문자전」[18세] 무렵<br>「서광문전후」<br>1764년[28세] 무렵 | 인본주의<br>사회비판 | 종로 거지 | 단편<br>소설 | 3인칭<br>전지적 작가 →<br>1인칭 관찰자 | 천인 광문의 순진성<br>거짓 없는 인격 |
| 우상전<br>虞裳傳 | 1767년[31세]<br>무렵 | 사회비판 | 중인역관 | 단편<br>소설 | 1인칭 관찰자 | 신분적 한계를 절감하<br>중인의 삶과 인재등용<br>문제점 |
| 역학대도전<br>易學大盜傳 | 1767년[31세]<br>무렵 | 사회비판 | 소실되어 구체적으로 알 수 없음 | | | 위학자僞學者의 배경 |
| 봉산학자전<br>鳳山學者傳 | 1767년[31세] 무렵 | 사회비판 | 소실되어 구체적으로 알 수 없음 | | | 위학자僞學者의 배경 |
| 호질<br>虎叱 | 1780년[44세] 무렵 | 사회비판 | 위학자僞學者 | 단편<br>소설 | 1인칭 관찰자<br>→3인칭<br>전지적 작가 | 위선적인 양반 사대부<br>대한 비판 |
| 허생<br>許生 | 1780년[44세] 무렵 | 사회비판 | 몰락 양반 | 중편<br>소설 | 1인칭 관찰자<br>→3인칭<br>전지적 작가 | 정치, 사회, 경제적으<br>총체적 문제점을 드러<br>당대 비판 |
| 열녀함양박씨전 병서<br>烈女咸陽朴氏傳幷書 | 1793년[57세] 무렵 | 인본주의<br>사회비판 | 과부 | 단편<br>소설 | 3인칭<br>전지적 작가 →<br>1인칭 관찰자 | 과부의 절열사상 비 |

## 개를 키우지 마라

연암은 지금으로부터 200년 전의 인물인데도 언론에 이름이 자주 오르내린다. 연암소설은 각종 시험 문제의 지문으로 등장하고,「허생」은 교과서에 실려 있다. 연암에 관한 글과 책이 내 책장의 서너 칸을 넉넉히 채울 만큼 많은 것은 그의 소설이 세 가지 측면에서 현재성을 띠기 때문이다.

첫째, 진정성.
둘째, 호협성.
셋째, 현실성.

이것이 18세기와 19세기 사이의 교량 역할을 했던 연암이 21세기까지 그 이름을 드날리고 있는 이유다. 어느 시대에나 그랬겠지만 종종 예의 없는 것들에 의한 도덕과 양심의 종언을 목도한다. 순결한 양심을 간직하고 살아가는 것은 그만큼 고통스럽다. 그렇다고 저 거친 세상에 대고 '검다 쓰다' 맘대로 뱉을 용기도 없다. 그래, 모두 저네들과 뒤섞여 그렇고 그렇게 '이 망할 놈의 세상!'이라는 말을 잇새로만 내보내고 '맑은 세상이 오면 내 소리를 내겠다'고 속으로만 다짐한다.

허나 모든 부정한 것들이 사라져야만 순수한 가치를 지향하며 살 수 있는 것은 아니다. 연암의 삶이 그 방증이다.

개 이야기는 잠시 뒤로 미루어두고 연암의 초상을 살피는 것으로 말문을 열어보겠다.

연암의 둘째 아들 박종채<sup>朴宗采</sup>가 지은 『과정록<sup>過庭錄</sup>』에 의하면 연암의 외모는 이러했다.*

* '과정<sup>過庭</sup>'이란 『논어』, 「계씨」 편에 나오는 말이다. 공자가 뜰을 지나는 아들 백어를 불러 '시<sup>詩</sup>'와 '예<sup>禮</sup>'를 배울 것을 깨우친 데서 유래했다. 여기서는 박종채가 아버지의 언행과 가르침을 기록한 글이라는 뜻이다.

아버지의 얼굴빛은 아주 불그레하며 활기가 도셨고 눈자위는 쌍꺼풀이 지셨으며 귀는 크고 희셨다. 광대뼈는 귀밑까지 이어졌고 기름한 얼굴에 수염이 듬성듬성하셨으며 이마 위에는 주름이 있는데 아마 달을 쳐다볼 때 생긴 것 같았다. 키가 커 훤칠하셨으며 어깨와 등은 곧추셨고 정신과 풍채는 활달하셨다. 아버지께서는 체구가 커 장대하였으며 얼굴은 엄숙하고도 단정하셨다. 늘 무릎을 모으고 조용히 앉아계시면 감히 범접할 수 없는 위엄이 있으셨다.

아들이 쓴 글이기는 하지만 연암의 인물됨이 여간 아니었던 듯하다. 그러나 그를 겉모습만으로 판단해서는 안 된다. 연암은 심성이 매우 여리면서도 강인했기에 불의를 참지 못하는 협객<sup>俠客</sup>이자 경골한<sup>硬骨漢</sup>이었다.

그의 성격에 관한 글을 찾아보면 연암은 상대에 따라 극단적으로 다른 모습을 보인다. 위선자들에게는 서슬 퍼런 칼날을 들이댈 만큼 단연하다가도 가난하고 억눌린 자, 심지어는 미물에게까지 정을 주었다. 모나지 않은 사람이 어디 있겠냐만은 그 간극이 보통 큰 게 아니란 점에서 연암의 심성을 읽을 수 있다.

"개를 키우지 마라"는 연암의 성정을 단적으로 드러내는 발언이다. 연암이 "개를 키우지 마라不許畜狗"고 한 이유는 다음과 같다.

개는 주인을 따르는 동물이다. 또 개를 기른다면 죽이지 않을 수 없는데 차마 죽일 수는 없는 일이니 처음부터 기르지 않는 것만 못하다.

그 말인즉슨 '정을 떼기 어려우니 아예 기르지 마라'는 소리다.

'애완견'이라는 명사가 어전語典에 오르지 않았던 시절이다. 신분제가 지배하는 조선 후기, 양반이 아니면 '사람'이라 하기도 죄스럽던 때에 누가 저 견공들에게 곁을 주었겠는가. 이는 언젠가부터 내 관심의 끈을 꼭 붙들고 있는 연암 식의 메타포다. 연암의 삶 자체가 문학사요, 사상사의 큰 줄기가 된 지금은 뜬금없는 소리로 들릴지 모르나 나는 이것이 그의 삶이 그린 궤적이라고 생각한다. 억압과 모순의 시대에 학문이라는 허울을 쓴 수많은 지식인 중 정녕 몇 사람이나 저 개와 정을 농弄하였겠는가?

한번은 이런 일도 있었다. 아래 글은 「수소완정하야방우기」[1]의 일부인데 '개를 키우지 마라'는 것이 결코 선심성 발언이 아님을 알 수 있다.

---

1   수소완정하야방우기(酬素玩亭夏夜訪友記) : '소완정의 여름밤 친구를 찾아서'에 답하는 기문이다.

까치 새끼 한 마리가 다리가 부러져서 비틀거리는 모습이 우스웠다. 밥
알갱이를 던져주니 길이 들어 날마다 와서 서로 친해졌다. 마침내 까치와
희롱하니 "맹상군[2]은 전연 없고 다만 평원객[3]만 있구나" 하고 말하였다.

굶주린 선비 연암과 다리 부러진 까치 새끼, 까치에게 밥알을 주며
수작을 붙이고 앉아 있는 연암의 모습이 눈에 보일 듯 선명하게 그려
져 있다.

이 글을 쓸 때 연암은 사흘을 굶을 정도로 극심한 가난에 처해 있었
으니, 아닌 말로 책력 보아가며 밥 먹던 시절이었다. 욕심 없이 가난한
생활을 하는 '안빈낙도'와는 차원이 다른 상황이었다. 그러나 겸노상
전兼奴上典 : 절대적 빈곤에 처해 종이 할 일까지 하는 가난한 양반의 처지임에도 연암은 미
물에게조차 애정을 거두지 않는다.

"맹상군은 전연 없고 다만 평원객만 있구나"라는 말은 곧 '돈은 한
푼도 없는데 손님은 있구나'라는 뜻이다. 언뜻 가난에 대한 자조로 들
리지만 그보다는 다리 부러진 까치를 손님으로 맞아 밥알을 건네주는
정겨운 모습에 가깝다. 이렇듯 다심多心한 성격의 연암이기에 그의 소
설 속에는 각다분한 삶을 사는 상사람들이 점경點景으로 남은 것이다.

---

2  맹상군(孟嘗君) : 돈을 비유한 말이다. 맹상군은 전국시대의 귀족으로 성은 전(田),
   이름은 문(文)이었다. 우리말로 돈을 '전문(錢文)'이라고 하기에 음의 유사성을 이
   용한 것이다.
3  평원객(平原客) : 손님을 비유한 말이다. 손님을 아주 좋아했다고 전해지는 조나라
   사람 평원군의 이름을 빌린 표현이다.

천품이 저러한 연암이었다.

거개가 혀짤배기소리요, 싱거운 글이요, 바른 소리에 관한 한 반송장인 사람들의 시대였다. 연암이 제아무리 당대 명문거족의 자손이라도 세상에 대해 야멸차게 독을 품고 대드는데 벼슬이나 재물이 따를 리 없었다. '빙탄불상용氷炭不相容'사물이 서로 화합하기 어려움을 이르는 말'이란 설명이 적절할 듯하다.

또 한번은 타던 말이 죽자 하인들에게 묻어줄 것을 명했으나 그들이 이를 잡아먹어 버린 일이 있었다. 이 사실을 안 연암은 말의 뼈를 잘 수습하고는 하인들의 볼기를 치고 몇 달간 내쫓아 혼쭐을 냈다. 그때 연암은 다음과 같이 경을 쳤다.

사람과 짐승은 비록 차이가 있지만 서도 너와 함께 애쓴 짐승이거늘 어찌 이와 같이 잔인한 게냐?

한 자 한 자 짚어가며 읽지 않아도 미물을 향한 연암의 따뜻한 마음결을 느낄 수 있다.

그의 문장은 호협했지만 마음은 저리도 여렸다. 서릿발 같은 연암의 호령은 저러한 마음 바탕에서 나왔다. 재주와 영합한 글에는 '글자'는 있으되 연암의 글에 보이는 '마음'이 없다.

종채의 기록에 따르면 연암은 아버지가 위독하자 "곧 칼끝으로 왼손 가운뎃손가락을 베어 핏방울을 약에 떨어뜨려 섞어 드리니 잠시 뒤에 소생하셨다乃刀尖劃裂左手中指 滴血和藥以進之 俄頃面甦"고 한다. 연암의 어버이에 대한 '안갚음'이 어떠했는지는 이러한 행적으로 미루어 짐작할 수 있다.

연암의 다정다감함은 그의 주변 인물을 통해서도 알 수 있다.

연암에게는 스무 살 남짓한 나이에 죽은 이기득<sup>李驥得</sup>이라는 제자가 있었다. 그는 중인 신분인 서리로, 연암이 연암협에 들어갈 때 그를 따랐다가 온갖 고초를 겪었다. 연암은 직접 찾아가 그의 영결을 마쳤으며 그가 손수 베껴 쓴 『소학감주<sup>小學紺珠</sup>』를 늘 책상에 두었다고 한다. 후일 연암이 서거하자 기득의 처가 찾아와 지아비의 평소 뜻이라고 여막 아래서 곡을 하고 상복은 입지 않았으나 상제와 같은 마음으로 말과 행동을 삼가고 조심하는 '심상'을 했다 하니 제자에 대한 연암의 정은 무척 깊었을 것이다. 또 연암의 집에서 청지기 노릇을 하던 김오복<sup>金五福</sup>이라는 이는 연암의 상<sup>喪</sup>이 치러진 다음 날 사망하였다. 연암이 35세 무렵에 여행할 때 어린 종으로 동행했다 하니 약 40세 후반의 나이였을 텐데 사람들이 연암을 지성으로 섬겼기에 죽음을 맞았다고 이해했다니 오복에 대한 연암의 정을 짐작할 만하다. 이응익<sup>李應翼</sup>의 기록을 보면 박제가<sup>朴齊家, 1750~1805</sup>도 연암이 운명한 것을 너무 슬퍼한 나머지 병이 나서 그해에 죽었다고 한다.

가끔 연암을 '이단적', 혹은 '괴팍함' 등의 편향된 어휘로 설명하거나 그의 글을 '풍이나 치는 흰소리'로 풀이하는 글을 보는데 이것은 연암의 본뜻과는 무관한 독서법이 틀림없다. 연암의 마음밭은 저토록 순후했다. 연암의 강골한 삶이나 원융무애 역시 저 순후함과 나란히 한 선비의식을 본밑으로 한 것들이다. 그의 다소 바자위한 글이 우리를 감동시키는 것은 이러한 이유일 것이다. 그러니 저들과 다르다고 연암을 배돌이로 여겨서는 안 된다. 가닥가닥 연암의 성미를 잘 담고 있는 또 한 편의 글을 보자. 이 글은 이응익이 찬한 「본전本傳」으로, 1901년 김택영이 간행한 『연암집』에 수록되어 있다.

선생의 얼굴 모습은 괴이하고 기상은 드넓고 쾌활하고 너그러우며 작은 일에 얽매이지 않아 천하사를 봄에 이루지 못할 일이 없다고 하였다. 그러나 하잘것없는 시문 따위로 사司에 간여하지 않고 또 과거 보는 것을 싫어하셨다. 술이 얼큰하여 귀까지 붉어지면 당대의 지위가 높고 귀한 사람과 세상을 속이는 정도에 어그러진 학문을 하는 무리들을 거리낌 없이 생각나는 대로 이야기하고 기롱하여 배척하셨다.

중세의 삶에 글이 휘둘리던 시대였으니 연암의 천품天稟이 참 선비임을 알 수 있는 글이다. 허나 이편이 있으면 저편도 있는 것이 인지상정이다. 그러니 흰자위를 굴려 연암을 대충 훑고 종주먹을 지르는 사람들도 적지 않았던 듯싶다. 연암의 아들 종채의 기록을 더듬어 보자.

아버지는 20여 세 때부터 의지와 기개가 높고 엄격하였다. 어떤 법규 같은 것에 얽매여 구애되지 않았으며 왕왕 회해나 유희를 하셨다.

위와는 판이한 모습이다.
여기서 말하는 회해나 유희는 '실없는 농담'이나 '즐겁게 놀며 장난

함, 또는 그런 행위'를 뜻한다. 그러나 그의 날카로운 구변이 사전적인 의미에 그치지 않음은 굳이 설명할 필요가 없을 것이다.

'희극'이 비극성의 자리를 대신했기 때문이다. 다음은 무세어[4]를 통해 당시의 세태를 비꼬는 글이다.

아버지께서는 젊었을 때부터 말씀과 의론이 엄정하여 겉으로는 안색이 엄격하고 위엄이 있는 것 같이 보이나 속으로는 온유하셨다. 권력을 따라 아첨하는 사람을 보면 용납지 않았으며 문득 즐겁게 농담하고 웃고 즐기는 사이에 넌지시 비꼬았기 때문에 평생 노여움과 비방을 많이 받으셨다.

한번은 연암이 면천군수로 있을 때의 일이다. 한원진韓元震, 1682~1751의 서원에 치제[5]하라는 명이 있었다. 연암은 이에 순순히 따랐지만 대다수 노론 사람들은 참석을 거부했다.

한원진은 노론이지만 호론湖論의 영수였기 때문이다. 그러나 연암은 낙론洛論 계열이면서도 학파를 초월해 한원진이 호서지방의 위대한 선생이라며 참석했다. 또 연암은 당색이 소인인 이광려李匡呂, 1720~1783를 먼저 찾아가 그와 평생지기로 지냈다.

파당이 당대 사회를 지배했음을 고려하면 연암의 도량을 짐작하고도 남는다. 더욱이 연암은 적서嫡庶를 가리지 않고 사귀었으니 종채의

---

4  무세어(誣世語) : 세상을 풍자하는 말로, 현실비판이라는 강한 의미가 내재되어 있다.
5  치제(致祭) : 임금이 제물과 제문을 내려 죽은 공신을 제사 지냄, 또는 그 일을 말한다.

『과정록』에는 "세상 사람들이 또한 벗을 가리지 않고 사귄다고 비방하고 헐뜯었다人又以交不擇人 謗毁焉"는 기록도 있다.

연암이 안의현감[6]으로 있을 때의 일화도 그의 성격을 알 수 있는 좋은 자료다.

1793년 봄, 도내에 흉년이 든 가운데 안의 고을이 가장 심각한 상황이라 응당 공진公賑을 설치해야 했으나 연암 자신의 봉록을 털어 사진[7]을 실시한 일이 있었다. '사진'도 이 땅에서 난 곡식이라는 이유에서였다.

이에 조정에서 그 정성을 인정하여 초피,[8] 소목[9] 등속을 내렸으나 받지 않았으며, 공명첩[10]도 돌려보냈다. 권문세가에 뇌물을 디밀고 관직을 얻으려 갖은 방법을 동원하는 '엽관운동'을 해서 '빠꿈벼슬'이라도 하려는 자들이 줄 서 있을 때의 일이다.

연암은 또 관아에서 굶주린 백성들에게 죽을 나누어주고는 자신도 동헌에 나와 그들과 함께 요기를 했다. 죽 그릇에 소반을 바치지 않은 것도 백성들과 똑같았다.

---

6    안의현감(安義縣監) : 안의는 지금의 경상남도 함양군 안의면 일대에 해당한다.

7    사진(私賑) : 흉년이 들었을 때 개인이 사사로이 백성을 도와주던 일을 말한다.

8    초피(貂皮) : 아주 진귀한 단비가죽이다.

9    소목(蘇木) : 콩과에 속하는 상록 교목의 속살로, 한약재로 쓰였다.

10   공명첩(空名帖) : 성명을 적지 않은 백지 임명장이다. 국가의 재정이 궁핍할 때 국고를 채우는 수단으로 사용되었는데 중앙의 관원이 이것을 가지고 전국을 돌면서 즉석에서 돈이나 곡식을 바치는 사람의 이름을 적어넣음으로써 그에게 명목상의 관직을 주었다. 여기서는 연암의 벼슬을 높이려는 의도에서 내린 것이었다.

"이것은 주인의 예이다此主人之禮也."

연암이 이때 한 말은 곧 구호받는 백성들을 손님에 대한 예로 맞이했다는 소리다. 예나 지금이나 '예', '도덕'이 우리의 미래인 것은 두말할 나위 없는 사실이다.

그래서인지 연암이 남긴 마지막 말은 이랬다.

"깨끗이 목욕시켜다오潔沐洗."

문종文宗의 유언치고는 좀 싱겁다.

그러나 죽으면 모두 깨끗이 염하는 것이거늘 굳이 유언까지 남기는 이유를 곰곰 생각해보면 꽤 실다운 맛이 있는 듯도 싶다.

그가 퍽 개결한 성품을 지녔음을 여기서 알 수 있기 때문이다.

그러한 연암이기에 시대의 유혹을 내치고 고질병이 되어버린 사대사상의 타파를 역설했으며, 양반의 지나침을 경계하면서 상사람을 따뜻하게 바라볼 수 있었다. 게다가 이미 화석화되어버린 조선 후기의 유교 입법을 거부하고 양반의 처세와 유학자들의 위선을 박한 글로 꾸짖는 한편, 여성의 해방과 낮은 백성, 심지어 미물에게까지도 마음 한 켠에 넉넉한 공간을 내준 것이 아닐까 한다.

정의는 주어지는 것이 아니라 연암처럼 조금씩 만들어가는 것이다.

배움은 사적인 행위이되 공적인 가치를 지향한다. 그래, 공부하는 이라면 응당 불편부당함을 몸에 새기고 마음결을 잡도리해야만 한다. 모쪼록 이 글을 읽는 이들만이라도 저러한 연암의 마음결을 책상 모서리에 새겨두었으면 한다.

좋다.

연암이 좋다.

약관 때부터 매서운 지조를 지닌 것이 좋고, 가슴에 찰랑이는 바른 마음결과 자잘한 예법에 구애받지 않는 호협함이 좋다.

꿈에서 보았다는 서까래만 한 붓대에 쓰여 있는 "붓으로 오악을 누르리라"라는 글귀가 좋고, 나이 들어 병풍에 낡은 관습이나 폐단을 벗어나지 못하고 당장의 편안함만을 취한다는 '인순고식'과 잘못된 일을 임시변통으로 이리저리 구차스럽게 꾸며 맞춘다는 '구차미봉'을 써 놓고 "천하의 모든 일이 이 여덟 자 글자에서 잘못되었다"고 한 말씀이 좋고, "개는 주인을 따르는 동물이다. 그렇지만 기르면 잡아먹지 않을 수 없으니 처음부터 기르지 않는 것만 못하다"라는 말씀이 좋다.

'연암체'로 문체반정을 일으킨 것이 좋고, 위선적인 무리와 소인배와 썩은 선비들을 나무란 것이 좋고, 한골 나가는 양반이면서도 가난을 내림하며 청빈한 생활을 한 점이 좋고, 자신을 겸손히 삼류라 칭한 것이 좋다.

벗이 적어 좋고, 나라 안의 명산을 두루 다녀 호연지기를 키운 것이 좋고, 홍국영에게 쫓겨 연암협으로 몸을 숨겼을 때 지었다는 '연암'이란 호가 좋고, 양금洋琴을 세상에 알린 것이 좋고, 안의 사또 시절 관아의 낡은 창고를 헐어버리고 중국의 제도를 모방하여 벽돌을 구워 백척오동각·하풍죽로당·연상각 등의 정자와 누각을 올린 것이 좋다.

첫 작품으로 「이충무공전」을 지은 것이 좋고 금강산을 유람하고 지은 「총석정관일출」이란 시가 좋고, 이서구가 지은 『녹천관집』에 써준 「녹천관집서」와 박제가의 『북학의』에 붙인 「북학의서」가 좋고, 처남 이재성이 과거 우수답안을 묶은 『소단적치』에 여며둔 「소단적치인」이 좋고, 농업을 장려하기 위한 『과농소초』가 좋고 연행록의 새로운 경지를 개척한 『열하일기』가 좋다.

초시의 초장과 종장에 모두 장원을 한 것과 회시에 응시해 답안을 내고 오지 않은 것이 좋고, 중년에 과거를 단념한 것이 좋고, 자식들에게 준 "구차하게 벼슬길에 오르지 마라"는 가르침이 좋고, 안의현감·면천군수·양양부사라는 벼슬을 산 것이 좋고, 안의현감 시절 저들도 손님이라며 구호받는 백성들과 똑같은 밥상을 받은 것이 좋고, 관리로서 궁속과 중의 무리를 제어하지 못하자 병을 칭하여 사직한 것이 좋고, "안타깝도다! 벼슬살이 10여 년 만에 좋은 책 한 권을 잃어버리고 말았구나"라는 탄식이 좋다.

한계성을 지닌 선비로서 스스로 몸을 낮출 줄 아는 인간이기에 좋고, 억지뿐인 세상에서 칼 같은 비유를 들어 뼈 있는 말을 한 것이 좋고, 자신의 삶을 빠듯하게 꾸리는 정갈하고 긴장감 있는 삶이 좋고, 연암의 붓끝에 따르면 완전한 사람이 없다는 직필直筆도 좋고, 남루한 삶까지 끌어안으려는 순수성이 좋고, 조국 조선을 향한 사랑이 좋고, 삶과 작품이 동떨어지지 않았다는 점이 좋고, 소설을 통해 백성들의 삶을 그려낸 것이 좋다.

아버지를 위해 손가락을 베어 약주발에 떨어뜨린 효심이 좋고, 형과

형수에 대한 정이 좋고, 큰누이의 죽음을 슬퍼하며 "누이의 눈썹이 새벽달 같다"고 적은 「백자증정부인박씨묘지명」이 좋고, 아내를 생각해 홀아비로 생을 마친 것이 좋고, 고추장을 손수 담가 자식에게 보내는 잔잔한 정이 좋고, 며느리의 해산바라지까지 걱정하는 시아버지의 마음이 좋고, 장인을 늘 칭송하고 공경하는 것이 좋고, 처남을 아낀 것이 좋고, 청지기 김오복이를 정으로 대한 것이 좋다.

하룻저녁에 술 오십여 잔을 자시고도 주정 없는 것이 좋고, 첫 벼슬에 받은 녹봉으로 친구에게 진 빚을 갚을 줄 아는 마음이 좋고, 홍대용이 세상을 뜬 뒤 마음이 아파 음악을 끊은 것이 좋고, 거리낌 없는 말과 행동을 한 것이 좋고, 우언으로 세상을 농락한 것이 좋고, 우스갯소리로 세상을 조롱한 것이 좋고, 제갈량·한기·왕양명의 위인전을 지으려 한 것이 좋고, 조헌·유형원을 존경한 것이 좋고, 김창협과 김창흡을 마음으로 따른 것이 좋고, 마지막으로 남긴 "깨끗이 목욕시켜다오"라는 유언이 좋다.

마음을 도스르고 먹을 갈아 역설·반어·속담·예증·우언 등의 수사를 두루 쓴 것이 좋고, 변증적 사물 인식이 좋고, 사물을 치밀히 관찰한 다음 사실을 기술하고 대상을 묘사한 솜씨가 좋고, 수평적 질서를 추구한 가치관이 좋고, 다층적 사고와 언어 인식이 좋고, 실증적이며 열린 사고가 좋고, 당대 의고주의擬古主義 문풍에 반기를 든 것이 좋고, 진정한 '진'을 얻으려 경험론적 요소와 관념론적 요소의 통합을 꾀한 것이 좋고, 법고와 창신을 통한 변증적 글쓰기가 좋고, "작자가 글을 쓸 때는 전쟁에 임하는 마음으로 써야 한다"는 전략적인 작법이 좋고, "현달해도 선비의 도리를 떠나지 않고 곤궁해도 선비의 도리를 잃지 않아야 한다"는 다짐이 좋다.

아첨하는 인간들을 꾸짖는 「마장전」이 좋고, 똥을 쳐서 먹고사는 천한 역부를 '선생'이라 부른 「예덕선생전」이 좋고, 놀고먹는 양반들을 '황충'이라 부른 「민옹전」이 좋고, 진정한 양반이란 무엇인지 따진 「양반전」이 좋고, 유희 속에 몸을 숨긴 「김신선전」이 좋고, 얼굴이 추한 걸인 이야기인 「광문자전」이 좋고, 역관의 슬픔을 그린 「우상전」이 좋고, 학문을 팔아먹는 큰 도둑놈 이야기 「역학대도전」이 좋고, 배우지 못했어도 부부간 예절을 지킬 줄 아는 「봉산학자전」이 좋고, 스스로 꽤나 배웠다고 하는 위선자에게 범이 일침을 놓는 「호질」이 좋고, 비분강개한 문장의 「허생」이 좋고, "남녀의 정욕은 똑같다"고 외친 「열녀함양박씨전 병서」가 좋다.

저러한 연암이 좋고 이 글을 마쳐 좋다.

휴휴헌에서

간호윤 씀